Viktoria Rentai ist ein Kind der 80er und im Rhein-Main-Gebiet aufgewachsen. Nach einem Studium, das sie nur der Vernunft wegen begonnen hat, ist sie von Job zu Job gehüpft, ohne sich jemals heimisch zu fühlen. Erst mit dem Schreiben hat sie ihre Herzensaufgabe gefunden.

Als Autorin hat sie sich bereits in verschiedenen Genres ausprobiert, aber ihr hat immer das gewisse Fünkchen Leidenschaft gefehlt. Schließlich ist sie in der Romance angekommen und arbeitet seitdem fast täglich an ihren Texten und neuen Ideen.

VIKTORIA RENTAI

The Boyfriend Deal

EIN FAKE-FREUND ZUM VERLIEBEN

Erstausgabe Dezember 2023

Copyright © 2023 dp Verlag, ein Imprint der
dp DIGITAL PUBLISHERS GmbH
Made in Stuttgart with ♥
Alle Rechte vorbehalten

The Boyfriend Deal

ISBN 978-3-98778-693-8
E-Book-ISBN 978-3-98778-589-4

Covergestaltung: Herzkontur – Buchcover & Mediendesign
Umschlaggestaltung: ARTC.ore Design
Unter Verwendung von Abbildungen von
shutterstock.com: © ventdusud, © BortN66, © janniwet
Lektorat: Mareike Westphal
Satz: dp DIGITAL PUBLISHERS GmbH
Druck und Bindung: Books on Demand GmbH, Norderstedt

Prolog

Jenna

Ein wenig wehmütig rühre ich in meiner Kaffeetasse und schaue aus dem großen Fenster des Vegalanas.

Draußen verlieren die Bäume allmählich ihre Blätter und ich freue mich, dass ich den Herbstbeginn in Flourish Bay zumindest noch für wenige Tage miterlebe. Ich liebe den Herbst, aber schon bald werde ich hier alle Zelte abbrechen und nach New York ziehen. Dort ist es definitiv anders als hier in der Kleinstadt, egal zu welcher Jahreszeit. Aber es ist die perfekte Gelegenheit, um wie Lana mit ihrem veganen Restaurant ebenfalls meinen Traum zu verwirklichen. Meinen Traum vom eigenen Café.

Das Klirren von Geschirr reißt mich aus meinen Gedanken, als meine Eltern sich zu mir an den Tisch setzen, in den Händen jeweils einen Teller mit einem Stück Cheesecake darauf. An der Bar gibt Lana ihrer Servicekraft noch ein paar Instruktionen und macht sich dann ebenfalls auf den Weg zu unserem Tisch.

„Genieß die letzte Woche in der Heimat noch“, witzelt Dad, nachdem er es sich mir gegenüber gemütlich gemacht hat. „Auch wenn New York auf viele junge Leute eine geradezu mystische Anziehungskraft hat, zu Hause ist es doch meist am schönsten.“

Mum setzt sich neben ihn und wirft ihm einen schwer zu deutenden Blick zu. „Mit ein wenig mehr Geduld wäre dieser einschneidende Umzug gar nicht erst nötig. Aber auf mich wollte ja niemand hören.“

„Ach Mum.“ Mit besänftigender Stimme versuche ich meine Mutter von einem ihrer typischen Vorträge abzuhalten. „Es sind doch schon so viele junge Leute nach New York gegangen. Hier in der Familie hast du zwei perfekte Beispiele.“

Aus dem Augenwinkel sehe ich, wie Lana kurz vor unserem Tisch innehält. Anstatt mir beizupflichten, setzt sie sich immerhin neben mich und nickt zustimmend.

„Das ist etwas ganz anderes“, setzt Mum nun doch zu einer Rechtfertigung an. „Lana ist schließlich wieder zurückgekommen. Sie war für einen begrenzten Zeitraum dort und hatte keinen Druck, einen Businessplan einhalten zu müssen. Wenn man in Schwierigkeiten ist, gerät man in so einer Großstadt schnell an die falschen Leute.“

Ernsthaft? Bevor ich mein Café überhaupt eröffnet habe, denkt sie schon daran, wie ich es gegen die Wand fahre? Na wunderbar.

„Außerdem war sie älter als du“, fährt Mum fort, als würde das jedes weitere meiner Argumente entkräften.

„Ein halbes Jahr“, springt Lana nun doch für mich in die Bresche. „Das ist eben so, wenn man sich erst nach mehreren Umwegen für den Herzenswunsch entscheidet. Wenn ich nicht ewig andere Sachen angefangen hätte, wäre ich viel jünger gewesen."

„Das stimmt, Schatz", pflichtet auch Dad ihr bei. „Auf das Alter solltest du es wirklich nicht schieben. Jenna ist sehr konsequent, was ihre Lebensziele betrifft. Das sollten wir respektieren."

„Und honorieren." Lana hat im Gegensatz zu uns nichts zu essen vor sich stehen und lehnt sich mit verschränkten Armen in ihrem Stuhl zurück. „Jason ist auch in New York, die Tochter der Johnsons hat sich damals für den Big Apple entschieden und ich glaube, die Zwillingssöhne, die drei Blocks von uns entfernt gewohnt haben, sind nach der Highschool ebenfalls dorthin umgezogen."

Ich kann an Mums Miene deutlich sehen, dass ihr die Argumente ausgehen. „Jason ist ein Mann. Vorher ist er lange hier und viel älter gewesen, als er nach New York gezogen ist. Und die Jackson-Zwillinge waren immerhin zu zweit."

Obwohl ich normalerweise auf die Gender-Diskussion angesprungen wäre, lege ich die Gabel neben meinen Teller, stehe auf und gehe um den Tisch herum. Zuerst sieht mich Mum erschrocken an, aber als ich mich zu ihr beuge und sie umarme, legt auch sie ihr Besteck ab und tätschelt mir den Rücken.

„Ach, mein Schatz", murmelt sie, und ich höre deutlich an ihrer Stimme, dass sie versucht, aufkommende Tränen zu unterdrücken. „Ich will doch nur, dass euch nichts passiert. Ich meine es wirklich nicht böse."

„Das weiß ich doch, Mum." Ich lasse von ihr ab, und für einen Moment sehen wir uns einfach nur händchenhaltend an. „Ich schaffe das. Vertrau mir. Und du hast ja noch Liam, der noch ein paar Jahre zu Hause wohnen wird."

„Ist in Ordnung", erwidert sie schniefend und wischt sich über die Wange. Langsam löse ich meine Hände aus ihren und gehe zurück auf meinen Platz.

„Aber wenn es etwas gibt, mit dem wir dich unterstützen können, sagst du unbedingt Bescheid, ja?" Dad schabt auch noch die letzten Kuchenreste von seinem Teller und schiebt sie sich in den Mund. „Wir unterstützen dich genauso, wie wir auch Lana und Jason bei ihren Träumen unterstützt haben."

„Das ist lieb von euch. Fürs Erste ist es schon mal eine riesige Hilfe gewesen, dass ihr für mich bei dem Kredit gebürgt habt. Vielleicht könnt ihr mich hin und wieder besuchen, dann bin ich zufrieden."

„Jenna, wirklich." Empört klappt Mums Mund auf. „Natürlich werden wir das. Genauso wie wir jede Woche bei Lana essen gehen und so gut wie jedes Heimspiel von Jason besuchen."

„Das lässt sich sogar perfekt kombinieren", wirft Lana ein, während sie in ihrer Kaffeetasse rührt. „Vor dem Spiel geht ihr bei Jenna vorbei und wenn ihr abends wieder nach Flourish Bay kommt, esst ihr bei mir zu Abend."

Dankbar lächele ich meiner großen Schwester zu. „Klingt wirklich nach einem tollen Plan."

„Wisst ihr was?" Mum macht eine theatralische Pause und trennt ein weiteres Stück ihres Kuchens ab. „Mir fällt gerade ein, wer noch nach New York gezogen ist.

Er ist sogar in Lanas Jahrgang gewesen. Damon Tanner."

Aus dem Augenwinkel merke ich, wie sich Lana versteift. Gleichzeitig erscheint ein Bild in meinem Gedächtnis, die Erinnerung an ein Ereignis.

***

Ich muss damals elf oder zwölf Jahre alt gewesen sein. Gemeinsam mit einer Freundin war ich auf einem Spielplatz und Lana kam mit ihrer Freundin Stacey, um mich zum Abendessen abzuholen. Ich hatte noch keine Lust zu gehen, also rannte ich zu meinem Lieblingsversteck unter der Rutsche und dachte mir immer wieder andere Ausreden aus, warum ich unbedingt noch bleiben musste.

Plötzlich war ein metallisches Poltern zu hören, gefolgt von begeistertem Johlen. Lana und ihre Freundin erstarrten. „Shit, das ist Damon", zischte Stacey und sah sich panisch um. „Wir können nicht weg."

Die lärmenden Jungen kamen in mein Sichtfeld und ich erkannte den Kerl, den sie meinten. Damon war in der ganzen Highschool bekannt, weil er jede Möglichkeit, die sich ihm bot, nutzte, um andere Schüler zu malträtieren. Und dabei machte er auch nicht vor Mädchen oder Jüngeren Halt. Ihm war es schlichtweg egal, Hauptsache, er konnte die Angst seiner Opfer spüren.

„Na, wenn das mal nicht Lana und Stacey sind", höhnte er und schritt auf die beiden zu, begleitet von dem Gelächter seiner drei Kumpels. „Bleibt ihr noch ein bisschen bei uns?"

„Wir sind nur auf dem Heimweg", erwiderte Stacey mit zitternder Stimme. „Bis morgen." Sie warf Lana einen vielsagenden Blick zu, doch meine Schwester war wie erstarrt.

„Also, ich finde Lana sieht aus, als würde sie gern noch ein wenig bleiben." Damon trat näher und grinste noch breiter. „Ist es nicht so, Mitchell?"

Es war Zeit zu gehen, das wusste ich. Und auch ich wollte mittlerweile verschwinden, so weit weg von diesen Typen wie möglich. Aber irgendetwas an dieser Situation ließ mich in meinem aktuellen Versteck unter der Rutsche verharren.

Als Damon Lana noch näher kam, trat sie einen Schritt zurück. Seine Miene verfinsterte sich. „Was ist denn los, Lana? Magst du mich etwa nicht?" Mit einem Mal schnellte sein Arm nach vorne und packte sie am Handgelenk, bevor sie noch weiter zurückweichen konnte. „Sag doch mal endlich was."

„Lass sie los!", schrie Stacey sofort. „Damon, wirklich, wir wollten euch nicht stören."

Damons Freunde blieben still, beobachteten die Szene wie Raubtiere. Dank Staceys Ablenkung riss Lana sich von Damon los und lief weg.

„Hey, wo willst du hin?" Mit wenigen Schritten hatte Damon sie eingeholt und trat nach ihr. Sein Fuß traf meine Schwester in die Kniekehle und ließ sie hart zu Boden gehen. Mit einem bedrohlich klingenden Lachen kniete er sich neben sie, bog ihren rechten Arm auf den Rücken und beugte sich ganz nahe über sie. „Du magst mich wohl wirklich nicht, Mitchell."

Von meiner Position aus konnte ich genau sehen, dass Angst in Lanas Augen stand. Das und der hämische Ausdruck ihres Schulkameraden ließen Panik in mir aufsteigen. Irgendetwas musste ich getan haben, eine Bewegung, ein Geräusch, irgendwas, denn Damons Blick schnellte nach oben und fand mich. Sein Grinsen wich. Dann schaute er wieder herab auf Lana, die zu weinen begonnen hatte.

„Hey, Damon", rief einer seiner Kumpels. „Was machen wir mit ihnen?" Die anderen drei hatten Stacey geschnappt, ein Kerl fixierte ihre Arme hinter dem Rücken. Staceys Gesicht war vor Wut ganz rot, doch sie blieb standhaft und weinte nicht. Ihre Haare waren zerzaust und ihre Hose ganz staubig.

„Tanner", erklang auf einmal eine laute Stimme, dann schnelle Schritte. Ich sah mich um und spürte Erleichterung.

„Jason", rief ich und lief aus meinem Versteck. Mein großer Bruder kam mit seinem besten Freund Josh angerannt.

„Lasst sofort die Mädchen in Ruhe und verzieht euch", donnerte Jason. „Sonst werdet ihr was erleben."

Damon ließ Lana los und stand auf. „Ach, noch mehr vom Mitchell-Clan. Hier muss irgendwo ein Nest sein. Aber gut, wir können euch auch alle verprügeln." Seine Freunde ließen von Stacey ab und gemeinsam positionierten sie sich vor Jason und Josh.

Ich weiß nicht mehr, wie es genau passiert war, aber ein paar Minuten später hatten Damon und seine Leute das Weite gesucht. Ich war unendlich erleichtert und obwohl ich sonst selten körperliche Nähe suchte, klammerte ich mich fest an meinen Bruder. Er schüttelte mich nicht ab, wie er es sonst bei Umarmungen tat. Lana und Stacey befreiten ihre Klamotten vom Staub und beruhigten sich gegenseitig, aber schließlich konnten wir nach Hause gehen. Vor Mum und Dad ließen wir nichts von dieser Sache verlauten.

***

„Damon ist nicht wirklich jemand, dem ich gern begegnen möchte", sagt Lana nach einem Moment der Stille. „Weder in New York noch sonst irgendwo."

„Ich weiß, er hat einen schlechten Ruf auf der Highschool gehabt", plappert Mum weiter. „Aber er hat sich wirklich gemacht, soweit ich das gehört habe. Immerhin ist er Anwalt. In seiner Kanzlei scheint er einer der Stars zu sein."

An Lanas Miene erkenne ich deutlich, dass ihr gerade so viele Dinge auf der Zunge liegen, die sie über Damon sagen könnte. Allerdings entscheidet sie sich dazu, keinen Streit anzufangen. „Und du glaubst, sein Beruf als Anwalt hat ihn um hundertachtzig Grad gedreht?", hakt sie lediglich nach. „Na, deine rosarote Brille möchte ich auch mal tragen."

„Wie dem auch sei", kommt Mum zum Ende dieses Themas. „Ich meinte ja nur, dass es vielleicht eine gute Idee wäre, ihm mal zu schreiben und in dein Café einzuladen." Auffordernd sieht sie mich an. „Wäre das nicht eine tolle Idee, Jenna?"

Nur über meine Leiche, liegt mir auf der Zunge, aber ich bleibe lieber stumm. Außerdem werde ich bei Kunden nicht wählerisch sein, selbst wenn es sich um den Erzfeind meiner Schwester handelt. Und wieso sollte

12

sich ausgerechnet Damon Tanner in mein Café verir-
ren?

1

Jenna

„Jason, du bist einfach der beste Bruder der Welt", ruft Lana gegen das Dröhnen der Musik und hält ihm ihren Drink zum Anstoßen entgegen. Wenn ich es nicht besser wüsste, würde ich sagen, dass sie schon vorgeglüht hat. Oder sie ist einfach nichts mehr gewohnt.

Auch mir hält sie das Cocktailglas entgegen und ich stoße mit meinem Caipirinha dagegen.

„Auf dich und dein Café", ergänzt sie feierlich und strahlt uns an.

„Auf die gelungene Eröffnung!", entgegne ich und nehme einen großen Schluck. Nach Ladenschluss habe ich mit meinen Geschwistern bereits ein Glas Sekt getrunken, doch auch ohne Alkohol fühle ich mich wie beschwipst von dem Gefühl, endlich mein Ziel erreicht zu haben. „Und auf eine tolle Partynacht!"

„Genau." Lana grinst, dann nimmt sie ihren Strohhalm in den Mund und der Pegel ihres Getränks sinkt beachtlich. Während sie trinkt, sieht sie mich an, und als sie schließlich absetzt, glänzen ihre Augen schon wieder.

„Ich weiß noch, wie ich mich damals gefühlt habe, als ich das Vegalana eröffnet habe. Die Verwirklichung des großen Traums ist etwas ganz Besonderes.“

Damit hat meine große Schwester in der Tat recht. Diese Rührseligkeit kann ich normalerweise nicht leiden, aber der heutige Tag ist auch für mich sehr emotional gewesen. Den Laden mit dem Wissen aufzuschließen, dass die ersten Gäste eintrudeln werden, die letzten Vorbereitungen für die Waren treffen und schließlich der erste Kunde, angekündigt durch das Klingeln des Glöckchens an der Tür.

Meine ganze Familie ist nach New York gekommen, um mich bei diesem besonderen Ereignis mental zu unterstützen. Mum und Dad sind mit Liam zurück nach Flourish Bay gefahren, während Lana hiergeblieben ist. Noch dazu hat sie unseren Bruder Jason dazu überredet, seine Kontakte spielen zu lassen und uns in einen der angesagtesten Clubs der Stadt einzuladen, sogar in die Loge der New York Heroes.

„Kommen denn nachher noch ein paar deiner Mannschaftskameraden?“, fragt Lana gerade und muss Jason dabei regelrecht anschreien.

Unser Bruder nickt und schaut durch die leicht getönte Scheibe hinunter auf die volle Tanzfläche. „Ich musste sie nicht einmal groß überreden, sie haben sich genau genommen selbst eingeladen.“

„Überreden?“ Irritiert sehe ich zwischen meinen älteren Geschwistern hin und her. „Wolltet ihr denn, dass sie herkommen? Ich dachte, das hier wird ein Geschwisterabend.“

Lana und Jason sehen sich ertappt an und kommunizieren für einen Moment wortlos, wackeln dabei mit den Augenbrauen, zucken mit den Schultern oder schütteln dezent den Kopf, bis Jason schließlich die Augen verdreht und sich von uns abwendet. „Erklär du das, Lana. Ich bestelle uns ein paar Snacks." Dann lässt er uns an dem zugegebenermaßen tollen Aussichtsplatz stehen und geht zur logeninternen Bar.

Fragend hebe ich die Augenbrauen, obwohl ich bereits eine Ahnung habe, was sie mir gleich gestehen wird. „Also? Was hat er gemeint? Was gibt es zu erklären?"

Mit einem Mal wirkt meine Schwester wieder total nüchtern. Sie meidet meinen Blick und schlürft so lange an ihrem Strohhalm, bis der Cocktail restlos ausgetrunken ist.

„Lana, nun sag schon", dränge ich weiter. Die laute Musik trägt leider nicht gerade dazu bei, dass sie endlich antwortet. Also beuge ich mich näher zu ihrem Ohr. „Das hat doch wohl nicht etwas mit mir zu tun, oder doch?"

Sie lässt ihr Glas sinken und dreht sich zu mir. „Doch, ich wollte, dass er sie für dich einlädt", gibt sie zu.

„O Mann." Genervt verdrehe ich die Augen. „Aber warum? Ich habe doch nie angedeutet, dass ich einen von ihnen toll finde oder etwas in der Art."

„Das nicht." Lana fühlt sich sichtlich unwohl, noch immer kann sie mir nicht in die Augen sehen. „Es ist mehr, weil –" Sie bricht ab, ihre Brust hebt sich, als sie tief einatmet. „Wir machen uns einfach Sorgen, okay? Und es wäre uns lieber, wenn es jemanden an deiner Seite gäbe, der auf dich aufpasst."

„Aufpasst?" Belustigt hebe ich eine Augenbraue. Dann verschränke ich die Arme. „Das hat dir doch mit Sicherheit Mum eingetrichtert. Ich verstehe übrigens immer noch nicht, wo der Unterschied zu dir damals ist. Ich bin seit nicht mal einem Monat in der Stadt, während du mehrere Jahre hier verbracht hast. Ebenfalls als Single."

„Komm her, wir setzen uns." Lana hakt sich bei mir ein und gemeinsam steuern wir auf die elegante Sitzgruppe zu. Jason steht noch immer an der Bar, ordert offenbar bei der Gelegenheit neue Drinks für uns.

„Bei mir ist es damals eine andere Situation gewesen", setzt Lana an. Noch immer hält sie meinen Arm fest, streicht mit einer Hand gedankenverloren über meinen Unterarm. „Drei Viertel der Ausbildungsklasse sind männlich gewesen, und wir sind fast immer als Gruppe unterwegs gewesen, wenn wir abends auf Tour gegangen sind."

Langsam werde ich ungeduldig. „Du weißt schon, dass du die ganze Zeit nur um die eigentliche Sache herumredest, oder? Komm endlich mal zum Punkt."

„Mittlerweile kann ich Mums Sorgen einfach besser nachvollziehen", gibt sie schließlich zu. „Du hast keine solche Gruppe, wie ich sie damals gehabt habe. Es gäbe uns ein besseres Gefühl, wenn wir wüssten, dass du einen Mann an deiner Seite hast, der ein Auge auf dich hat. In so einer Großstadt weiß man nie."

„Einen Mann?" Ungläubig reiße ich die Augen auf. Innerlich kocht Wut in mir hoch. Warum genau habe ich mich noch mal zu dieser Party überreden lassen? „Unfassbar! Ich dachte, diese Diskussion wäre erledigt gewesen. Und überhaupt – Footballer? Die sind doch ständig unterwegs, was sollte das bitte für einen Zugewinn darstellen? Wer hat dieses Thema denn schon wieder hochgebracht?"

„Mum und Dad hauptsächlich", übernimmt Jason und lässt sich neben mir nieder. Er stellt zwei Cocktailgläser und eine Bierflasche vor uns auf dem Tisch ab und sieht Lana an. „Wobei unser Schwesterchen hier sich ziemlich beeinflussen lassen hat."

Hilfesuchend klammere ich mich an seinen Arm. „Das heißt, du bist auf meiner Seite?"

Zähneknirschend windet er sich. „Ich weiß nicht so recht. Momentan sitze ich eher zwischen den Stühlen. Natürlich sehe ich dich als starke Persönlichkeit. Aber was man manchmal so mitbekommt, ist wirklich nicht schön."

Na toll, eine Hilfe ist er mir nicht gerade. Allerdings wecken seine Worte eine Erinnerung an einen seltsamen Vorfall. Vor etwa einer Woche hat ein Mann, während wir mir Renovierungsarbeiten beschäftigt gewesen sind, sehr auffällig in meinen Laden gestarrt. Ich habe mich unwohl gefühlt, mir aber nicht zu helfen gewusst. Erst meine Mitarbeiterin Nancy ist schließlich nach draußen gegangen und hat ihn gefragt, ob sie ihm irgendwie helfen könne. Wider Erwarten ist er sehr freundlich gewesen und hat behauptet, nur mal schauen zu wollen, worauf er sich in dem neuen Laden freuen könne. Euphorisch, wie ich gewesen bin, habe ich ein wenig aus dem Nähkästchen geplaudert. Als er wieder gegangen ist, hat er schnurstracks das Gebäude an der Straßenecke gegenüber angesteuert und ist darin verschwunden. Keine Ahnung, was das sollte, aber ohne Nancy hätte ich wirklich Angst allein im Laden gehabt.

Trotzdem lasse ich Jason nicht so schnell aus der Sache raus. „Wie wäre es denn, wenn *du* einfach mein Beschützer bist?“ Fragend wende ich mich an Lana, die uns genau beobachtet. „Wäre das für euch denn ausreichend? Ich werde ohnehin wenig Zeit haben, um groß wegzugehen.“

Nachdenklich schaut sie zwischen uns hin und her. „Ich weiß nicht. Was ist, wenn er selbst eine Freundin findet? Die ist vermutlich wenig begeistert, wenn er ständig bei seiner kleinen Schwester rumhängt. Aber wenn das für ihn okay wäre, warum nicht?“

Irritiert zieht Jason die Augenbrauen zusammen. „Hey, ich sitze ebenfalls hier, okay? Und nein, das ist keine Option. Die Zeiten, in denen ich für meine jüngeren Geschwister den Babysitter gespielt habe, sind lange vorbei.“

Resigniert seufzend greife ich nach einem der Cocktailgläser und lehne mich auf dem Sofa zurück. Ehrlich gesagt habe ich schon lange nicht mehr über eine Beziehung nachgedacht. Vor allem im Hinblick auf mein Café bin ich einfach zu beschäftigt, um mich mit Dates zu befassen. Und dann auch noch so aufgezwungen? Das klappt nie im Leben!

„Aber Jenna, nimm es uns nicht übel. Wir meinen es wirklich nur gut“, setzt Jason nach und greift nach seinem Bier.

„Also fällst du mir nun doch in den Rücken? Ich bin entsetzt.“

Schuldbewusst runzelt er die Stirn. Er nimmt einen Schluck aus der Flasche und lehnt sich ebenfalls zurück. „Die Welt ist schlecht, Schwesterherz", sagt er trocken, nachdem er das Bier wieder abgesetzt hat. „Denk einfach drüber nach, ob du dir nicht doch von uns helfen lassen willst. Es muss ja niemand aus dem Team sein, wir können auch nachher auf der Tanzfläche auf die Suche gehen."

„Du meinst, ich soll mich von euch verkuppeln lassen. Und zwar nur, damit ihr ruhig schlafen könnt." Ich kann es noch immer nicht fassen. Noch nie hat sich irgendjemand aus meiner Familie daran gestört, wenn ich single gewesen bin.

„Aber eigentlich sollte dieses Thema uns nicht den Abend verderben", setzt Lana an. „Wir sind doch schließlich zum Feiern hier."

„Stimmt", bestätige ich und nehme einen großen Schluck von meinem Cocktail. „Und wisst ihr was? Genau das werde ich jetzt tun. Wer kommt mit auf die Tanzfläche?"

Damon

„Sollen wir nicht lieber woanders hingehen?", mault Mike und schabt mit seiner Sohle über den Gehweg, was ein unschönes Kratzen erzeugt. „Bei dem Tempo stehen wir hier noch ewig in der Kälte rum." Mit dem

Kinn deutet er auf den Eingang des Clubs und gestikuliert zu den etlichen anderen Wartenden, die vor uns stehen.

„Keine Sorge", entgegne ich, obwohl mir schon jetzt langsam die Finger abfrieren. Verdammt, warum stehe ich hier auch nur im Sakko? „Je später der Abend, desto betrunkener sind die Frauen. Und desto weniger charmant muss man sein, um sie mit nach Hause zu nehmen."

„Stimmt auch wieder", johlt Christopher neben mir und tippelt auf der Stelle.

Eine Frau vor uns dreht den Kopf und straft mich mit einem vernichtenden Blick, doch das macht mir nichts aus. Ehrlich gesagt kann ich mich nicht daran erinnern, dass ich jemals Wert auf die Meinung anderer gelegt habe. Vor allem nicht, wenn es um einen One-Night-Stand geht. Wir sind alle erwachsen und wissen, worauf wir uns einlassen.

Gerade als ich überlege, mit den Jungs doch woanders hinzugehen, bewegt sich die Menge und wir stehen auf einmal ganz vorne. Prüfend betrachten uns die Türsteher. Da ich noch meinen schicken Anzug aus dem Büro trage und auch Mike und Chris sich in Schale geworfen haben, nickt einer der beiden Hünen – und wir sind drin.

Während sich Mike und Chris wie zwei kleine Jungs darauf freuen, ein paar Frauen anzugraben, gebe ich in Ruhe mein Sakko an der Garderobe ab und sehe mich verstohlen um, ob ich Kollegen aus der Kanzlei entdecke. Bisher habe ich nie gehört, dass jemand diesen Ort erwähnt hat, aber man weiß ja nie. Und ich wäre wirklich nicht begeistert, wenn ich ausgerechnet jemanden aus dem Büro treffen würde, während ich mit den Jungs auf Tour bin.

Schon mehrmals haben meine Kollegen angedeutet, dass die beiden Gründer der Kanzlei, Henry Kennedy und Timothy Crawford, viel Wert auf ein geregeltes Privatleben ihrer Mitarbeitenden legen. Allmählich bin ich es leid, mich so tief in die Arbeit zu knien und bis spät in die Nacht hinein zu arbeiten. Aber meine acht Jahre an praktischer Erfahrung würden nur knapp für die Stelle eines Partners reichen. Wenn die beiden nicht zusätzlich von mir als Privatperson überzeugt sind, kann ich die Beförderung vergessen.

Sobald wir den Eingangsbereich hinter uns gelassen haben, schiebe ich diese Gedanken beiseite. Hier werden Kennedy und Crawford schon nicht auftauchen und mitbekommen, wie ich fremde Frauen um den Finger wickele, um ein wenig Sex zu bekommen. Und langfristig wird mir schon etwas einfallen, um die beiden so lange an der Nase herumzuführen, bis ich bekommen habe, was ich möchte.

Ein paar Minuten später stehen wir auf einer kleinen Empore neben der Bar und beobachten die Tanzfläche. Wenig charmant lassen wir uns über unvorteilhafte Outfits der Damen aus und kommentieren die unterschiedlichen Tanzstile. Es ist mies, ja. Aber was soll's? Sie hören uns sowieso nicht.

Als unsere Getränke leer sind, haben sich meine beiden Kumpels bereits auf ihre erste Beute festgelegt. Feixend klatschen wir uns ab und sie verziehen sich. Ich bleibe zurück. Irgendetwas hält mich davon ab, mich auch unter die Tanzenden zu mischen, doch ich kann es nicht benennen. Irgendwie habe ich nicht mal richtig Lust, eine wildfremde Frau abzuschleppen. Aber warum nur? Sonst habe ich doch auch keine Gewissensbisse deswegen.

Nachdem ich mir ein neues Bier geholt habe, stehe ich wieder am Rande des Geschehens und lasse den Blick schweifen. Heute lacht mich aber auch wirklich keine an. Was ist nur los mit mir? Ich bin normalerweise nicht so wählerisch.

Gerade, als ich mich einfach unter die Leute mischen will, um auszuprobieren, ob jemand positiv auf vermeintlich versehentliches Begrabschen reagiert, bleibt mein Blick an zwei Frauen hängen. Sie halten Händchen und kommen aus einer der protzigen Logen. Top gestylt, aber nicht übertrieben aufgedonnert eilen sie auf die Tanzfläche. Genau in dem Moment, als sie diese erreichen, wechselt das Lied. Die beiden jubeln und beginnen zu tanzen, wobei sie sich nicht nur äußerlich, sondern auch im Tanzstil verblüffend ähneln.

„Mitchell?" Ich murmele den Namen vor mich hin und kneife die Augen zusammen, bin mir nicht sicher, ob ich die Frauen wirklich richtig zuordne. Zumindest eine von ihnen hat ziemliche Ähnlichkeit mit einem Mädchen, das früher auf der Highschool in meinem Jahrgang gewesen ist. Lana Mitchell.

Obwohl wir sehr viele Leute gewesen sind, erinnere ich mich an Lana recht gut. Ich habe es früher eine Weile lustig gefunden, sie zu ärgern, weil sie immer so erstarrt ist, wenn ich auf sie zugekommen bin. Wenn ich nicht falsch liege, sind die Mitchells insgesamt vier Geschwister, zwei Schwestern und zwei Brüder. Bei der

Ähnlichkeit der beiden Frauen könnte also Lanas Tanzpartnerin ihre Schwester sein. Wie hieß sie noch gleich?

Plötzlich taucht eine Erinnerung in meinem Kopf auf, das Bild eines Posts in einer der Social-Media-Gruppen von Flourish Bay, in der ich noch immer drin bin. Ging es darin nicht um ein Café, das Lanas Schwester hier in New York eröffnen will?

Auch wenn es mir eigentlich egal sein könnte, hole ich mein Handy hervor und scrolle durch die alten Beiträge. Tatsächlich finde ich das Bild wieder, unverkennbar sind Lana und ihre heutige Begleiterin darauf abgebildet. Darunter steht:

Falls ihr mal in New York seid, besucht unbedingt das süße Café meiner kleinen Schwester. Sie macht das Gebäck komplett selbst, und der Kaffee ist superlecker.

Und dann noch der Name. *Café Mitchell.* Nicht gerade originell.

Schulterzuckend packe ich mein Smartphone wieder weg. Das hunderttausendste Café in New York, das braucht kein Mensch, selbst wenn es jemand aus meiner Heimatstadt eröffnet. Wieder wende ich mich der Tanzfläche zu, habe fest vor, jetzt eine Frau zu finden, die ich antanzen kann. In der Menge sehe ich Mike und Chris, die allerdings eher weniger erfolgreich ihre Auserwählten anzusprechen versuchen. Und so sehr ich mich auch bemühe, mein Blick landet immer wieder bei den Mitchell-Schwestern. Ich beobachte, wie sie sich auch über die nächsten Tracks freuen. Hin und wieder werden sie angetanzt, aber sie ignorieren die

Typen komplett. Irgendwie weckt das meinen Kampfgeist. Würden sie mich auch so abblitzen lassen? Immerhin habe ich einen vermeintlichen Vorteil und kenne sie bereits, einem Gespräch würden sie sich mit Sicherheit nicht verschließen. Oder?

Jenna

Nach dem Aufreger in der Loge kann ich mich gemeinsam mit Lana auf der Tanzfläche so richtig schön auspowern. Es ist mir egal, dass durch das Schwitzen vermutlich mein ganzes Make-up verschmiert, denn es geht heute nur darum, den Kopf freizukriegen. Ehrlich gesagt kann ich mich nicht einmal daran erinnern, wann ich das letzte Mal richtig feiern gewesen bin. Und auch nicht, mit wem. Ich bin so in meine Ausbildung zur Konditorin und Barista vertieft gewesen, dass ich nur an die Arbeit gedacht habe. Und genau genommen wird sich das jetzt, da ich mich selbstständig gemacht habe, auch nicht großartig ändern. Also sollte ich die heutige Gelegenheit nutzen.

„Du, ich brauche mal eine Pause", ruft Lana beim nächsten Liedwechsel in mein Ohr und wedelt in Richtung Garderobe. „Toilette", kann ich noch verstehen, bevor sie sich an mir vorbeischiebt. Schnell hake ich mich bei ihr ein, eine kleine Verschnaufpause wird mir auch guttun.

Nachdem wir die Menge der Tanzenden verlassen haben, lasse ich Lana los und sehe ihr hinterher, wie sie den Gang Richtung Klo ansteuert. Für einen Moment überlege ich, ob ich zu Jason in die Loge zurückgehen soll, entscheide mich aber dagegen, als ich sehe, dass sich mittlerweile noch weitere Personen dort eingefunden haben. Mehrere Männer mit breiten Schultern stehen zusammen und stoßen feierlich an. Dann schwärmen sie aus, einige nehmen Platz, andere pilgern zum Fenster, um die anderen Gäste zu begutachten. Schnell ducke ich mich weg und verschwinde aus ihrem Sichtfeld. Zwar werde ich meinen Geschwistern den Gefallen tun und mich den Spielern zumindest vorstellen lassen. Aber eine große Verkupplungsaktion wird das definitiv nicht werden. Ich stehe ohnehin nicht auf diese durchtrainierten Schönlinge, das müssten Lana und Jason eigentlich wissen.

„Hey", ruft jemand und reißt mich aus meinen Gedanken. Aus dem Augenwinkel sehe ich, dass derjenige neben mir steht, aber ich beachte die Person nicht weiter, da ich nicht damit rechne, dass ich gemeint bin. Mein Blick streift schwarze Schuhe und Anzughose. Ein Mann. Doch er geht nicht weiter. O nein! Wird das etwa eine Anmache? Ich hätte doch lieber zu Jason gehen sollen.

Langsam hebe ich den Kopf und sehe in sein Gesicht. Er grinst und ... irgendwie kommt er mir bekannt vor. Aber woher? Mein Gehirn kann ihn einfach nicht zuordnen.

„Hey", sagt er erneut und deutet mit dem Kinn auf mich. „Schön, dich hier zu sehen. Herzlichen Glückwunsch zur Eröffnung."

Perplex starre ich ihn an. Okay, dieser Typ scheint mich definitiv zu kennen. Noch immer suche ich in meinen Erinnerungen nach dem passenden Hinweis, woher ich ihn kenne. Auch ihm scheint endlich klar zu werden, dass ich ihn nicht erkenne, denn sein Lächeln verblasst.

„Du bist die jüngere Schwester von Lana Mitchell." Es ist keine Frage, sondern eine Feststellung. „Ich habe euch zufällig auf der Tanzfläche gesehen und erkannt. Sie war in der Schule in meinem Jahrgang."

Aha. Ein Hinweis. Einen kurzen Moment lang zermartere ich mir noch das Hirn, aber mir will sein Name einfach nicht einfallen, also zucke ich mit den Schultern und sehe prüfend in Richtung der Toiletten. Lana ist nirgends zu sehen, also muss ich wohl doch zu Jason und seinen Teamkameraden. „Sorry, Lana ist gerade auf der Toilette."

Ich wende mich ab und will davongehen, als der Mann blitzschnell nach meinem Handgelenk greift. Als hätte er mir einen Stromschlag versetzt, zucke ich zusammen und sehe ihn an. „Magst du mich etwa nicht?", fragt er und grinst boshaft. Und plötzlich sind die Erinnerungen wieder da.

Damon Tanner. Der Bully aus Lanas Jahrgang. Warum ist mir das nicht gleich eingefallen, Mum hat ihn neulich erst erwähnt. Ich solle ihn auf einen Kaffee einladen. Pah!

Ruckartig entziehe ich ihm meinen Arm. „Fass mich nicht an, du Penner, oder ich sage der Security Bescheid."

Erst sieht er verblüfft aus, aber schließlich schiebt er beide Hände in die Hosentaschen. Warum grinst er denn noch immer? Ist er solche Beleidigungen etwa gewohnt? „Ich sehe schon, du bist ein wenig aufbrausender als deine Schwester. Das gefällt mir.“

„Das kann dir gefallen oder nicht, es spielt keine Rolle. Du sollst mich in Ruhe lassen!“

Sein Blick verdunkelt sich und er tritt einen Schritt näher. Mit aller Kraft widerstehe ich dem Drang, zurückzuweichen. Ganz bestimmt lass ich mich nicht von ihm einschüchtern.

„Keine Ahnung was du für ein Problem hast, aber ich habe dich einfach nur nett begrüßt. Das ist mehr, als alle anderen Frauen in diesem Laden hier behaupten können.“

Mein Herz rast. Mit einem Mal fühle ich die Panik von damals, als er mit seinen Freunden auf Lana und Stacey losgegangen ist. Damals hat er sich auch erst vermeintlich nett gegeben, das ist scheinbar seine Masche. Dabei konnte er so skrupellos sein.

„Oh, jetzt soll ich mir darauf auch noch etwas einbilden, oder wie?“, fauche ich. „Auf deine Nettigkeit verzichte ich gern, an die erinnere ich mich nämlich noch ziemlich gut.“

Damon blinzelt, dann tritt Erkenntnis in seinen Blick. „Du spielst doch nicht etwa auf die alten Geschichten an. Meine Güte, wir sind doch inzwischen alle erwachsen.“

„Ja, ich hab es schon gehört“, gifte ich und setze eine übertrieben erfreute Miene auf. „Der Herr Staranwalt, herzlichen Glückwunsch! Aber das heißt nicht, dass ich jetzt vor dir kuschen werde. Wenn du so erwachsen bist, dann lass mich doch einfach in Ruhe, anstatt mich zu belästigen.“

In diesem Moment steuert jemand von den Toiletten aus auf uns zu. Lana. Sie sieht mich und lächelt. Doch als sie meine Miene sieht, verdunkelt sich ihr Gesichtsausdruck.

„Jenna? Was ist los?"

„Das ist los." Mit dem Kinn deute ich auf Damon, der wortlos zwischen uns hin- und hersieht. Verwirrt schaut Lana ihn an – und ihre Augen weiten sich. Sie wird regelrecht bleich und taumelt einen Schritt zurück.

„Was ... was soll das?", stammelt sie. Dann sieht sie sich hilfesuchend um. „Lass uns bloß in Ruhe, sonst rufen wir die Security."

„Wie einfallsreich", höhnt er und verdreht die Augen. „Man merkt sofort, dass ihr Schwestern seid. Mir wurde bereits vor wenigen Sekunden mit dem Sicherheitsdienst gedroht."

„Zu Recht", setze ich nach und greife nach Lanas Hand. „Komm, Lana. Der Club ist groß genug für uns alle." Bereitwillig lässt sich meine Schwester in Richtung New York Heroes Loge ziehen. Damon ruft uns nichts hinterher, soweit ich das beurteilen kann. Wir sehen ihn den ganzen restlichen Abend nicht mehr und darüber bin ich sehr froh. Lana hat die Begegnung ziemlich aus der Bahn geworfen, aber Jasons Footballkollegen schaffen es, uns abzulenken, auch ohne dass irgendwelche Verkupplungsversuche unternommen werden.

Erst später, als wir uns zum Gehen fertigmachen, schweifen meine Gedanken noch einmal zu Damon. Hoffentlich läuft er mir von jetzt an nicht öfter über

den Weg. Das hat mir gerade noch gefehlt, einen un-
liebsamen Bully aus der Kindheit um mich herum zu
haben.

2

Damon

Die neue Arbeitswoche beginnt zäh. Obwohl ich nach
Freitagabend am Wochenende nicht mehr feiern war,
bin ich todmüde. Dieses seltsame Aufeinandertreffen
mit den Mitchell-Schwestern hat mich nachdenklicher
gestimmt, als ich erwartet hatte. Es ist komplett bescheuert, dass ich mich deswegen schlaflos im Bett her-
umgewälzt habe. Ich meine, ja – ich bin früher ein Tyrann gewesen. Aber Menschen können sich doch ändern. Wie lange haben wir uns jetzt nicht mehr gesehen? Zehn Jahre vielleicht? In dieser Zeit kann viel passieren. Und vor allem Lanas Schwester, Jenna, wie ich
nun weiß, hat überhaupt keinen Grund, mich so zu ver-
urteilen. Mit ihr habe ich nie etwas zu tun gehabt, soweit ich mich erinnern kann.

Mühsam verdränge ich die Gedanken aus meinem Kopf. Am Nachmittag habe ich einen Termin mit einem neuen Mandanten und muss mich gut darauf vorbereiten. Es geht um ein Lizenzrecht, eine einfache Sache, aber ich darf mir keinen Fehler leisten, niemals.

Endlich kann ich die Mitchells zumindest kurzzeitig vergessen. Allerdings beschäftigen sich meine Gedanken nun wieder mit dem Thema, das mich bereits seit Monaten verfolgt: Mein Weg zum Juniorpartner. Obwohl ich noch nicht so lange in der Kanzlei bin, wie manch andere, rechne ich mir Chancen auf die Beförderung aus. Allerdings legen die Kanzleichefs sehr viel Wert auf ein gesittetes Privatleben. Anscheinend leiten sie daran ab, ob sie sich auf jemanden verlassen und langfristig mit einem Partner rechnen können. Rein fachlich kann ich es schaffen, das weiß ich. Aber so sehr ich mich auch bemühe, mein Privatleben vor den Kollegen geheim zu halten, irgendwie dringen doch immer wieder Gerüchte über meinen ungezwungenen Lebensstil in die Kaffeeküche. Wie kann ich das zukünftig verhindern? Vor allem muss ich die bisherigen Gerüchte irgendwie beseitigen.

Seit ungefähr einer Woche liebäugele ich mit einem Plan, der zwar funktionieren könnte, bei dem aber viel auf dem Spiel steht. Wir haben eine Seniorpartnerin in der Kanzlei, Tina Thompson. Soweit ich weiß, ist sie alleinstehend, und obwohl sie schon über fünfzig sein muss, wirkt sie fast noch jugendlich. Für eine Anwältin kleidet sie sich zwar professionell und modern, aber ihre Röcke sind mitunter ziemlich kurz, ihr Ausschnitt teilweise etwas zu auffällig. Wenn ich mich nicht irre, hat sie mir bereits ein paar Mal zugezwinkert. Vielleicht ist diese Frau der Schlüssel zu meinem Erfolg, sie hat viel Einfluss in der Kanzlei. Irgendwie muss ich mich an sie heranmachen – und hochschlafen.

Es klopft an der Tür meines Büros, und ich schüttele den Kopf, um die Bilder darin zu vertreiben. „Herein!"

Wendy, meine persönliche Assistentin, öffnet die Tür und schlüpft durch den Spalt. Sie arbeitet bereits seit zwei Jahren für mich, und obwohl ich am Anfang gedacht habe, dass das mit ihr nicht funktionieren wird, weil sie viel zu schüchtern ist, bin ich sehr zufrieden mit ihr. Wenn es drauf ankommt, kann sie sich durchsetzen, sogar mir gegenüber. Ich will sie so gerne behalten, dass ich sogar nie einen Versuch gewagt habe, sie ins Bett zu bekommen. „Mr. Tanner, ich werde mich in fünf Minuten auf den Weg machen, um Ihnen etwas zum Mittagessen zu holen. Haben Sie irgendwelche Wünsche für heute?"

„Danke, Wendy. Heute habe ich Lust auf ein Sandwich. Und ein Mineralwasser dazu, bitte." Unwillkürlich wandern meine Gedanken zu Jenna. Mist. Warum sie schon wieder? Ich denke kurz darüber nach, wie es wäre, meine Mittagspause in ihrem Café zu verbringen.

„Wie beim letzten Mal wieder mit Hähnchenbrust?" Mein Blick schnellt hoch und ich sehe, wie Wendy sich auf ihrem Handy Notizen macht.

„Genau. Und bringen Sie bitte noch ein zweites mit, mit pikanter Wurst. Ich plane, nicht allein zu essen."

„Natürlich, kommt sofort." Sie nickt emotionslos. Natürlich kennt auch Wendy meinen Ruf. Sie hat mich sogar ein paar Mal gedeckt, als ich mit Sekretärinnen der Kanzlei geschlafen habe und deren Vorgesetzte mich zur Rede stellen wollten. Trotzdem hat es von ihrer Seite noch nie einen Hinweis darauf gegeben, dass sie mein Verhalten verurteilt. Eine so diskrete Assistentin ist nicht leicht zu finden.

***

Als Wendy mit dem Essen zurück ist, nehme ich die Tüte und die Getränke und gehe den Flur entlang zu Tina Thompsons Büro. Ihre Tür ist offen und sie ist tatsächlich da.

„Ah, Damon", ruft sie, als ich im Türrahmen stehen bleibe. „Was kann ich für Sie tun?"

Lächelnd trete ich in ihr Büro und schließe die Tür hinter mir. „Hi, Tina. Ich muss mir mal eine Pause gönnen und wollte Ihnen eines meiner Sandwiches anbieten. Meine Assistentin hat es heute zu gut mit mir gemeint." Ich stelle die Tüte ab und hole die beiden kleinen Päckchen heraus. „Peperonisalami oder Hähnchenbrust. Sie haben die Wahl."

Schwungvoll rollt sie sich in ihrem Bürostuhl nach hinten. „Ach, das ist aber nett. Vielen Dank. Dann nehme ich gern das Sandwich mit Peperoni." Sie steht auf und geht um den Schreibtisch herum. Als sie vor mir stehen bleibt, sieht sie mir fest in die Augen. „Ich mag es lieber scharf."

Okay, das könnte leichter werden als gedacht. Ich halte ihr das entsprechende Päckchen hin und nicke. „Nur zu. Hähnchen war ohnehin mein Favorit", lüge ich und deute dann auf den runden Tisch mit mehreren Besprechungsstühlen, der in einer Ecke des schmucklosen Büros steht. „Sollen wir uns setzen?"

Begleitet von dem Rascheln des Packpapiers entfalten wir unser Essen. Obwohl diese Sandwiches von einem leicht schäbig aussehenden Straßenstand stammen, sind sie definitiv mein Favorit der letzten Wochen.

„Also, Damon", setzt Tina an, nachdem sie ein Stück vom Sandwich probiert hat und ihr Mund wieder leer ist. „Was führt Sie zu mir? Sie haben mir zuvor noch nie beim Mittagessen Gesellschaft geleistet. Geschweige denn, mir auch noch etwas mitgebracht."

„Das stimmt", gebe ich zu, als auch ich den ersten Bissen hinuntergeschluckt habe. „Allerdings muss ich ein wenig an meinen sozialen Fähigkeiten arbeiten, wie mir bereits mehrfach gesagt worden ist. Also mische ich mich von jetzt an mehr unter die Leute." Ich werfe ihr ein strahlendes Lächeln zu. „Und da fange ich am liebsten bei den angenehmen Leuten an."

Tina lacht auf. „Ich wurde ja schon als vieles bezeichnet, aber als angenehm? Ich glaube das ist eine Premiere."

Gespielt empört ziehe ich die Augenbrauen zusammen. „Wirklich? Wieso, wie nennt man Sie denn?"

„Oje, das kriege ich nicht alles zusammen. Vermutlich hätte ich Buch führen sollen. Es fing an mit Worten wie Zicke oder Kuh, irgendwann wandelte es sich zu Bitch, Monster oder Drache. Mittlerweile werde ich immer öfter als Raubtier oder Nymphomanin bezeichnet."

Bei ihren Worten verschlucke ich mich und unsere Blicke treffen sich. Mein Plan, mich bei ihr hochzuschlafen, dürfte wirklich einfach werden, wenn sie schon so offensiv über Sex redet, obwohl ich nicht mal richtig angefangen habe, zu flirten. Seltsamerweise habe ich gar keine Lust, darauf anzuspringen. Ist das vielleicht doch keine gute Idee?

„Ich hoffe, das gilt nicht für Personen aus der Kanzlei", sage ich, um wieder sicheres Terrain zu erreichen. „Sie sind schon lange dabei, von Ihnen und Ihren Fähigkeiten kann man doch nur profitieren."

„Das kommt ganz darauf an, in welchen Bereichen." Ich spüre ihren Blick auf mir und weiß, dass ich ihn erwidern sollte, wenn ich meinen Plan durchziehen will. Aber ich schaffe es nicht. Stattdessen beiße ich einen extragroßen Bissen von meinem Sandwich ab und betrachte es danach, als würde ich mich über den Belag wundern. Immerhin nicke ich dabei und mache ein zustimmendes Geräusch.

„Wissen Sie, Damon, Männer fühlen sich von erfolgreichen Frauen oft eingeschüchtert. Deswegen war es für mich als Karrierefrau nicht immer einfach. Mittlerweile weiß ich, wie ich in gewissen Situationen mit meinen männlichen Konkurrenten umgehen muss. Und vor allem weiß ich, was ich will."

Nun hebe ich doch den Blick. Ist das etwa das Zeichen, dass sie jetzt sofort ...

„Tina?" Eine Stimme ertönt vom Flur her, und ich zucke zusammen. Als es zusätzlich an die Bürotür klopft, verdreht Tina Thompson die Augen. „Ja, bitte?"

Ein Kollege vom Familienrecht streckt den Kopf zur Tür herein. „Hi Tina. Ah, Damon, Sie sind auch hier. Jemand hat Muffins und andere Köstlichkeiten von diesem neuen Café die Straße runter mitgebracht. Steht in der Kaffeeküche, nur zur Info. Bedient euch!"

Der Kollege verschwindet sofort wieder, und normalerweise könnte ich das von Tina aufgebaute Gespräch wieder aufnehmen. Aber was macht mein Hirn? Es denkt an Lanas Social-Media-Post und fragt sich, ob der Kollege das Café Mitchell meint. Ist es wirklich nur die Straße runter? Bin ich vielleicht sogar unbewusst schon einmal daran vorbeigelaufen?

Es wundert mich noch immer, dass mich dieser Abend im Club, und vor allem das Aufeinandertreffen mit Jenna, so aus der Bahn geworfen hat. Wie sie mich angesehen hat, richtig angeekelt. Dabei kann ich mich nicht erinnern, dass wir jemals direkt etwas miteinander zu tun gehabt haben. Habe ich ihr mal etwas angetan? Ist etwas vorgefallen, an das ich mich nicht mehr erinnern kann? Zu gern wüsste ich den Grund für ihre enorme Abneigung mir gegenüber.

„Sind Sie etwa schon satt, Damon?" Tina hat sich in ihrem Stuhl zurückgelehnt und zieht mich regelrecht mit ihren Blicken aus. Meine Güte, ist ihre Bluse vorhin auch schon so weit aufgeknöpft gewesen?

„Ähm, wie?", stammele ich perplex und bemühe mich, ihr ins Gesicht zu sehen.

„Na, Sie sehen noch ein wenig hungrig aus."

„So?" Von dem Sandwich ist wirklich nichts mehr übrig, ich habe nur noch meine Wasserflasche. „Ich esse eher mehrere kleinere Portionen über den Tag verteilt, das geht schon in Ordnung. Aber vielleicht mache ich gleich noch einen Abstecher in die Kaffeeküche und schaue, was alles im Angebot ist." Mit diesen Worten stehe ich auf und sammle die leeren Verpackungen zusammen. „Sie auch?"

„Sie sind also eine Naschkatze?", setzt sie noch nach, scheint aber zu akzeptieren, dass unser zugegebenermaßen eher einseitiger Flirt vorbei ist. „Machen Sie nur, ich werde später schauen, ob noch etwas übrig ist."

Mit einem seltsamen Gefühl, dass sich fast wie ein schlechtes Gewissen anfühlt, verlasse ich das Büro der Seniorpartnerin. Ich bin ein wenig von mir selbst enttäuscht, dass ich nicht einfach ausprobiert habe, ob ich ihre zweideutigen Anmerkungen falsch interpretiert habe. Vor allem das mit der Nymphomanin, noch eindeutiger geht es kaum, oder?

Meine Wasserflasche in der Hand baumelnd steuere ich auf die Kaffeeküche zu. Das Sandwich hat mich tatsächlich recht satt gemacht. Wenn ich ehrlich zu mir selbst bin, möchte ich nur prüfen, ob das Essen wirklich von Jennas Laden ist.

Die Bestätigung finde ich in Form eines Logos auf den Verpackungen, die jemand auf den Tisch mitten im Raum gestellt hat. *Café Mitchell* steht darauf, das C des ersten Wortes und das letzte L hübsch verschnörkelt, sodass sich um den Namen eine Art Rahmen bildet.

„Hey, Damon", ruft Winston, einer meiner direkten Kollegen. „Die Sachen sind echt lecker, nimm dir schnell was, bevor es noch mehr Leute herausfinden und alles wegessen."

„Guter Tipp", entgegne ich. „Was empfiehlst du als Einstieg?" In einer kleineren Schachtel ist Gebäck, das ich schon mal gesehen habe, auf dessen Namen ich aber nicht komme. Makronen? Keine Ahnung, irgend so etwas. Dann eine recht große Verpackung mit verschiedenen Muffins und schließlich ein angeschnittener Käsekuchen.

„Einen der Muffins." Winston tritt einen Schritt näher an den Tisch heran. „Die mit Blaubeere sind mein Favorit. Der Cheesecake soll aber auch nicht schlecht sein, da ist Erdbeere mit drin. Falls du schon zu Mittag gegessen hast, empfehle ich die Macarons."

Nachdenklich lasse ich den Blick schweifen. Es ist wirklich schwer, sich zu entscheiden. „Die Sachen sind von einem Café aus der Nähe?", frage ich beiläufig und probiere eines der Macaron-Dinger. „Ein neues?"

„Genau, ich bin vorhin zusammen mit Steven dort gewesen. Sieht recht unscheinbar aus und ist auch nicht besonders groß, aber das, was ich bisher probiert habe, ist wirklich ganz besonders. Vor allem keine langweilige Massenware."

Ich drapiere ein Stück Käsekuchen auf einem Teller und schnappe mir noch ein Macaron. Die Dinger sind superlecker. „Danke auf jeden Fall. Ich werfe nachher was in die Kaffeekasse." Ein wenig umständlich winke ich mit meiner Wasserflasche und verschwinde in Richtung meines Büros.

Vielleicht sollte ich nach Feierabend Jennas Café einen Besuch abstatten ...

3

Jenna

Noch immer überkommt mich bei dem lauten Rauschen des Kaffeevollautomaten eine positive Gänsehaut. Natürlich habe ich es seit Jahren täglich gehört und verinnerlicht, aber nun ist es meine eigene Maschine – mein eigenes Café.

Als Lana ihr Restaurant eröffnet hat, habe ich nicht nachvollziehen können, warum alle so eine große Sache daraus machen. Jetzt weiß ich es. Es ist ein Meilenstein, ein Ereignis, das man niemals vergessen wird.

Leider hält die Freude über meine Eröffnung nicht lange an. Als ich heute Morgen mit aufgeregtem Herzklopfen die Ladentür aufgeschlossen habe, sind mir Handwerker auf der gegenüberliegenden Seite aufgefallen. Sie haben damit begonnen, den Laden an der Ecke zu renovieren. Erst habe ich mir nichts dabei gedacht, aber im Laufe des Tages ein paar Gesprächsfetzen der Kunden aufgeschnappt. Es hat sich ganz danach angehört, als käme dort ebenfalls ein Café hin. Und zwar nicht irgendeines.

Eine ältere Frau bestätigt schließlich meinen Verdacht.

„Ist Ihnen eigentlich bewusst, was da drüben hinkommt, Schätzchen? Diese Café-Kette macht da eine neue Filiale auf. Wie heißt sie noch gleich? Irgendwas mit einer Farbe."

„Meinen Sie die Black Coffee Group?", helfe ich ihr auf die Sprünge, während mir innerlich das Blut gefriert. Mit Konkurrenz kann ich umgehen, aber ausgerechnet Black Coffee? Wie soll ich mich gegen die behaupten? Die New Yorker finden vielleicht mit der Zeit heraus, dass es bei mir besser schmeckt, aber die ganzen Touristen? Wohl kaum.

„Ja, genau, danke." Sie kramt in ihrer überdimensionalen Handtasche, während ich ihr ein eingepacktes Stück Cheesecake über den Tresen schiebe. „Darf es sonst noch etwas sein, Ma'am?"

„Ach, nennen Sie mich bitte Mrs. Henderson", erwidert die Frau und reicht mir einen Zehner rüber. „Aber nein, danke. Ich mag es lieber, wenn ich jeden Tag frisches Gebäck habe." Zufrieden nimmt sie die Kuchenverpackung an sich. „Der Rest ist für Sie. Bis morgen, meine Liebe."

Verblüfft starre ich auf den Schein. Soll das bedeuten, dass sie von nun an regelmäßig kommen wird? Meine erste Stammkundin? Damit habe ich so schnell gar nicht gerechnet. Als ich das Glöckchen der Tür höre, ist die Frau auch schon weg.

Auch bis kurz vor meinem Feierabend sind die Renovierungsarbeiten gegenüber noch in vollem Gange. In der Mittagspause habe ich sogar Nancy als Spionin um den Block geschickt, aber sie hat hinter den mit Folie abgehängten Fenstern wenig erkannt. Tatsächlich habe ich im Internet die Bestätigung gefunden, dass Black Coffee bei besagter Adresse eine Filiale eröffnet. So ein Mist! Ein kleiner Hoffnungsschimmer ist, dass es offensichtlich Probleme mit der Genehmigung gegeben hat und sich die Eröffnung an sich noch verzögert. Obwohl ich natürlich niemandem etwas Böses wünschen möchte, wäre es mir in diesem Falle wirklich sehr recht, wenn diese Genehmigungsprobleme bestehen blieben und Black Coffee doch nicht eröffnen kann. Gegen diesen Café-Riesen hätte ich schlicht keine Chance. Es ist ohnehin schon schwer genug gewesen, diese Location überhaupt zu finden. Ein bezahlbarer Laden in einer Bürogegend, wo sich nicht schon ein Café an das nächste reiht? Fast unmöglich. Dad hat jemanden gekannt, der jemanden kannte, und so weiter. Irgendwie ist dann der Kontakt zu der Besitzerin zustande gekommen, und ich habe den Mietvertrag unterschrieben.

Als ich abschließe, ist die Auslage so gut wie leer. Eigentlich ist das super, aber das bedeutet auch, dass ich deutlich mehr Gebäck vorbereiten muss. Heute ist kein sonderlich geschäftiger Tag gewesen. Abgesehen von einer größeren Bestellung sind es fast nur Käufe von Einzelpersonen gewesen. Ich habe sogar ein wenig darauf spekuliert, dass etwas für mich als Abendessen übrig bleibt. Aber die süßen Cupcakes hebe ich mir lieber für das Frühstück auf.

In der Küche bereite ich noch einige Sachen für den Morgen vor, damit ich direkt den Ofen anwerfen und die erste Fuhre backen kann, während ich den restlichen Teig mache. Puh, so wie es aussieht, werde ich neben Nancy im Verkauf recht schnell eine Hilfskraft für

die Küche suchen müssen, die mir solche Sachen wie
das Abwiegen der Zutaten, das Bedienen des Rührge-
räts und das Vorbereiten der Cremetoppings abnehmen kann. Gleichzeitig bedeutet das höhere Ausgaben.
Dabei schmilzt mein Erspartes jetzt schon dramatisch.
Und dann auch noch die Aussicht auf die baldige Konkurrenz – da bekomme ich glatt Bauchschmerzen.

Seit ich nach der Highschool in dem kleinen Café in
Flourish Bay angefangen habe, hat sich dieser Traum
von meinem eigenen Laden entfaltet, bis ich fast täglich daran denken musste, wie es wäre, selbst über alle
Waren zu entscheiden, die Kunden als Chefin zu begrüßen und einen eigenen Namen auszuwählen. Da ich
auf keinen Fall Staceys Eltern Konkurrenz machen
wollte, hat ein Neustart in New York eine gewisse Anziehungskraft auf mich entwickelt, der ich irgendwann
nicht mehr widerstehen konnte.

Gerade stelle ich die letzten Sachen in die Kühlung,
als ich ein Poltern aus dem Verkaufsraum höre. Ein
kalter Schauer läuft mir über den Rücken und mein
Puls rast, doch ich versuche mir einzureden, dass einfach eine Packung Kaffeebohnen vom Regal gefallen ist
– warum auch immer. Vorsichtig werfe ich einen Blick
durch den Türrahmen, ohne den Bereich hinter der
Theke zu betreten. Auf dem Boden ist nichts zu sehen.
Doch da – an der Tür! Ein Schatten, eine dunkle Gestalt.
Hm, war das vielleicht ein verspäteter Kunde? Ein Ein-
brecher? Oder ein Spion von Black Coffee? Vielleicht
wieder dieser Kerl von neulich, der sich den Laden genauer ansehen wollte, noch bevor ich geöffnet hatte.

Zitternd richte ich mich auf. Gedanklich schreibe ich
mir eine Notiz an mich selbst. Sobald es mein Budget

hergibt, werde ich die Ladensicherung für die Schaufenster und die Tür erneuern. Das derzeitige Gitter klemmt und ist wirklich nicht mehr auf dem neusten Stand.

Gleichzeitig drängen die Sorgen meiner Familie in mein Gedächtnis. Ich als Single in New York. *Kein Problem,* habe ich gesagt. Und jetzt? Kaum rüttelt mal jemand an der Tür, traue ich mich schon kaum, den Laden zu verlassen. So angenehm die Gegend tagsüber ist, nachts ist sie eher weniger frequentiert, was mir auf dem Heimweg bereits ein mulmiges Gefühl verschafft hat.

Ich will gerade zurück in den hinteren Bereich, als ich auch von dort ein Geräusch höre. Wie erstarrt halte ich inne und lausche. Dieses Mal ist es ein wiederkehrender Laut, ein seltsames Schleifen und Kratzen. Mein Herz wummert in meiner Brust, doch ich zwinge mich dazu, einen Schritt vor den anderen zu setzen. Ich muss nachschauen, wer oder was dieses Geräusch verursacht, immerhin muss ich dort noch meinen Mantel holen und alles abschließen. Mist, gerade erst vor ein paar Minuten ist Nancy gegangen, ich hätte sie jetzt gut gebrauchen können, wenn auch nur zur moralischen Unterstützung.

Vorsichtig luge ich durch die offenstehende Tür. Ich sehe keine Schatten und kann auch keine Schritte oder sonstige menschliche Geräusche wahrnehmen. Aber das Scharren ist noch immer da. Dazu mischt sich jetzt auch noch ein leises Fiepen.

Moment mal ... Fiepen? Mit einem Mal verwandelt sich meine Angst in Hektik. Eilig mache ich zwei

Schritte in den Raum, in dem ich meine Speisen vorbereite, und sehe mich um. Da, in der Ecke, ein schwarzes wuselndes Knäuel.

„Ratten!", quietsche ich schrill, und sogar die beiden Viecher heben erstaunt den Kopf.

Blitzschnell ziehe ich die Tür zum Gästebereich zu und greife nach einem Besen. Die Hintertür öffne ich sperrangelweit und scheuche die Biester nach draußen.

„Husch, husch!", rufe ich, wobei ich nach weiterem Ungeziefer Ausschau halte. Auf den ersten Blick kann ich nichts erkennen, doch sobald ich die beiden ungebetenen Gäste vor die Tür gesetzt habe, suche ich alles gründlich ab. Erst jeden Schrank, jede Ecke und alle noch so kleinen Ritzen der Küche, dann sehe ich mich auch noch penibel im Verkaufsraum um. Keine weitere Ratte in Sicht.

Erschöpft fege ich noch einmal alles durch, ziehe das klemmende Gitter des Haupteingangs runter und verriegele die Vordertür. Nachdem ich auch den Hinterausgang abgeschlossen habe, trete ich vollkommen erschöpft auf den Bürgersteig zur Vorderseite des Cafés und atme erleichtert auf. Niemand lungert vor dem Laden herum. Erst dieser Schatten an der Tür, dann die Ratten, heute war echt nicht mein Tag. Die allmählich abfallende Anspannung sorgt dafür, dass sich mein Magen die Frechheit herausnimmt, laut zu knurren. Stimmt, ich hatte noch immer nichts zum Abendessen. Na gut, es wird schon irgendwo in der Nähe etwas Günstiges geben.

Die Gegend, in der das *Café Mitchell* sich befindet, besteht hauptsächlich aus Gewerbegebiet, aber eines der schönen Sorte. Es ist fast schon Fügung gewesen, dass

Dad dieses Angebot im richtigen Moment gesehen hat und wir die Verkäuferin gemeinsam überzeugen konnten. Wirklich ein Schnäppchen. In der näheren Umgebung sind viele große Firmen, Arztpraxen und auch ein paar Anwaltskanzleien. Wenn deren Mitarbeitende hin und wieder bei mir vorbeischauen, statt bei der Konkurrenz gegenüber, dürfte das vielleicht schon reichen, um über die Runden zu kommen.

Auf der Suche nach einem Imbiss mit erschwinglichem Essen komme ich an mehreren teuer aussehenden Restaurants vorbei. Durch die großen Fenster sehe ich elegant gekleidete Menschen, die mit Weingläsern anstoßen oder kunstvoll arrangierte Teller serviert bekommen. Ich bin noch nie in einem solchen Restaurant gewesen. Aber es fehlt mir ehrlich gesagt auch nicht. Normalerweise präferiere ich gemütlich aussehende Lokale wie das von Lana.

Als ich um die Ecke biege, komme ich in eine belebte Straße mit auffallender Leuchtreklame. Viele Menschen drängen sich auf dem Gehweg, doch immerhin sehe ich hier ein paar Imbisswagen, die den Eindruck erwecken, als würde ich mir das Essen dort leisten können. Nach kurzem Zögern entscheide ich mich für einen Stand mit Hot Dogs. *Joey's Best Hot Dog in Town* nennt er sich wenig bescheiden.

„Guten Abend, Sir", setze ich an und nehme die Preisliste genauer in Augenschein. „Bitte einen Hot Dog mit Gurken, Röstzwiebeln und scharfer Sauce."

Der Verkäufer knurrt etwas Unverständliches und öffnet eine Klappe, unter der offenbar die warmen Würstchen vor sich hin sieden. Gedankenverloren träume ich vor mich hin, als mir plötzlich jemand auf die Schulter tippt. Panisch mache ich einen Satz zur Seite und gebe einen quietschenden Laut von mir. Reflexartig schlage ich die Hand der unbekannten Person zur Seite.

Vor mir steht Damon Tanner und starrt mich aus weit aufgerissenen Augen an. „Wieso schlägst du mich?", motzt er und tritt einen Schritt zurück.

„Was ... warum fasst du mich an? Und was machst du hier?", maule ich zurück.

„Anfassen?" Er macht ein schnaubendes Geräusch. „Bei dem Krach hier hört man doch eh nicht, wenn man gerufen wird. Also habe ich dich nur angetippt. Ist das bei dir schon gleich Belästigung, oder was?"

Argwöhnisch sehe ich ihn an und lasse meinen Arm sinken. „In deinem Fall vielleicht schon. Und ich glaube, du unterschätzt meine Fähigkeit, auf meinen Namen zu reagieren." Damon sieht mich gar nicht an, etwas anderes hat seine Aufmerksamkeit erregt. „Na, danke auch für das Gespräch."

„Bitte schön, Miss." Der Verkäufer hält mir einen Hot Dog hin. Mit der Sauce hat er es ziemlich gut gemeint, die ganze obere Seite der Wurst ist damit bedeckt und sie droht bereits herunterzutropfen.

„Hey, hey", ruft Damon auf einmal und stellt sich neben mich. „Das wollen Sie doch nicht ernsthaft verkaufen. Ich habe ganz genau gesehen, was Sie da eben getan haben. Die junge Frau bekommt sofort einen neuen Hot Dog."

Mit finsterer Miene lässt der Mann den Hot Dog sinken und wendet sich an Damon. „Wollen Sie etwas gegen mein Essen sagen, Mister?"

„Generell nicht", kontert Damon. „Aber diese Wurst ist Ihnen auf den Boden gefallen. Und Sie sind mit dem Fuß draufgetreten, um sie am Wegrollen zu hindern."

„Was?", rufe ich entsetzt, und mir dreht sich der Magen um bei dem Gedanken, dass der Typ mir das auch noch verkauft hätte. „Das ist ja ekelhaft!"

„Wie bitte?" Der Verkäufer wird bereits ganz rot vor Wut. „Na, daran würde ich mich aber erinnern."

„Na schön." Damon verschränkt die Arme und schiebt sich vor mich. „Dann essen Sie diesen Hot Dog doch selbst." Er reckt das Kinn nach vorn und sieht den Mann herausfordernd an. „Na los, ich zahle Ihnen diesen und dann auch den neuen, den Sie der Miss gleich zusammenstellen werden."

Der Vorschlag ist fair, aber ich bin mir nicht sicher, ob ich überhaupt noch einen Hot Dog wollen würde. Eine Weile starren sich die beiden an, und es wirkt fast wie eines dieser Duelle zwischen Kindern, in dem jeder versucht, nicht zu blinzeln. Schließlich knurrt der Hot-Dog-Verkäufer und zieht eine Schublade auf. „Bevor ich mich hier verleumden lasse, mache ich Ihnen einfach direkt einen neuen Hot Dog, Miss. Aber nehmen Sie Ihren Pitbull eines Freundes zurück an die Leine." Er lässt den alten Hot Dog in die Schublade fallen, die offenbar sein Mülleimer ist, und macht sich daran, ein neues Exemplar für mich zuzubereiten. Doch bei der Vorstellung, dass der Typ mir ohne Damons Warnung tatsächlich eine auf den Boden gefallene Wurst verkauft hätte, wird mir übel.

„Vergesst es, alle beide, ich verzichte", bekomme ich noch heraus und wende mich zum Gehen. Bei diesem Stand werde ich ganz sicher nie wieder etwas bestellen, und ich kann darauf verzichten, Damon schon wieder zufällig begegnet zu sein, auch wenn er mich eben sozusagen gerettet hat. Im Hintergrund höre ich den Kerl noch meckern, aber ich kann schnell in der Menge untertauchen – ein riesiger Vorteil einer solchen Großstadt.

Damon

Als ich mich umdrehe und den zeternden Verkäufer auszublenden versuche, ist Jenna wie vom Erdboden verschwunden. Auf gut Glück versuche ich es in der Richtung, aus der sie gekommen sein muss.

Nachdem ich es nicht rechtzeitig vor Ladenschluss geschafft habe, in ihrem Café vorbeizuschauen, habe ich eine Weile vor dem Gebäude gewartet, ob sie vielleicht noch herauskommt. Allerdings habe ich das recht schnell aufgegeben und bin gerade auf dem Weg zur U-Bahn gewesen, als ich sie plötzlich doch noch entdeckt habe.

Da! Für einen kurzen Augenblick erspähe ich sie. Ich beschleunige meine Schritte und schließe zu ihr auf. „Jenna." Dieses Mal muss ich es tunlichst vermeiden, sie zu berühren. Vor allem, nachdem sie eben so heftig erschrocken ist, als ich sie angetippt habe. „Hey, Jenna. Warte."

Sie wirft einen Blick über die Schulter und biegt dann ohne Vorwarnung nach rechts ab. Ich folge ihr und realisiere erst anschließend, dass wir uns nun wieder in der Straße befinden, in der die Kanzlei ist und in der sich ihr Café befindet.

„Was willst du?", blafft sie und stampft regelrecht weiter, ohne langsamer zu werden. „Danke für deine Hilfe, aber wegen dir ist mir der Appetit vergangen."

„Wegen mir? Entschuldige bitte, dass ich mir Gedanken um deine Gesundheit gemacht habe."

Sie wirft mir einen kurzen Seitenblick zu. „Was wolltest du überhaupt von mir? Als du mich eben angetippt hast, meine ich."

Tja, was wollte ich von ihr? Dass ich wie ein Stalker vor ihrem Café gewartet habe, kann ich ja schlecht sagen. „Meine Kollegen haben heute Mittag Essen bei dir geholt, aber es ist so schnell weg gewesen. Also habe ich versucht, noch vor Feierabend etwas Nachschub für mich zu kaufen, bin aber zu spät gewesen."

Unvermittelt bleibt sie stehen. „Ach, dann warst du das vorhin an der Tür? Ich habe den Schock meines Lebens bekommen."

„Aha, du bist also noch da gewesen? Hab ich es mir doch gedacht." Auch ich bleibe stehen. Ein paar Anzugträger eilen an uns vorbei und unterhalten sich. Ansonsten ist es recht ruhig, vor allem im Gegensatz zu der belebten Straße eben. Plötzlich höre ich ein lautes Magengrummeln und Jenna krümmt sich zusammen.

„Ich muss los", sagt sie knapp und lässt mich stehen.

„Meine Güte, warum rennst du mir denn immer weg?" Diese Frau ist unfassbar. Kann sie sich nicht für einen Moment normal mit mir unterhalten?

„Also – was wolltest du wirklich?"

„Hab ich doch gesagt. Ich wollte etwas kaufen."

„Ja, klar", höhnt sie. „Oder wolltest du dich vielmehr über mein kleines Café lustig machen? Das würde viel eher zu dir passen."

„Sag mal – was ist denn hier los? Habe ich dir jemals etwas getan? Oder warum tust du so, als wäre ich der Teufel persönlich." Bevor sie etwas entgegnen kann, hebe ich abwehrend die Hände und seufze. „Ein Friedensangebot von meiner Seite: Ich habe ebenfalls noch nicht zu Abend gegessen. Wie wäre es, wenn wir einfach was essen gehen. Und ich bezahle. Dafür, dass ich dich um dein Abendessen gebracht habe."

Jennas Kiefermuskeln spannen sich an und ihre Nasenflügel bewegen sich ein wenig, so heftig atmet sie. Bestimmt kommt gleich wieder irgendeine Beleidigung. Doch als sie den Mund öffnet, ertönt wieder das laute Magenknurren und ihr bleiben die Worte im Halse stecken.

„Ich glaube, dein Körper wäre dafür, dieses Angebot anzunehmen." Langsam lasse ich die Arme sinken. „Ganz ehrlich, ich will nur etwas essen, und du offensichtlich auch. Warum kann ich dich nicht einfach nach diesem unangenehmen Vorfall einladen?"

Jenna schließt die Augen, als würden ihr die folgenden Worte so leichter fallen. „Na gut. Aber wenn ich keine Lust habe, mich mit dir zu unterhalten, dann darfst du mich nicht dazu zwingen."

Irritiert hebe ich eine Augenbraue. Wie sollte ich sie denn zum Reden zwingen? „Du meinst, kein Waterboarding mitten im Restaurant?"

Sie schüttelt den Kopf, als würde sie selbst nicht glauben, dass sie wirklich zugesagt hat. Dann seufzt sie und fuchtelt mit dem Arm den Gehweg entlang. „Und wohin möchte der werte Herr?"

Schulterzuckend hebe ich den Blick und schaue auf das Schild des Restaurants, vor dem wir ohnehin stehen. „Warum nicht gleich hier? Sieht nicht wie eine abgeranzte Bude aus, also wird es schon ganz in Ordnung sein."

Jenna wirft einen prüfenden Blick durch eines der Fenster. „Ich bezweifele, dass du da mit mir reinkommst. Ganz sicher entspricht mein Outfit nicht dem Dresscode."

Schnell mustere ich sie, bevor sie es mitbekommt. Sie trägt ein hübsches Kleid, dunkelblau mit dezenten Pünktchen. Unten ist es etwas breiter, sieht aus wie so ein Rock-'n'-Roll-Outfit. Den Rest kann ich nicht beurteilen, weil sie einen dicken Mantel darüber trägt. Der wiederum schmeichelt ihrer schlanken Figur und passt farblich sehr gut zu ihren dunklen Haaren. Im Gegensatz zu denen ihrer Schwester sind sie glatt und heute zu einem Zopf zusammengebunden.

„Das wird schon gehen", versuche ich ihr Argument in beruhigendem Ton zu entkräften. „Zur Not zeige ich meine Platin Kreditkarte, und schon werden sie uns die Füße küssen."

„Boah, mir reicht es jetzt schon", grummelt sie, geht aber trotzdem auf die Tür zu.

Tatsächlich hält uns niemand auf, sondern wir werden an einen soeben frei gewordenen Tisch direkt am Fenster geführt. Jenna sieht sich ziemlich unbehaglich um, doch der Hunger scheint zu siegen, denn sie setzt sich, nachdem der Kellner ihr den Mantel abgenommen hat. Dann nimmt sie wortlos eine der Karten, die er für uns auf den Tisch gelegt hat, und klappt sie auf. Wenige Sekunden später schließt sie diese wieder.

„Sorry, aber ich muss wieder gehen."

„Was? Wieso?" Fuck, diese Frau verursacht bei mir echt ein Schleudertrauma.

Unruhig rutscht sie auf ihrem Stuhl herum und reckt den Hals, offenbar auf der Suche nach dem Ort, an dem der Kellner ihren Mantel deponiert hat. „Diese Preise. Das kann ich nicht machen. Ich würde mich irgendwie schmutzig fühlen, so etwas gerade von dir anzunehmen."

Ihre Worte treffen mich mehr, als ich erwartet hätte, aber ich bin Meister im Überspielen meiner Gefühle. „So schmutzig wie diese Wurst eben, um die ich dich herzloserweise gebracht habe?"

Der Blick, den sie mir zuwirft, könnte vermutlich so manch kleines Kind zum Weinen bringen. Doch ich setze mein gewohntes Grinsen auf. „Bleib einfach hier und halte die Preisangaben zu. Ich kann es mir leisten."

„Ach, stimmt ja. Der Herr Anwalt." Immerhin nimmt sie die Karte tatsächlich wieder zur Hand und blättert sie durch. Schweigend suchen wir vermeintlich nach Getränken und Speisen, aber ich kann mich seltsamerweise kaum konzentrieren. Dieses Temperament, das sie schon in dem Club am Freitag an den Tag gelegt hat, scheint sie immer zu haben. Normalerweise sind Frauen in meiner Gegenwart ganz anders. Die meisten springen voll auf meine Sprüche an und versuchen, mir zu gefallen.

Jenna hingegen giftet mich ununterbrochen an, als hätte ich soeben ihr Haustier getötet. Das kann doch nicht nur deswegen sein, weil ich früher auf der Highschool kein nettes Kind gewesen bin. Vielleicht hat Lana ihr ein paar Geschichten über mich erzählt, denn Jenna persönlich habe ich nie etwas getan, soweit ich mich erinnern kann.

Der Kellner kommt zurück an unseren Tisch, und ich bedeute Jenna mit einer Handbewegung, dass sie zuerst bestellen soll.

„Für mich bitte ein kleines Glas Wasser und diesen Vorspeisensalat." Der Keller tippt es in sein Terminal ein und sieht sie abwartend an. Aber Jenna nickt nur. „Das war es schon. Danke."

Ein wenig verwirrt wendet der Mann sich an mich. Na toll. Jetzt versucht sie es auf die Tour. Wenn sie mich wirklich so verachtet, warum nutzt sie diese Gelegenheit nicht einfach aus und bestellt sich das teuerste Gericht der ganzen Karte? Oder am besten gleich doppelt, damit sie sich eine Portion für morgen einpacken lassen kann.

„Ich denke, wir nehmen die große Vorspeisenplatte", beginne ich und überfliege die Karte erneut. „Dann für mich einmal das Entre Côte mit Herzoginnenkartoffeln und den Prinzessbohnen. Und als zweiten Gang die mediterranen gemischten Nudeln, aber bitte bringen Sie beide Gerichte gleichzeitig." Ich klappe die Karte zu und reiche sie dem Kellner, der fleißig alles an die Küche weitergibt. „Und zum Trinken bitte die Rotweinempfehlung des Tages für uns beide. Vielen Dank."

4

Jenna

Ich bin so perplex, dass ich nicht einmal protestieren kann. Stattdessen starre ich dem Kellner hinterher, der mir mit einem leichten Lächeln auf dem Gesicht die Karte aus den Fingern gewunden hat. Ehrlich gesagt glaube ich auch nicht, dass es etwas bringt, noch weiter mit Damon zu streiten. Auch ohne eine sinnlose Diskussion fühle ich mich hier unwohl genug.

Dies ist eines der Restaurants, die ich vorhin so neidisch betrachtet habe. Ein paar der anderen Gäste haben mir auf meinem Weg zu dem Tisch abfällige Blicke zugeworfen. Zumindest kamen sie mir so vor. Aber Damon hat recht behalten, von den Angestellten hat mich niemand wieder herauskomplimentiert, selbst nachdem ich meinen Mantel abgelegt habe.

„Darf ich das schriftlich haben, dass ich dir diese Wucherpreise auch wirklich nicht zurückbezahlen muss? Oder hast du etwa diese Menge an Essen nur für dich bestellt?"

„Soll ich es dir als Sprachnachricht schicken, dass ich dich einlade?“ Damon grinst mich selbstzufrieden an.

„Und dir somit meine Handynummer geben? Nur über meine Leiche.“

Sein Lächeln verschwindet und er schüttelt den Kopf, während er sich in seinem Stuhl zurücklehnt. „Ich habe zwar verstanden, dass ich dich nicht zum Reden zwingen darf, aber willst du mir vielleicht trotzdem verraten, warum du so einen Hass auf mich hast? Wenn es geht, ohne dass das gesamte Restaurant über unser Verhältnis Bescheid weiß?“

„Verhältnis?“, wiederhole ich empört und weiß sofort, was er mit seinem letzten Satz gemeint hat. Die Gespräche der Gäste um uns herum finden alle in gedämpftem Ton statt. Sobald ich mich aufrege, übersteigt meine Lautstärke einen Wert, der auf einmal den ganzen Raum zu erfüllen scheint. Tief durchatmend versuche ich mich zu beruhigen. Dann hole ich mein Handy aus der Handtasche und suche nach der Diktier-App.

„Meine Handynummer bekommst du nicht, aber du kannst gern noch mal für die Aufnahme bestätigen, dass du mich offiziell zum Essen einlädst.“ Sicher ist sicher, oder? Dem Typen würde ich alles zutrauen, sogar dass er mich später unter Druck setzt und nachträglich eine Gegenleistung für all das hier einfordert.

Auf Damons Gesicht breitet sich ein belustigter Ausdruck aus. Er beugt sich vor und wartet, bis ich ihm ein Zeichen gebe, dass er starten kann. „Ich, Damon Tanner, bestätige hiermit, dass ich dich, Jenna Mitchell, zu diesem Abendessen einlade. Du musst mir weder heute noch zu einem späteren Zeitpunkt in deinem Leben das

Geld für diese zugegebenermaßen teuren Speisen erstatten." Er nickt zufrieden und lehnt sich wieder zurück. „Gut so?"

Diese Stimme. Mir ist noch nie aufgefallen, dass er im Grunde genommen eine total angenehme Tonlage hat. Er könnte gut als Hörbuchsprecher arbeiten, falls er mal keine Lust mehr auf diesen Anwaltsjob hat. „Ja", sage ich knapp und drücke auf Stopp. „Danke."

Es ist wirklich seltsam. Auf andere Frauen, auf solche, die ihn nicht schon seit seiner Zeit als Mobber kennen, wirkt er bestimmt sehr attraktiv. Vor allem in dem Anzug sieht er ziemlich gut aus. Das Jackett macht ihn schlank und daran, wie sich das hochwertige Hemd über seine Brust spannt, lässt sich erahnen, dass er regelmäßig Sport macht und gut trainiert ist. Dazu noch seine schwarzen Haare, die gerade so lang sind, dass sie ihm in die Augen fallen könnten, wenn sie nicht nach hinten frisiert wären.

„Was ist?", fragt er und hebt die Augenbrauen. „Du siehst mich ganz komisch an."

„Na ja, du sitzt mir nun mal gegenüber. Wo soll ich denn sonst hinschauen."

Er schnaubt und wendet den Blick dann aus dem Fenster. „Ich gebe es auf. Wenn du mich einfach weiter anmeckern willst, ohne mir zu sagen, was du überhaupt für ein Problem mit mir hast, dann sollten wir tatsächlich lieber schweigen."

Der Kellner kommt und bringt mein Glas Wasser und den Vorspeisensalat, der ziemlich winzig ist. Dazu stellt er sowohl vor Damon als auch vor mich ein Weinglas. Er entkorkt professionell eine Flasche und gießt uns beiden einen kleinen Schluck ein. „Ist der Wein genehm?", fragt er und sieht uns abwartend an.

Ich will gerade mit den Schultern zucken, als Damon sein Glas nimmt, den Wein ein wenig schwenkt und den Schluck trinkt. Als wäre er ein Fachmann, schaut er sich das leere Glas an und nickt dann. „Für mich wäre er in Ordnung." Er stellt es ab und sieht mich an. „Was ist mit dir?"

Im ersten Moment überlege ich, den Wein einfach zu verweigern. Aber er hat recht, ich vergeude nur unnötig Energie, wenn ich mich weiter mit ihm streite. Also nehme ich das Glas und trinke den Probierschluck aus. Dabei verzichte ich selbstverständlich auf dieses affige Schwenken und das Starren in das Glas. Nachdem ich heruntergeschluckt habe, zucke ich mit den Schultern und sehe zu dem Kellner auf. „Wird schon gehen. Danke."

Sein Blick lässt erkennen, dass er solche Antworten normalerweise nicht erhält. Doch er schenkt uns kommentarlos einen größeren Schluck Wein ein und lässt uns dann wieder allein.

Damon bleibt konsequent und redet nicht mehr. Er holt sein Smartphone hervor und scrollt darauf herum. Normalerweise wäre es das Beste für uns beide, wenn wir nicht weiter diskutieren. Aber vielleicht weiß er ja wirklich nicht, warum ich so abweisend zu ihm bin.

„Hast du wirklich keine Ahnung, warum ich so zu dir bin?"

Er hebt den Blick und wirkt urplötzlich wie ein kleiner Junge. Seine braunen Augen wirken aufrichtig neugierig. „Ja. Ich kann mich kaum an dich erinnern, aber bin der Meinung, dass wir nie etwas miteinander zu tun gehabt haben.“

„Aber mit meiner Schwester hattest du etwas zu tun.“ Mein Puls schießt in die Höhe. Kann er sich das wirklich nicht herleiten?

„Das stimmt. Wir sind in einem Jahrgang gewesen.“ Er nickt und starrt ins Leere, als würde es ihm jetzt erst wieder einfallen.

„Und du hast sie regelmäßig fertiggemacht. Meinst du etwa, ich weiß das nicht?“

„Regelmäßig? Das halte ich ja mal für ein Gerücht.“

Missbilligend schüttele ich den Kopf. „Selbst wenn nicht, es kann dich doch nicht wirklich wundern, dass ich meine Schwester in ihrer Abneigung gegen dich unterstütze. Ich habe selbst gesehen, was du mit ihr und anderen Kindern der Schule gemacht hast.“

Er greift nach der kunstvoll arrangierten Stoffserviette und nestelt daran herum, als wäre ihm das gar nicht richtig bewusst. „Jeder hat mal Fehler gemacht“, sagt er in monotonem Tonfall. „Jetzt sind wir erwachsen, meinst du nicht, dass ich mich geändert habe?“

„Na ja, nach deinem Verhalten neulich im Club zu urteilen eher weniger. Mit diesem vermeintlich netten Getue hast du schon früher ganz andere Hintergedanken gehabt.“

„Habe ich etwa eben diesen Imbiss-Typen vermöbelt? Habe ich ihn zur Sau gemacht? Wobei, selbst wenn: Er wollte dich um einen einwandfreien Hot Dog betrügen. Ist das nicht wenigstens ehrenvoll?“ Er sieht mir direkt in die Augen und wirkt für einen Moment ziemlich verletzlich. „Du hingegen hast dich dafür nicht einmal bedankt, sondern bist einfach weggerannt.“

Vermutlich könnten wir noch eine Ewigkeit darüber diskutieren, aber es macht keinen Sinn. Und ich muss zugeben, dass seine Hilfe bei dem Imbiss sehr nett gewesen ist. Auch in dem Club hat er mich ehrlich gesagt lediglich angesprochen, ist nicht fies oder so gewesen.

Unser Essen wird gebracht und entbindet mich somit einer Antwort. Etwas unschlüssig, wo der Kellner die riesige Vorspeisenplatte hinstellen soll, die Damon ja offiziell für sich allein bestellt hat, schaut er auf den Tisch.

„Wir stellen sie einfach hierhin", beschließt Damon und räumt das hübsche Blumenarrangement und eine Kerze beiseite, sodass in der Mitte der Tafel Platz ist. Als der Kellner weg ist, breitet Damon seine Serviette aus und legt sie sich auf den Schoß.

„Du scheinst das hier boykottieren zu wollen, aber bitte bediene dich. Ich schaffe das ohnehin nicht alleine und dein Magen hat ja bereits verraten, dass du Hunger hast." Er nimmt die Gabel zur Hand und betrachtet die Bestandteile der Platte genauer. „Außerdem hast du mich ja nun aufgenommen, als ich bestätigt habe, dich später nicht dafür bezahlen zu lassen."

Wie auf Kommando macht mein Magen erneut Geräusche. Ertappt blicke ich auf und überlege noch, ob ich es irgendwie überspielen kann, aber als sich unsere Blicke treffen, müssen wir gemeinsam lachen. Also greife auch ich zum Besteck und nehme mir einen der beiden Teller, die der Kellner dagelassen hat. „Ich kann nicht glauben, dass ich dieses Wort schon zum zweiten Mal zu dir sage, aber: danke."

„Gern geschehen."

„Aber damit das klar ist: Das ändert nichts daran, dass ich dich nicht leiden kann." Er soll nicht denken, ich würde mich mit ihm anfreunden wollen, nur weil wir zufällig aus derselben Stadt kommen, oder so was.

„Schon klar." Er verdreht die Augen und schiebt sich eine Gabel gebratener Aubergine in den Mund. „Aber eine Frage habe ich", fährt er fort, als sein Mund wieder leer ist. „Wieso zur Hölle bist du so ausgehungert und suchst nach Feierabend das billigste vom billigen Essen? Ich meine, du hast ein eigenes Café, verdammt. Müsstest du nicht eigentlich den ganzen Tag am Naschen sein?"

Verbissen spanne ich die Kiefermuskeln an, während ich trotzdem versuche weiterzuessen. „Vielleicht will ich mir einfach einen kleinen monetären Puffer aufbauen", murmele ich nach ein paar Sekunden des Schweigens. „Bei der Selbstständigkeit gibt es viele Faktoren, die ganz schnell ein Loch in das Budget reißen."

Misstrauisch sieht er mich an. „Aber du hast doch erst vor ein paar Tagen eröffnet. Da müsste dein Budget doch noch prall gefüllt sein."

Sofort sind da wieder meine Sorgen wegen der Black-Coffee-Filiale. Aber soll ich ihm davon erzählen? Würde er es verstehen oder sich nur darüber lustig machen? Oder aber er hat sogar einen Tipp, so rein aus der Perspektive eines Anwalts.

„Es gibt da leider eine Entwicklung, die ich nicht auf dem Schirm gehabt habe. Dafür will ich gewappnet sein."

„Eine Entwicklung?" Sein Tonfall macht deutlich, dass er für solch kryptische Andeutungen wenig übrig hat. „Klingt für mich nach einem Gewitter."

Nervös nehme ich einen Schluck von meinem Wasser, um ein wenig Zeit zu gewinnen. „Ja, so in der Art könnte man es wirklich nennen.“

Als ich immer noch nicht weiterrede, schnaubt er missmutig. „Nun sag schon endlich, oder willst du mich unwissend sterben lassen?“

„Eine Konkurrenz“, maule ich zurück. „Gegenüber lässt Black Coffee gerade ein wunderschönes Eckgebäude renovieren. Und sobald das aufmacht, wird bei mir tote Hose herrschen, ganz sicher.“ Herausfordernd deute ich mit meiner Gabel in seine Richtung. „Kann man da irgendwas machen? Rein rechtlich, meine ich. Lässt sich die Eröffnung noch verhindern?“

Nun lässt Damon sein Besteck sinken und wiegt nachdenklich den Kopf hin und her. „Schwer zu sagen, so ganz ohne Details. Müsste man sich intensiver reinhängen.“

Eine Idee keimt in mir auf. Es ist verrückt, ja – aber könnte es vielleicht sogar von Vorteil sein, dass Damon Anwalt ist und ich gerade hier mit ihm beim Essen sitze? Einen Versuch ist es wert. „Jetzt, da ich so darüber nachdenke: Es gab anscheinend Probleme mit der Stadt, irgendwelche Genehmigungen oder so. Wäre das nicht ein Anhaltspunkt?“

„Klingst erst mal nicht sehr vielversprechend, weil sie es ja offensichtlich geschafft haben.“ Er zuckt mit den Schultern und stochert auf der Vorspeisenplatte herum. „Kannst dir ja jemanden suchen, der sich das genauer ansieht. Mit einer guten Rechtsunterstützung könnte man da mehr herausfinden und vielleicht sogar was bewirken.“

Ein wenig fassungslos starre ich ihn an. Er merkt es erst gar nicht. Als es ihm doch auffällt, runzelt er die Stirn. „Was ist jetzt schon wieder?"

„Na ja, es ist nicht so, als würde ich mich mit Anwälten auskennen. Ich bin neu in der Stadt und weiß generell nicht mal, woran ich erkenne, ob ein Anwalt sein Geld wert ist oder nicht."

„Ach so", brummt er. „Ich kann dir ein paar Kontakte von Kollegen weiterleiten. Die machen einen guten Job, und ich traue ihnen zu, dass sie da etwas herausfinden könnten." Dann hebt er den Blick. „Dafür bräuchte ich dann aber doch deine Handynummer."

Zwei Kellner kommen an den Tisch und ersetzen die Vorspeisenplatte durch die Hauptspeisen, die Damon bestellt hat. Unschlüssig stellen sie die mediterranen Nudeln vor mir ab und gehen wieder, als ich nicht protestiere. Ich kümmere mich gar nicht um das Essen. Stattdessen starre ich noch immer Damon an. Zwar bin ich der Meinung, dass ich nicht noch stärker mit dem Zaunpfahl winken kann, aber er scheint es nicht zu verstehen. Oder er will mich missverstehen, was ich mir auch gut vorstellen könnte.

„Was ist denn mit dir?", frage ich schließlich. „Kannst du mich nicht einfach vertreten? Du scheinst doch ein ziemlicher Überflieger zu sein."

Auf diese Worte hin lacht Damon laut auf. „Das kann man wohl sagen", erwidert er wenig bescheiden. „Und genau das ist auch der Grund, warum ich das eben nicht tun kann. Wenn du schon schäbige Hot Dogs vom Boden essen würdest, anstatt etwas von deinem eigenen Essen zu nehmen, kannst du dir meine Rechnung erst recht nicht leisten."

Beleidigt verschränke ich die Arme vor der Brust. Vermutlich hat er recht, aber muss er das so direkt sagen? „Ach, was ist jetzt geworden aus ‚*wir kennen uns doch von früher*'? Müsst ihr nicht alle gewisse Pro-bono-Fälle erfüllen, oder wie das heißt?"

Gierig betrachtet Damon sein Entre Côte, als würde er nach der perfekten Stelle suchen, es anzuschneiden. „Aber wieso sollte ich meinen Pro-bono-Fall an ein mickriges Café verschwenden? Da brauche ich ein wenig Prestige, damit meine Bekanntheit steigt."

Warum nur wundert mich das nicht? Ich beuge mich weiter nach vorne, bis er mir ins Gesicht sieht. Mit irgendetwas muss ich ihn doch locken können. „Dir wäre kostenloser Kaffee und selbstgemachtes Gebäck natürlich sicher. Lebenslang, wenn du willst."

Der Versuch, all meine Überzeugungskraft in diesen intensiven Blick zu legen, wird jäh beendet. Wieder lacht er auf und zerschmettert damit meine Hoffnung. „Davon kann ich nur leider keine Miete bezahlen."

Typisch! Aber gut, selbst schuld, wenn ich kurz geglaubt habe, dass er wirklich ein hilfsbereiter Kerl sein könnte. „Siehst du? Du kannst dich doch nicht wirklich darüber wundern, dass Menschen dich nicht leiden können."

„Damon?" Eine laute Männerstimme dringt an unseren Tisch, und sowohl Damons als auch mein Kopf zucken ruckartig zur Seite. Ein Mann mit grau melierten Haaren kommt auf uns zu, an seinem Arm hat sich eine weißblonde Frau eingehakt, vermutlich seine Gattin. „Nein, was für ein Zufall." Offensichtlich erfreut über dieses Treffen bleibt er vor Damon stehen und sieht zwischen uns hin und her.

„Mr. Kennedy", findet Damon schließlich seine Stimme wieder. „Das ist in der Tat ein lustiger Umstand."

Damon

Gerade noch bin ich mit meinen Gedanken völlig bei Jenna und ihrer Abneigung gegen mich gewesen, und nun steht ausgerechnet einer unserer Kanzleichefs vor mir. Er sieht ernsthaft erfreut aus, mich hier zu sehen. Ich hingegen habe damit heute kein bisschen gerechnet.

„Gehen Sie oder sind Sie gerade gekommen, Sir?" Auch auf die Gefahr hin, dass diese Frage unfreundlich rüberkommen könnte, ist das in diesem Moment das Einzige, was mich interessiert. Innerhalb der Kanzlei lege ich sehr viel Wert darauf, dass möglichst wenig Privates über mich bekannt wird. Wer weiß, was gleich wieder für Gerüchte rumgehen, wenn ich hier mit einer fremden Frau sitze.

„Wir haben uns gerade auf den Heimweg gemacht", erklärt Kennedy und tätschelt die Hand der Frau, die bei ihm untergehakt ist. „Im Vorbeigehen habe ich Sie entdeckt, und da dachte ich, ich muss Sie einfach ansprechen."

Dann passiert das, wovor ich mich am meisten gefürchtet habe: Er wendet sich an Jenna. Erst mustert er sie recht freundlich, doch kurz darauf weiten sich seine Augen. Sein Blick huscht zu mir, begleitet von einem breiten Strahlen. „Oh, Entschuldigung. Habe ich etwa gerade ein Familienessen gestört?"

„Wie?" Erst bin ich irritiert, doch dann verstehe ich. „Ach so. Nein, nein. Wir sind nicht verwandt."

Auf diese Worte hin wird sein Grinsen noch breiter und er sieht wieder zu Jenna. „Dann gibt es sie also doch, die besondere Frau im Leben von Damon Tanner." Er macht sich von dem Arm seiner Frau los und tritt näher an mich heran. „Sie machen aber wirklich ein großes Geheimnis um sich selbst, mein Lieber, das muss man Ihnen lassen." Dann sieht er entschuldigend zu Jenna herüber. „Aber obwohl ich wirklich begeistert bin, ein wenig aus dem persönlichen Leben unseres aufstrebenden Kollegen mitbekommen zu haben, möchte ich nicht weiter stören. Allerdings würde ich Sie, Miss, gern zu unserem Familienbrunch am kommenden Samstag einladen. Die ganze Kanzlei wird dort sein und Lebenspartner – wenn vorhanden, auch Kinder – mitbringen. Ich würde mich sehr freuen, wenn ich mich dort mit Ihnen beiden unterhalten könnte."

Ihnen beiden? Verständnislos starre ich ihn an, bevor mir endlich dämmert, was er meint. Ich stehe auf und will gerade zu einer Erklärung ansetzen, doch er stoppt mich, indem er die Hand hebt und einen väterlichen Blick aufsetzt, der wohl sagen soll: ‚Schon in Ordnung, dankt mir später.'

„Schönen Abend noch", ruft er über seine Schulter, legt seiner Begleitung eine Hand auf den Rücken und ist auch schon mit ihr verschwunden.

Fast wie in Trance lasse ich mich wieder auf meinen Stuhl sinken. Das ist definitiv nicht geplant gewesen. In meinem Hirn rasen die Gedanken bereits fieberhaft, wie ich dieses riesige Missverständnis wieder zurückdrehen kann.

„Das war ja mal interessant."

Überrascht hebe ich den Kopf. Ich rechne damit, dass Jenna verwirrt, oder sogar wütend ist. Doch zu meiner Verwunderung grinst sie.

„Na, sieh mal einer an. Jetzt wird mir so einiges klar."

„Wie bitte?"

„Diese Szene eben. Ich habe dein Leben vollkommen falsch eingeschätzt." Sie beugt sich nach vorne, weit über die Nudeln mit Gemüse, die sie bisher noch nicht angerührt hat. „In deiner Kanzlei bist du derjenige, der von anderen fertiggemacht wird."

„Fertiggemacht?" Was bitte redet sie da? Empört schüttele ich den Kopf. „Wie kommst du denn darauf?"

„Wenn nicht fertiggemacht, dann wird zumindest über dich geredet, habe ich recht? Sie wissen nicht, was sie von dir halten sollen, weil du keine Beziehung hast oder es zumindest nicht bekannt ist. Keiner weiß, woran sie bei dir sind, weil du dich den anderen nicht öffnest. Und deswegen bist du ein Außenseiter."

„Du hast absolut keine Ahnung", murmele ich, nehme Messer und Gabel zur Hand und hacke regelrecht auf das Fleisch auf meinem Teller ein. Gleichzeitig ärgere ich mich darüber, dass sie sich so viele wahre Aspekte aus der Situation herleiten kann. Ist es denn so offensichtlich?

„Kann schon sein." Jenna zuckt mit den Schultern und beginnt, mit dem Besteck in den Nudeln zu stochern. „Aber es war interessant zu sehen, wie handzahm du sein kannst, wenn ein Vorgesetzter dabei ist." Dann scheint ihr etwas einzufallen, denn sie setzt sich aufrecht hin und reißt die Augen auf. „Warte. Vielleicht kann ich ja wirklich mitkommen."

Mir schwant Böses. Wie erstarrt höre ich auf zu kauen und kann den Blick einfach nicht von ihr lösen. „Was meinst du?"

„Ich werde einfach wirklich mit dir zu diesem Brunch gehen. Immerhin hat mich dieser – wie heißt er noch, Mr. Kennedy? – persönlich eingeladen. Und wenn alle ganz begeistert von mir sind, werde ich fallenlassen, dass ich da ein Rechtsproblem habe, aber du dich weigerst, mich zu vertreten."

Was für eine Bitch. Mit abwartendem Blick sieht sie mich noch immer an. Das bedeutet innerhalb von einer Minute mehr Blickkontakt als vorhin während einer ganzen Stunde. „Meinst du wirklich, das macht mir etwas aus? Ich werde einfach morgen ins Büro gehen und Mr. Kennedy erzählen, dass es ein riesiges Missverständnis ist und du nur ein Mädchen von der Straße bist. Was heute ja sogar fast gestimmt hat."

Nun verengen sich Jennas Augen. „Wie hast du mich gerade genannt?"

Unfassbar! Jetzt bringt mich dieses ungewollte Treffen mit Kennedy wirklich noch in eine unangenehme Situation. Dabei habe ich fast schon angefangen, mich über Jennas Gesellschaft zu freuen. Anstatt einer Antwort verdrehe ich die Augen. Warum noch mal habe ich es für eine gute Idee gehalten, sie auch noch zum Abendessen einzuladen, obwohl sie offensichtlich eine Abneigung gegen mich hat? Schnell stopfe ich mir die restlichen in Bacon eingewickelten Bohnen in den Mund und spüle mit Wein nach, vollkommen die guten Tischmanieren missachtend.

„Garçon? Die Rechnung, bitte." Ich winke in seine Richtung und greife nach der Stoffserviette auf meinem Schoß.

"Und wenn ich einfach ohne dich zu dem Brunch gehe?", setzt sie nach und sieht viel zu niedlich aus, mit ihrem sturen Blick. Sie ist wirklich fest entschlossen, das muss man ihr lassen. „Wenn ich schon mal den Fuß in der Tür habe, muss ich das doch ausnutzen. Und ein persönlicher Kontakt zu den Anwälten ist bestimmt besser, als wenn ich nur irgendeine Nummer von dir zugeschoben bekomme."

„Du kannst theoretisch machen, was du willst, aber glaub ja nicht, dass es eine gute Idee ist, mir ans Bein zu pissen. Außerdem hast du keine Ahnung, wo der Brunch stattfindet." Von außen muss es ziemlich grob aussehen, wie ich mir den Mund abwische. Doch ich bin einfach so wütend, dass ich es nicht besser kontrollieren kann. „Hiermit trennen sich unsere Wege eindeutig. Lass dir von mir aus den Rest einpacken."

„Ja, hau ruhig ab", ruft sie mir hinterher, und ich kann die Blicke der Gäste an den Nachbartischen auf mir spüren. „So viel zum Thema, du bist erwachsen geworden."

Auf dem Weg nach draußen zahle ich, bin kurz darauf an der frischen Luft und atme tief durch. Shit, dieser Stimmungswechsel ist viel zu heftig für meinen Geschmack gewesen. Mein Chef denkt, ich wäre in einer festen Beziehung, und ist absolut begeistert davon. Zwar könnte das gut für meine Karriere sein, weil er mich endlich als jemanden ansieht, der bodenständig ist und die Kanzlei nicht nur als Sprungbrett zum nächsten Meilenstein nutzt. Aber ich muss ihm morgen reinen Wein einschenken, ansonsten kann ich die ganze Sache gleich vergessen. Ehrlichkeit wird vermutlich mehr gewürdigt, als wenn ich allen etwas vorspiele und Jenna als meine falsche Freundin vorstelle.

Ich gehe ein paar Schritte die Straße entlang, ohne eine Idee zu haben, wohin ich überhaupt muss. Und während ich mir immer wieder vorstelle, wie Jenna bei dem Brunch aufkreuzt und ich Kennedys Illusion von mir zerschmettern muss, reift plötzlich eine andere Idee in mir heran.

5

Jenna

Auch wenn ich keine Almosen annehmen will, schon gar nicht von Damon Tanner, lasse ich mir das Essen einpacken. Zumindest die Nudeln sind kaum angerührt, und auch von Damons Gericht ist noch fast die Hälfte übrig.

Während ich warte, denke ich über das soeben Geschehene nach. Damons Chef denkt also, er und ich wären ein Paar. Haben wir denn so vertraut gewirkt? Irgendwie hätte ich gern mal erlebt, wie er sich im Kreise seiner Kollegen verhält.

Als ich das Restaurant verlasse, schlägt mir kalte Luft entgegen. Ich schlinge den Griff der Tasche, die mir zum Transportieren der Gerichte mitgegeben worden ist, um mein Handgelenk und ziehe den Mantel enger um meine Taille. Ich muss jetzt noch ungefähr zehn Minuten laufen. Zwar könnte ich auch mit der Metro fahren, aber ob ich am Bahnsteig warte oder in der Zeit nach Hause laufe, macht keinen großen Unterschied.

Kaum habe ich mich ein paar Häuser von dem schicken Restaurant entfernt, wird die Gegend dunkler. Es wirkt fast so, als wären besonders viele Laternen kaputt. In einer zwielichtigen Ecke gegenüber grölt eine Gruppe von Menschen laut herum. Ein Geräusch wie von splitterndem Glas dringt zu mir herüber, und sofort ist da eine Panik, die ich einfach nicht unterdrücken kann. Die Worte von Mum und Lana kommen mir wieder ins Gedächtnis. Manchmal muss ich zugeben, dass es mir ein besseres Gefühl geben würde, wenn ich nicht alleinstehend wäre. Auf der anderen Seite ist ein Partner ja kein Wachhund, den ich die ganze Zeit an meiner Seite habe. Festen Schrittes gehe ich weiter. Ich brauche niemanden, ich schaffe das auch allein!

Eine der Personen der Gruppe auf der anderen Straßenseite entfernt sich von dem Rest und überquert die Straße. O nein, sie kommt sogar genau auf mich zu. Soll ich jetzt schneller oder langsamer laufen? Oder vielleicht einfach rennen? Wäre das zu auffällig?

Bevor ich mich für eine der Alternativen entschieden habe, löst sich ein Schatten in einem Hauseingang vor mir. Bei dem Anblick der hochgewachsenen Person zucke ich heftig zusammen und bleibe stehen.

„Na, ganz allein hier?"

Das ist – Moment mal! „Damon?"

Er tritt noch etwas näher und in den Lichtschein einer Laterne. „Ganz genau. Hast du mich vermisst?"

Erschrocken, aber gleichzeitig erleichtert, lege ich mir eine Hand auf die Brust. „O Gott, du hast mich zu Tode erschreckt!"

„Besser ich als jemand anderes, oder?" Diese bescheuerte Antwort passt so genau zu dem Bild, das ich von

Damon habe, dass ich loslachen könnte. Dabei fallen mir die Männer von der anderen Straßenseite wieder ein. Der einzelne Typ, der die Seite gewechselt hat, wirft uns einen desinteressierten Blick zu und geht in die entgegengesetzte Richtung weiter.

„Wäre ich mir nicht so sicher." Mit einem Schulterzucken schiebe ich mich an ihm vorbei. „Schönen Abend noch."

„Warte." Er packt mich am Handgelenk und zieht mich zurück. Als ich unter seiner Berührung zusammenzucke, lässt er jedoch sofort los. „Sorry. Ich meine … ich war gerade auf dem Weg zurück, um dich abzupassen. Mir ist da eine Idee gekommen. Wie wir dieses Missverständnis meines Chefs lösen können."

„Eine Idee? Na, da bin ich mal gespannt." Ich verschränke die Arme und straffe die Schultern. „Wie sieht denn diese Lösung aus."

Er räuspert sich und wirkt plötzlich, als wäre es ihm unangenehm, weiterzusprechen. „Was du vorhin gesagt hast, geht schon in etwa in die richtige Richtung", setzt er an. „Das mit dem Pro-bono-Fall. Wie wäre es, wenn du mit zu dem Brunch gehst und auch danach eine Weile zumindest nicht bestreitest, dass du meine Freundin bist, und ich übernehme als Gegenleistung die Sache mit dem Konkurrenz-Café. Wäre das eine annehmbare Lösung für dich?"

„Annehmbar? Also wenn das eine seltsame Methode sein soll, um mich in dein Bett zu bekommen, dann brauchen wir gar nicht erst weiterreden."

Damon lacht trocken auf und wirft dabei den Kopf in den Nacken. „Keine Sorge, an Bettgefährtinnen mangelt es mir nicht." Dieser Spruch versetzt mir einen seltsamen Stich in die Brust. Idiot. Muss er damit auch noch so angeben. „Es geht mir eher um das Gegenteil. Ich will nicht mehr als der sprunghafte Hallodri wahrgenommen werden. Sondern als bodenständiger Mann, der seinen Platz im Leben gefunden hat. Dann habe ich bei meinen Vorgesetzten einen Stein im Brett." Als ich ein paar Sekunden nichts sage, deutet er den Weg entlang. „Soll ich dich ein Stück bis zu deinem Zuhause begleiten? Es ist an manchen Ecken stockdunkel."

Auch wenn mich sein ungewöhnlicher Vorschlag irgendwie aus der Bahn wirft, nicke ich. Und so kommt es, dass wir schweigend nebeneinander herlaufen und ich ernsthaft in Betracht ziehe, seine Partnerin zu spielen.

„Was denkst du?", fragt er nach einer Weile. „Ich meine, ich kenne ja bereits deine Meinung über mich, aber wäre das für dich denkbar? Mit dieser Belohnung als Anreiz?"

In mir schreit alles *Nein!*, aber es ist tatsächlich eine tolle Chance, mich bezüglich Black Coffee vertreten zu lassen. Zumindest eine Recherche scheint unerlässlich, und ich muss dabei alles richtig machen, sonst kann ich gleich einpacken. „Warum ist dir so wichtig, was sie über dich denken? Oder anders gefragt: Wieso brauchst du einen Stein im Brett bei deinen Chefs?"

Ich werfe ihm einen Seitenblick zu. Damon ist ungefähr einen halben Kopf größer als ich. Mit träumerischem Blick setzt er einen Fuß vor den anderen, hat dabei die Hände in die Taschen seines Mantels gesteckt. „Auch wenn es total bescheuert ist, akzeptiere ich, dass sie eher bodenständigere Kollegen bei der Beförderung auswählen. Sie sehen es als Zeichen dafür, dass sie sich, genau wie im Privatleben, auch an die Kanzlei binden können und ihr treu bleiben."

„Und da warst du bisher immer ein Loser, im Gegensatz zu deinen Kollegen, oder wie?"

Er stöhnt hörbar auf. „Ich belasse es jetzt einfach mal dabei, auch wenn deine Wortwahl eindeutig zu wünschen übrig lässt. Im Grunde geht es darum, dass ich eine Beförderung will und dafür vertrauenserweckend auf die Kanzleichefs wirken muss. Wenn sie dafür eine feste Partnerin an meiner Seite sehen wollen, könnte dieses Missverständnis die perfekte Gelegenheit sein, ihnen das vorzuspielen, obwohl ich genau der gleiche Kerl bin wie sonst auch."

Wir sind in meiner Straße angekommen, und es sind nur noch wenige Schritte bis zu meinem Wohnhaus. „Da vorne wohne ich."

„Hier?" Eindeutig entsetzt bleibt Damon stehen und sieht sich um. „Was ist das bitte für eine Gegend?"

Natürlich weiß ich, was er meint, aber ich zucke mit den Schultern und habe das Bedürfnis, die schäbige Umgebung zu verteidigen. „Ich habe erst mal eine möblierte Wohnung gemietet, aber bin auf der Suche nach etwas anderem. Natürlich ist auch das eine Sache, die erst einmal mit meinem Finanzpuffer in Einklang gebracht werden muss."

„Das kann nicht dein Ernst sein." Angewidert betrachtet Damon die Fassade der Häuser um uns herum. „Ist dein Bruder nicht ein Footballstar? Der wird doch wohl mal eine Wohnung springen lassen, oder nicht?"

Meine Güte, hat er denn vorhin nicht gemerkt, dass ich niemandem auf der Tasche liegen will? Wieso sollte ich Jason dafür zahlen lassen, dass ich einen Kredit aufgenommen habe, um mein Café zu eröffnen?

„Damon – heute war ein turbulenter Tag", wechsele ich abrupt das Thema. „Ich … muss über deine Idee nachdenken, das kann ich nicht sofort entscheiden."

„Schon klar." Er nickt und zieht die Schultern ein wenig hoch. „Ich hatte schon befürchtet, dass du den Vorschlag sofort abschmetterst, also alles okay."

Klimpernd hole ich den Schlüssel hervor und öffne die Haustür. „Wie soll ich mich bei dir melden? Was ist, wenn ich Fragen habe?"

„Weißt du was?", sprudelt es plötzlich aus ihm heraus. „Ich komme einfach morgen wieder vorbei. Dieses Mal vor Ladenschluss. Reicht dir ein Tag?"

Verdutzt drehe ich mich zu ihm um. „Bis morgen? Warum so eilig?"

Er wirkt nicht wütend und auch nicht ungeduldig, sondern eher besorgt. „Der Brunch ist schon am Wochenende, und wir müssen uns noch eine Geschichte ausdenken, damit wir nicht auffliegen."

„Du meinst, damit *du* nicht auffliegst." Natürlich weiß ich, dass ich ihn damit wieder provoziere, deswegen winke ich schnell ab. „In Ordnung, ich überlege es mir bis morgen Abend." Schnell drücke ich die Tür auf, schlüpfe in den Hausflur und knalle sie hinter mir ins Schloss, ohne ein Wort der Verabschiedung.

***

Eine halbe Stunde später bin ich bettfertig, aber müde bin ich nicht. In meinem Kopf jagen sich die Gedanken, und ich komme einfach nicht zur Ruhe.

Auf die Sache mit Black Coffee würde ich wirklich gern jemanden ansetzen, der sich diese Genehmigungssache mal genauer ansieht. Ja, Anwaltskosten sind superteuer, aber sollte ich mich dafür wirklich verkaufen? Es gibt doch Agenturen für so etwas, oder nicht? Ich bin kurz davor, mich dagegen zu entscheiden, als mir ein weiterer Aspekt einfällt.

Vorhin auf dem Heimweg habe ich ein mulmiges Gefühl gehabt, als ich allein durch die Stadt gelaufen bin. Mit Damon an meiner Seite ist diese Angst auf einmal verschwunden gewesen. Dabei muss ich wieder an den Verkupplungsversuch von Lana und die zugrundeliegenden Bedenken meiner Eltern denken. Wenn Damon und ich schon ein Paar spielen, warum nutze ich das nicht einfach, um meiner Familie ein besseres Gefühl zu geben? Letztendlich wird mir das ebenfalls zugutekommen, weil sie mich nicht mehr ständig mit denselben Sprüchen belagern. Eigentlich ein Profit für alle, für Damon, für meine Family und für mich.

Der einzige Grund, der jetzt noch dagegenspricht, ist Damon selbst. Seine Vergangenheit in Flourish Bay, sein überhebliches Verhalten jetzt als Erwachsener – ich kann ihn einfach nicht einschätzen.

Gerade überlege ich, wie ich nach diesem nervenaufreibenden Abend in den Schlaf finden soll, als mein Handy vibriert. Verblüfft sehe ich den Namen meiner Mitarbeiterin auf dem Display.

„Nancy?", begrüße ich sie in einem fragenden Ton, als ich das Gespräch annehme.

„Ach, hallo, Chefin", entgegnet sie, als hätte sie bereits vergessen, dass sie ihr Handy am Ohr hat. „Sorry für die späte Störung, aber ich wollte Ihnen schon die ganze Zeit was schreiben, das ich auf keinen Fall vergessen darf, was ich aber doch fast getan habe, und da hab ich gedacht, ich rufe einfach kurz an, das geht schneller."

Ihre wirren Worte vernebeln meinen Kopf noch mehr, aber nun, da ich schon mal dran bin, kann ich mir auch den Rest anhören. Bestimmt ist ihr nur aufgefallen ist, dass die pinken Zuckerperlen leer sind oder so.

„Kein Problem", sage ich und unterdrücke ein Seufzen. „Was gibt es denn?"

Am anderen Ende des Hörers raschelt es kurz, als würde sie das Ohr wechseln. „Als ich heute Abend das Café verlassen habe, bin ich ja wie immer hinten rausgegangen. Ich bin schon fast vorne an der Straße gewesen, als ich hinter mir ein Geräusch gehört habe. Mittlerweile bin ich mir nicht mehr ganz so sicher, aber da hat doch tatsächlich dieser Kerl von neulich rumgelungert. Sie wissen schon, der Typ, der so begeistert von dem leeren Laden war und sich gar nicht mehr einkriegen wollte, als wir ihn rumgeführt haben. Er hat genau die gleichen Wuschelhaare gehabt, und der Mantel hat auch gepasst. Können Sie sich erinnern?"

Ein Schauder läuft mir über den Rücken. „An den Mann musste ich heute auch schon denken", gebe ich zu. „Ich habe nämlich gehört, wie jemand an der Vordertür gerüttelt hat." Dass das aber in Wirklichkeit Damon gewesen ist und zu einem ganz seltsamen Abend geführt hat, erwähne ich lieber nicht.

„Aber das ist hinten gewesen", stellt Nancy klar. „Er hat wirklich so ausgesehen, als wollte er gleich reingehen, aber als er bemerkt hat, dass ich mich umgedreht habe, ist er wieder abgehauen."

„Das ist ja seltsam", murmele ich vor mich hin, und meine Gedanken wandern weiter. Was wollte der Mann? Und gehört er wirklich zu der Black Coffee Group? „Da wir ohnehin schon telefonieren, kann ich dir auch was Wichtiges sagen", fahre ich fort. „Wir hatten vorhin zwei Ratten in der Küche."

„Was?", krächzt Nancy durch ihr Mikrofon. „Das ist ja ekelhaft." Dann lacht sie auf. „Das wäre ja was, wenn die Ratte zwei echte Ratten bei uns eingeschleust hat."

Sie kichert über ihren eigenen Witz, aber meine Gedanken sind mit einem Mal ganz klar, der Nebel von eben hat sich mit einem Schlag gelichtet.

„Weißt du was? Das halte ich für gar nicht mal so undenkbar. Es wäre wirklich ein sehr seltsamer Zufall, oder? Wir haben erst alles neu renoviert, alle Wände gecheckt und nie Anzeichen für Schädlinge entdeckt, wie sollten da bitte Ratten bei uns reinkommen?"

Mir wird heiß, als sich eine neue Art von Panik in mir ausbreitet. Will der Typ mir was unterjubeln? Wollen die mich fertigmachen? Aber selbst wenn, das haben die doch gar nicht nötig, oder?

„Nancy, danke dir, dass du mir Bescheid gegeben hast, das hat mir einen wichtigen Denkanstoß gegeben. Wir sehen uns morgen früh, okay?"

„Geht klar, Chefin. Gute Nacht!"

Wir legen auf, und ich bin auf einmal noch aufgedrehter als zuvor. Da ist was faul, das habe ich im Gefühl. Und vor allem möchte ich jetzt erst recht einen rechtlichen Beistand. Wenn mit solch harten Bandagen gekämpft wird, muss ich gewappnet sein.

Unweigerlich schweifen meine Gedanken weiter zu Damon und seinem ungewöhnlichen Vorschlag. Seine Freundin spielen, damit er sich meines Falls annimmt. Wäre es die Sache wert? Immerhin geht es hier um mein Café, meinen Traum.

Schließlich lege ich mich auf meine Schlafcouch und ziehe mir die Decke bis zu den Ohren. Ich werde einfach eine Nacht darüber schlafen und morgen, wenn Damon im Café vorbeikommt, spontan entscheiden, ob ich es mache oder nicht.

6

Damon

„Wendy? Bitte melden Sie mich für den Brunch am Samstag mit einer Begleitperson an. Mr. Kennedy weiß Bescheid, aber vielleicht muss das Orga-Team die Bestellung anpassen." Betont ruhig ziehe ich meinen Mantel aus und hänge ihn an den Garderobenständer hinter Wendys Schreibtisch. Ich bin selbst überrascht, wie unaufgeregt ich das sagen kann, nachdem ich die halbe Nacht kein Auge zubekommen habe vor lauter Grübeleien.

Mit großen Augen starrt meine Assistentin mich an. Diskret wie immer behält sie jedoch jeglichen Kommentar für sich und zieht sich Stift und Notizblock heran. „In Ordnung, Mr. Tanner. Soll ich ein Taxi schicken? Oder möchten Sie für das Wochenende einen Mietwagen?"

„Nein, das wird nicht nötig sein. Danke." Aus irgendeinem Grund wünsche ich mir heute, dass Wendy eine andere Persönlichkeit hätte. Dass sie in Plauderlaune verfallen und mich ausfragen würde, was das denn für eine Frau sei, ob es etwas Ernstes sei und ich ihr ein Foto von ihr zeigen könne. Dabei weiß ich gleichzeitig, dass es total hirnrissig ist, voreilige Schlüsse zu ziehen. Ich habe Jenna diesen Tag Bedenkzeit gewährt, eigentlich sollte ich ihr den auch lassen. Stattdessen plane ich sie bereits munter ein. Fehlt nur noch, dass ich ihr ein Namensschild für Samstag drucken lasse oder so etwas in der Art.

Da Wendy, wie erwartet, tatsächlich keine Details zu meiner vermeintlichen Freundin wissen will, gehe ich in mein Büro. Aber wie zur Hölle soll ich mich bis heute Abend konzentrieren? Soll ich vielleicht vorschlagen, heute den Muffin- und Kaffeedienst zu übernehmen, und schon zur Mittagszeit bei Jenna im Café aufschlagen? Vielleicht hat sie sich bereits entschieden, dann sitze ich wenigstens nicht mehr auf glühenden Kohlen.

Blöderweise hat sich Kennedys Treffen mit mir und meiner Freundin schon rumgesprochen. Wie kann es sein, dass das immer so schnell geht? Aber gut, da muss ich jetzt durch. Schon beim ersten Kaffee muss ich mir in der Gemeinschaftsküche einen Spruch von Winston anhören.

„Morgen, Tanner. Habe gehört, Kennedy hat dich gestern bei deiner Date Night gestört. Stimmt das?"

„Na ja, gestört würde ich nicht sagen", erwidere ich und nehme einen Schluck aus meiner Kaffeetasse. Shit, noch viel zu heiß. „Klingt fast so, als hätte ich etwas zu verbergen."

„So habe ich das nicht gemeint." Winston lehnt sich mit der Hüfte gegen einen der Tische. „Aber du weißt doch selbst, wie dein Ruf ist. Vermutlich denken einige, dass es dir peinlich ist. Böse Zungen behaupten sogar, dass es ein leichtes Mädchen gewesen ist."

In mir zuckt etwas zusammen, als er Jenna mit einer Prostituierten vergleicht. „Nun, um ehrlich zu sein, werde ich diese Frau sogar am Samstag zu unserem Familienbrunch mitbringen."

„Oho, also etwas Ernstes? Schön, schön." Täusche ich mich, oder ist da so etwas wie Argwohn in seinem Blick? „Warum hast du nie etwas von ihr erzählt?"

„Ach, weißt du, es ist noch alles recht frisch. Und ... wie soll ich sagen, sie ist nicht unbedingt eine Person, die man wie eine Trophäe herumzeigt."

Nun breitet sich ein hämisches Grinsen auf Winstons Gesicht aus. „Macht nichts. Wie sagt man immer: Wahre Schönheit kommt von innen." Er stößt sich ab und geht zur Tür. „Bin schon gespannt, sie kennenzulernen. Frohes Schaffen, Tanner."

Fuck, jetzt wird sich herumsprechen, dass ich eine vermeintlich hässliche Freundin habe. Wieso habe ich mich so bescheuert ausgedrückt? Vielleicht sollte ich doch einfach alles hinschmeißen und es beenden, bevor es überhaupt angefangen hat.

Im Laufe des Tages schwanke ich mehrmals zwischen *‚ich gehe einfach nicht zu Jenna hin'* und *‚ich nehme mir den halben Tag frei und statte ihr schon früher einen Besuch ab'.* Irgendwie schaffe ich es, mich bis zum Abend mit Arbeit abzulenken und dieses Mal rechtzeitig loszulaufen. Fünf Minuten vor Ladenschluss betrete ich das Café Mitchell. Wie sich von außen vermuten lässt, ist es drinnen tatsächlich eher klein. Ein großzügiger Gang schlängelt sich durch die minimalistisch, aber doch liebevoll arrangierten Tische. Die Auslage im

Verkaufstresen sieht sehr modern aus, viele hübsch verzierte Waren, wie etwa Doughnuts, Cupcakes und auch aufwändig gestaltete Torten, sind durch das Glas zu sehen.

„Hallo, Mister“, begrüßt mich eine junge Frau, die gerade ein leeres Blech aus der Auslage entfernt. „Wir schließen gleich, aber ich kann Ihnen noch etwas zum Mitnehmen anbieten.“

„Kein Problem. Ich möchte nur mit Miss Mitchell sprechen.“

Die Frau hält inne und sieht mich an. Ihre auffällige Nerd-Brille sieht teuer aus, passt jedoch optisch zu ihrem Strickpullover, der unter ihrer Schürze zu sehen ist. „Mit der Chefin persönlich? Sind Sie etwa auch vom Gesundheitsamt?“

„Wie bitte?“, frage ich irritiert.

„Na, ich dachte mir nur ...“, setzt sie an, bricht dann jedoch ab und murmelt vor sich hin. „Vergessen Sie es, wir hatten heute nur seltsamen Besuch. Kann ich Ihnen mit Ihrem Anliegen nicht auch helfen?“

„Nein, das können Sie nicht“, antworte ich mit Nachdruck und setze ein endgültiges Lächeln auf. „Und Miss Mitchell weiß bereits Bescheid.“ Ich deute auf die Tische, die um mich herumstehen. „Ich warte so lange hier.“

„Oookay“, erwidert sie gedehnt und ich meine zu erkennen, dass sie die Augen verdreht, als sie sich zum Gehen wendet. „Miss M? Hier ist jemand für Sie.“ Schlurfend verlässt sie den Verkaufsraum, und ich höre Stimmen aus dem Hinterzimmer. Dann wird es schlagartig still, und kurz darauf steht Jenna im Türrahmen. Unschlüssig, wie ich sie begrüßen soll, stehe ich auf, nur um mich dann wieder auf den Stuhl sinken zu lassen.

„Hallo", sagt Jenna, bleibt jedoch einfach stehen.

„Hi." Shit, warum bin ich denn so nervös? Sie ist doch diejenige, die sich entscheiden soll. Ich bin nur hier, um zuzuhören.

Neben Jenna taucht die junge Frau wieder auf und starrt mich an. Normalerweise würde mich das ziemlich stören oder zumindest irritieren. In ihrem Falle ist es komischerweise anders. Sie wirkt fast ein wenig beschützend Jenna gegenüber.

„Nancy?", setzt Jenna an, ohne den Blick von mir abzuwenden. „Du kannst jetzt Schluss machen. Ich erledige den Rest allein."

„Wirklich, Miss? Ich kann ruhig noch helfen."

„Ist schon in Ordnung. Dafür bräuchte ich deine volle Unterstützung für Samstagmittag. Da musst du den Laden eine Weile allein bedienen."

Nancy strahlt und wendet den Blick endlich von mir ab. „Sehr gern, Miss M, ich liebe Herausforderungen. Sagen Sie einfach Bescheid, ich werde da sein."

„Vielen Dank." Auch Jenna sieht nun sie an und tritt einen Schritt nach vorn aus dem Türrahmen heraus. „Wir sehen uns. Vielen Dank für deine Unterstützung heute."

Die Frau verschwindet, und ich höre ein Rumoren aus den hinteren Räumlichkeiten. Erst als eine Tür ins Schloss gezogen wird, atmet Jenna hörbar aus.

„Okay, sorry." Ohne mich ein weiteres Mal anzusehen, geht sie zur Tür und schließt ab, lässt den Schlüssel jedoch stecken.

Als ich mich räuspere, zuckt sie leicht zusammen.
„Der Termin am Samstag, den du erwähnt hast, ist das
eine Andeutung auf deine Entscheidung bezüglich des
Brunchs gewesen?"

An der Tür dreht sie noch ein weißes Schild von *open*
auf *closed* und geht dann langsam zu mir herüber. „Das
kommt ganz darauf an."

„Worauf?" Sie steht nun direkt vor mir, und mir fällt
auf, dass ich sie bisher nicht in solch hellem Licht gesehen habe. Neulich im Club war es ziemlich dunkel, auf
der Straße bei dem Imbiss ebenfalls. Im Restaurant gab
es eine moderne indirekte Beleuchtung, und vor ihrem
Wohnhaus konnte ich ohnehin kaum etwas erkennen.
Hier zeichnen sich die Konturen ihres Gesichts ab, und
die Art, wie ihr halboffenes Haar den ernsten Ausdruck
komplettiert, ist fast schon faszinierend. Jenna ist eine
wirklich schöne Frau, ohne dass sie es darauf anzule-
gen scheint.

Der unpassende Spruch von Winston fällt mir wieder
ein, und urplötzlich ärgere ich mich, dass ich ihn nicht
direkt korrigiert habe. Vor allem, wenn ich den lieben-
den Freund spiele. Sollte ich sie als verliebter Partner
nicht sofort verteidigen?

Zögernd setzt sie sich mir gegenüber hin und rückt
den Zuckerstreuer zurecht. „Ich ... habe da noch eine Be-
dingung. Eine Korrektur der Rahmenbedingungen,
wenn man so will." Die Bewegungen ihrer Finger werden immer verkrampfter, und sie schafft es nicht, meinem Blick zu begegnen.

„Was ist das für eine Korrektur? Nun sag schon."

Mit einem Seufzen schiebt sie den Zuckerstreuer von sich weg und verschränkt die Hände. „In meinem Umfeld gibt es auch ein paar Personen, denen ich gern eine Beziehung vorspielen würde. Sie trauen mir offenbar als Frau allein in New York zu wenig zu – beziehungsweise überschätzen sie die Kriminalität hier in der Stadt."

„Du sprichst in Rätseln", erwidere ich und muss lächeln. „Wobei ich ganz ehrlich in manchen Gegenden auch lieber nicht allein unterwegs bin. Aber heißt das, wir sollen auch vor deinen Bekannten ein Paar spielen? Ich meine, wo liegt das Problem, wenn wir sowieso schon dabei sind?"

Nun sieht mir Jenna doch in die Augen und es sticht seltsam in meiner Brust. „Bei diesen Personen handelt es sich um meine Familie. Meine Eltern und meine beiden älteren Geschwister, um genau zu sein."

Schulterzuckend kratze ich über einen imaginären Fleck auf dem Tisch. „Na und? Das sollte kein Problem sein." Jenna bleibt daraufhin stumm. Erst als ich leicht mit den Händen vor ihrem Gesicht herumwedele, erwacht sie aus ihrem Tagtraum.

„Müsste ein Spaziergang werden, ja." Na toll, das klingt ja wenig überzeugend. Vermutlich weiß ich auch, was sie meint. Gerade erst gestern hat sie mir erklärt, wie sehr ihre Schwester mich hasst. Und mit ihrem Bruder habe ich auch nicht gerade einen auf besten Kumpel gemacht. Aber wenn sie mich als ihren Freund vorstellt, wird er mir schon nicht um der alten Zeiten willen eine reinhauen, oder? Wenn ich ehrlich bin, habe ich Lana damals irgendwann nicht mehr beachtet, weil er und sein Kumpel mir und meinen Jungs eine so gehörige Lektion erteilt haben, die ich nicht noch einmal erleben wollte. Kann sogar sein, dass er der Auslöser dafür gewesen ist, dass ich generell ein wenig ruhiger geworden bin. Aber wer kann das nach all der Zeit schon so genau sagen.

„Wenn wir schon mal dabei sind, ich hätte da auch noch eine Ergänzung." Interessiert setzt Jenna sich aufrecht hin. „Deine Wohngegend geht echt gar nicht. Als ich nach Hause gegangen bin, haben sie wenige Schritte von deinem Zuhause entfernt mit Drogen gedealt. Und die Frauen in knapper Bekleidung, auffällig nahe am Straßenrand, haben auch nicht wie normale Passantinnen gewirkt."

„Was willst du damit sagen? Was hat das mit unserer Vereinbarung zu tun?"

Ich atme tief durch und wappne mich für ihre Reaktion auf meine Forderung. „Ich möchte, dass du zu mir ziehst. Es wäre viel authentischer. Außerdem könnten wir uns besser abstimmen und du würdest sogar das Geld für die Miete sparen."

Wie erstarrt sieht Jenna mich an. Dann blinzelt sie heftig. „Das kann nicht dein Ernst sein. Wieso bitte sollte ich das denn tun?"

„Willst du etwa weiterhin in dieser Bruchbude leben? Ich biete dir gerade eine Loftwohnung mitten in Manhattan mit fantastischer Aussicht an. Was spricht dagegen?" Ich hatte mit dieser Reaktion gerechnet und mir auf dem Weg hierher schon ein paar Argumente zurechtgelegt. „Es ist ja nicht so, als ob du in meinem Bett schlafen müsstest oder so. Ich habe ein geräumiges Gästezimmer mit eigenem Bad, das du nutzen kannst. Genau genommen müssen wir uns nicht einmal über den Weg laufen. Ich meine, wir beide arbeiten viel, vermutlich wird es sowieso darauf hinauslaufen." Mit einem Schnauben lehne ich mich in dem Stuhl zurück. „Außerdem möchte ich vermeiden, dass dich jemand von meinen Kollegen in dieser zwielichtigen Gegend sieht. Am Ende hält dich noch jemand für eine Prostituierte, dann geht alles den Bach runter."

Sofort reißt sie die Augen weit auf und öffnet empört den Mund. „Du mieses Arschloch, wie kannst du es wagen?"

„Was wagen? Dir nach dem Abendessen gestern auch noch eine Bleibe zu bezahlen? Gern geschehen."

„Ich würde tausendmal lieber hier in meiner Absteige bleiben, als mit einem arroganten Kerl wie dir eine Wohnung zu teilen!"

„Bitte, wenn es dir auf einmal nicht mehr so wichtig ist, dich wegen Black Coffee absichern zu lassen, dann gern. Es ist deine Entscheidung."

Jennas Blick huscht hin und her, sie scheint fieberhaft zu überlegen. „Wie lange soll die ganze Sache dauern? Wenn es um eine Beförderung geht, muss ich dann monatelang deine Partnerin spielen?"

Gute Frage. „Darüber habe ich auch schon nachgedacht, aber es gibt keine festen Beförderungstermine, an denen ich mich orientieren könnte." Bevor sie sich über diese unspezifische Antwort beschweren kann, hebe ich abwehrend die Hände. „Das bedeutet aber nicht, dass du mich zu allen möglichen Terminen begleiten musst. Hin und wieder reicht vollkommen aus, im Prinzip nur zu denjenigen, bei denen meine Chefs dabei sind."

„Na, das ist ja sehr unauffällig“, höhnt Jenna, und ich merke, dass sie sich allmählich entspannt. „Was ist, wenn ich nicht sofort aus meiner Wohnung ausziehen kann? Fällt dann für dich das ganze Angebot flach?“

„Darum kann ich mich kümmern. Ein einfaches Schreiben mit dem Briefkopf einer Kanzlei, und die Vermieter spuren ganz schnell, glaub mir.“ In mir beginnt es zu kribbeln, weil Jenna sich nicht so anhört, als würde sie nun doch alles abblasen. Als sie schließlich nickt, setzt mein Herz einen Schlag aus.

„Also gut, ich mache es.“ Unsere Blicke treffen sich, und sie zeigt mit dem Zeigefinger anklagend auf mich. „Aber kein ständiges Küssen oder Begrabschen, sonst ziehe ich die Reißleine und sage all deinen Kollegen, was für ein mieser Lügner du bist.“

„Womit du dich zwar einschließen würdest, aber ist angekommen. Und zu deinen Bedenken: Körperliche Zuneigung wird bei offiziellen Anlässen ohnehin nicht gern gesehen. Ein untergehakter Arm der Frau, eine Hand am unteren Rücken – solche Gesten reichen schon vollkommen aus. Und damit wirst du ja wohl fertigwerden, oder nicht?“

Langsam nickt sie. „Wann geht es los? Ich meine, diese Sache mit dem bei dir Wohnen?“

„Na, jetzt sofort.“

7

Jenna

Bevor ich realisiere, was er gerade gesagt hat, ist Damon bereits aufgestanden und sieht sich um. „Musst du noch etwas erledigen? Wenn nicht, würde ich schon mal nach einem Taxi Ausschau halten."

„Aber … das geht doch nicht. Meinen Mietvertrag kann ich erst zum Ende des Monats kündigen."

„Ja, und?" Verständnislos sieht er mich an. „Du willst doch nicht etwa behaupten, dass du lieber weiter in dieser schäbigen Wohnung schlafen willst, wenn du stattdessen ein Zimmer in einem modern eingerichteten Loft haben könntest."

Wütend funkele ich ihn an. „Du hast dieses Gästezimmer nicht ernsthaft schon bezugsfertig. Wie eingebildet bist du eigentlich, dass du so sicher mit einem *Ja* von mir gerechnet hast?"

In seinen Augen funkelt es, als würden ihm tausend Erwiderungen im Kopf umherspuken, doch er hebt nur herausfordernd die Hände. „Also, was ist jetzt? Holen wir deine wichtigsten Sachen oder nicht? Ich muss morgen früh raus.“

Wut kocht in mir hoch, und ich bin kurz davor, ihm eine weitere Reihe an Beleidigungen entgegenzufeuern, aber in genau diesem Moment bemerke ich eine Bewegung aus dem Augenwinkel. Mein Blick huscht umher, und ich sehe durch das Schaufenster draußen auf der Straße gerade noch das braune Hinterteil einer Ratte in einem Abflussloch verschwinden. Gedanken an das Ungeziefer bei mir in der Küche drängen sich mir auf, dazu Nancys Vermutung, dass der seltsame Kerl etwas damit zu tun hat. Und schließlich noch der Zufall, dass ausgerechnet heute jemand vorbeigekommen ist, um die Einhaltung der Hygienerichtlinien zu überprüfen, angeblich aufgrund eines anonymen Tipps. Ich habe das Gefühl, dass hier etwas ganz Mieses läuft und ich einfach nicht dahinterkomme. Deswegen habe ich so gut wie keine andere Wahl. Ich brauche Damon als Rechtsbeistand, und das hier scheint eine seiner Bedingungen zu sein. Außerdem bin ich im Grunde froh, mein zwielichtiges Wohnviertel hinter mir zu lassen, auch wenn ich das ihm gegenüber niemals zugeben würde.

Damon entgeht mein Sinneswandel nicht, denn er grinst mich fies an und winkt mit seinem Smartphone. „Ich warte draußen und versuche ein Taxi zu bekommen.“

Perplex starre ich ihm hinterher, wie er durch die Tür verschwindet. Dieser Mistkerl setzt mich ernsthaft unter Druck, weil er ganz genau weiß, dass ich auf seine juristische Hilfe angewiesen bin. Zu dumm, dass mir kein Gegenargument eingefallen ist, als er abfällig über meine Wohnung gesprochen hat, denn ja, sie ist heruntergekommen.

Betont missmutig beende ich meine Feierabendroutine, nehme in Zeitlupe meine Sachen und verlasse die Tür ebenfalls durch den vorderen Eingang. Als ich mich mit dem klemmenden Sicherheitsgitter abmühe und beim Strecken das Gleichgewicht verliere, strauchele ich und mache einen Schritt zur Seite. Dabei falle ich gegen eine harte Brust. Damon. Sein Blick durchbohrt mich regelrecht, und er muss nur kurz den Arm ausstrecken, um das Gitter nach unten zu ziehen.

„Äh … danke", bekomme ich heraus und mache mich daran, es abzuschließen.

„Ihr hattet heute Probleme?", fragt er in ernstem Tonfall. „Du wirkst ein wenig angespannt und deine Mitarbeiterin hat es vorhin angedeutet."

Genervt stöhne ich auf, drehe mich zu ihm um und packe meinen Schlüssel weg. „Ja, leider. Scheinbar hat uns jemand das Gesundheitsamt auf den Hals gejagt. Keine Ahnung, was das soll."

„Hm, das ist unschön. Aber es wurde nichts beanstandet, oder?"

Schnell schüttele ich den Kopf. „Nein, alles gut. Aber trotzdem ein unliebsamer Vorfall. Und vor allem macht man sich Gedanken, wer da bitte ein Problem mit mir hat."

Er nickt nachdenklich und wirkt erst so, als wolle er noch etwas hinzufügen. Dann jedoch deutet er lediglich mit dem Kinn auf mich. „Also erst zu dir und du packt deine Sachen zusammen?"

„Wenn du nicht auch noch verlangst, dass ich in deinen Klamotten schlafe, dann ja“, pampe ich ihn an. „Wo wartet denn nun das Taxi, das du so dringend schon holen wolltest?“ Für einen Moment bin ich der festen Überzeugung, dass ich zumindest in einem Punkt einen Sieg erzielen kann, aber als ich mich umdrehe, steht tatsächlich ein Yellow Cab am Bordstein. Verdammt, das ist doch eben noch nicht hier gewesen, oder?

„Hast du was gesagt?“, ruft Damon überheblich und öffnet die Hintertür. „Nach dir.“

Wenn er nicht so verdammt falsch grinsen würde, könnte man ihn ja fast als Gentleman bezeichnen. Aber so weit will ich es nicht kommen lassen. Frustriert schnaubend rausche ich an ihm vorbei und setze mich so dynamisch in das Taxi, dass ich mir den Kopf am Vordersitz anhaue. Der Fahrer dreht sich erschrocken zu mir um, aber ich gebe ihm mit einer Geste zu verstehen, dass alles in Ordnung ist.

Hinter mir schlägt die Tür zu, und Damon geht um das Auto herum, um auf der anderen Seite einzusteigen. Er nennt dem Taxifahrer meine Adresse und der schlängelt sich in den New Yorker Verkehr.

Wenig später sind wir auch schon vor meinem Wohnhaus angelangt. Mit zitternden Fingern öffne ich die Wagentür. „Bin gleich wieder da.“

„Soll ich was helfen?“ Ruckartig sehe ich mich zu Damon um. Sein Ausdruck wirkt ernsthaft hilfsbereit, aber das nehme ich ihm nicht ab.

„Du hilfst schon genug“, erwidere ich in sarkastischem Tonfall, steige aus und schmeiße die Autotür zu.

Kurz überlege ich, ob ich mir extra viel Zeit nehmen soll, um die Taxifahrt so teuer wie möglich zu machen. Allerdings will ich nicht, dass er sauer wird und doch alles hinwirft. Und so sehr ich seine Art und Weise auch verachte, so hat er doch zumindest die Bereitschaft gezeigt, mir zu helfen.

Also habe ich bereits nach zehn Minuten die wichtigsten Sachen zusammengepackt. Den Rest werde ich bei einer anderen Gelegenheit holen. Wortlos steige ich wieder in das Taxi, schließe die Tür und umklammere meine Reisetasche.

„Kann es weitergehen?", fragt der Taxifahrer.

„Scheint so", erwidert Damon nur.

Zwischen uns herrscht angespannte Stille, und ich drehe mich demonstrativ in Richtung Fenster, damit Damon ja nicht auf die Idee kommt, ein Gespräch anzufangen. Innerlich schwillt ein dicker Kloß in meinem Hals an, und ich muss Tränen zurückhalten. Das Café Mitchell ist mein großer Traum, doch um es wachsen zu sehen, bin ich mehr oder weniger auf Damons Hilfe angewiesen. Zumindest, wenn ich nicht Tausende von Dollar in einen Anwalt investieren möchte.

Als die beleuchteten Reklameschilder immer seltener werden, betrachte ich die Gebäude genauer. Hier reihen sich moderne Hochhäuser aneinander, und die Geschäfte tragen Namen, die ich nur aus Modezeitschriften oder dem Fernsehen kenne. Wohnt er etwa in dieser Schickimicki-Ecke?

Beiläufig sehe ich über meine Schulter zu ihm herüber, doch er beachtet mich gar nicht. Sein Gesicht wird von dem Licht seines Handydisplays beleuchtet und sieht dadurch irgendwie unwirklich aus. Besonders diese Haarsträhne, die in seine Stirn fällt, ist irgendwie – was? Nein! Wollte ich etwa gerade andeuten, dass Damon Tanner sexy ist? No way! Schnell wende ich mich wieder von ihm ab, doch ich kann mein verräterisches Herzklopfen nicht ignorieren. Glücklicherweise wird das Taxi langsamer und deutet an, dass sich die Fahrt dem Ende zuneigt.

„Wir sind da", verkündet Damon kurz darauf tatsächlich, und ich nicke hastig, während ich noch immer versuche, das Bild von eben aus meinem Kopf zu verdrängen.

Auch auf dem Weg in das Gebäude vor uns ist er ganz der Gentleman. Er hält mir sowohl die Autotür als auch die edle Glasschwingtür auf, die in ein hell erleuchtetes Foyer führt. Nur meine Reisetasche lasse ich mir von ihm nicht abnehmen. Wie an eine schwimmende Boje klammere ich mich daran fest, als könnte sie mich aus diesem unwirklichen Szenario retten.

Ohne viele Worte zu verlieren, passieren wir einen Schalter mit einem aufmerksamen Pförtner, der uns freundlich zuwinkt, und ich muss mich unweigerlich fragen, ob Damon öfter Frauen mit nach Hause bringt. Auf jeden Fall sind wir wenige Sekunden später allein im Fahrstuhl, und wieder gebe ich mir Mühe, möglichst still den Eindruck zu wahren, dass ich keine Lust auf ein Gespräch mit ihm habe. Zudem wächst in mir das beklemmende Gefühl, nun, da ich tatsächlich mit ihm hier bin. Wie konnte ich mich nur darauf einlassen, einfach alles stehen und liegen zu lassen und bei ihm einzuziehen? Bin ich verrückt geworden? Oder einfach wirklich so erbärmlich? Ja, meine Wohnung ist mies, aber bevor ich mir von Damon helfen lasse, hätte es doch sicherlich andere Möglichkeiten gegeben.

Allerdings ist es dafür jetzt zu spät. Der Aufzug stoppt und die Türen öffnen sich mit einem melodischen *Pling.*

„Ich gebe dir meine zweite Schlüsselkarte, dann kannst du jederzeit kommen und gehen, wie du willst." Damons Stimme lässt mich nach der Stille im Fahrstuhl regelrecht zusammenzucken. Erst nach einem kurzen Moment realisiere ich, was er sagt. Es wundert mich, dass er mir so vertraut. Er lädt mich einfach zu sich in die Wohnung ein, gibt mir eine Zugangskarte, und wofür? Um unsere Fake-Beziehung real wirken zu lassen? Das kann doch nicht sein Ernst sein.

Zu dem beklemmenden Gefühl gesellt sich nun auch noch Panik. Wir kennen uns doch kaum. Und das, was ich von ihm kenne, würde ich lieber verdrängen. Was, wenn das nur ein mieser Plan ist, um mich als seine Sklavin zu halten? Oder er hat irgendein dunkles Geheimnis und sucht mittellose Opfer, um irgendwelchen kriminellen Leidenschaften zu frönen.

„Tagsüber ist meistens meine Haushälterin Mrs. Caldon da. Solltest du irgendwelche Fragen haben, dürfte sie dir helfen können." Er öffnet die Wohnungstür zu Apartment 11A, indem er die Schlüsselkarte an ein Lesegerät hält. Wie zuvor auch hält er mir die Tür auf, und ich betrete staunend eine helle, durchdesignte Wohnung. Langsam mache ich einen Schritt nach dem anderen und nehme alles in mir auf, angefangen bei den gemütlichen Teppichen, über die Hochglanzschränke und das Ledersofa, bis hin zu der riesigen Fensterfront mit Blick auf die Stadt.

„Die Wohnung ist ganz nett“, setzt Damon an, und ich höre an seinen Schritten, dass er näher kommt. „Hier ist schon alles eingerichtet gewesen und ich bekomme es von der Kanzlei bezahlt, also mach dir keine Sorgen, wenn etwas kaputt geht.“

Stirnrunzelnd wende ich mich zu ihm um. Was bitte hält er denn von mir? Dass ich mich hier wie ein Elefant im Porzellanladen verhalte?

„Generell, wenn du etwas brauchst, sag einfach Bescheid. Ich kümmere mich darum.“

Da ist er wieder, dieser überhebliche Ausdruck auf seinem Gesicht. Zu all den negativen Gefühlen, die ohnehin schon in mir toben, kommt jetzt auch noch Minderwertigkeit. Und mir wird die enorme Kluft zwischen unseren Lebensstilen bewusst. Er ist ein top verdienender Anwalt, der ein Luxusapartment bewohnt und nicht einmal was dafür bezahlen muss. Ich hingegen kann mir gerade so eine Bruchbude in der schlimmsten Gegend der Stadt leisten, und mein Café läuft Gefahr, schon bald wieder schließen zu müssen, wenn tatsächlich ein so bekannter Konkurrent gegenüber öffnet.

„Und … wo soll mein Zimmer sein?“, bekomme ich gerade so heraus, ohne meine Stimme zittern zu lassen.

„Hier entlang“, entgegnet Damon knapp, der von meinem Unbehagen nichts zu spüren scheint. Mit langen Schritten geht er voran, vorbei an einer Küche, aus der ich es klappern höre, bis wir an eine unscheinbare Tür gelangen.

„Das hier ist das Gästezimmer“, verkündet Damon, dreht den Türknauf und tritt als Erster ein. „Das Bett ist standardmäßig bezogen, wenn du willst, lasse ich Mrs. Caldon es noch einmal neu beziehen. Aber ich kann dir versichern, dass hier schon länger niemand mehr übernachtet hat." Er tritt noch einen Schritt weiter in den Raum hinein und kichert. „Die Übernachtungsgäste schlafen meist woanders, wenn sie überhaupt zum Schlafen kommen."

Ich bin mir nicht sicher, ob er das wirklich laut aussprechen wollte, denn kurz nachdem die Worte seinen Mund verlassen haben, dreht er sich ertappt zu mir um. Ekel überkommt mich bei dem Gedanken daran, wie oft er in dieser Wohnung schon mit anderen Frauen gevögelt haben muss. Und dann ist er auch noch so indiskret und erwähnt es mir gegenüber. Igitt!

Trotzdem kann ich nicht übersehen, wie attraktiv er objektiv betrachtet in seinem Anzug ist. Sein schlanker Körper wird durch den schwarzen Stoff des Jacketts betont, und vor allem jetzt, mit den Händen in den Hosentaschen, könnte er durchaus als Model für Business-Mode arbeiten.

„Okay, zusätzliche Regel: Wenn ich das hier erdulden soll, dann darfst du dieses Zimmer in der ganzen Zeit, in der wir diese Scharade spielen, nicht betreten. Verstanden?"

Wütend zieht er die Augenbrauen zusammen. „Na, hör mal, das hier ist meine Wohnung. Mit welchem Recht siehst du das als angebracht an?"

„Recht? Oh, da kommt endlich mal der Anwalt in dir durch." Auf einmal ist meine Stimme gar nicht mehr brüchig. Er will, dass ich hier wohne? Dann muss er meine Privatsphäre akzeptieren. „Das war deine Idee, wenn ich mich richtig erinnere. Du kannst nicht erwarten, dass ich alles stehen und liegen lasse, um deine liebende Freundin zu spielen, aber mir keinen Freiraum lassen. Vor allem, wenn du dich so bescheuert profilierst.“

„Bescheuert profilierst?“

Er kapiert es wirklich nicht, unfassbar. „Na, diese Sexandeutung. Uh, du bist ein toller Hecht, ich hab es verstanden. Aber für mich bist du das nicht, okay? Obwohl ich es total seltsam finde, dass du deine Chefs mit einer Beziehung an der Nase herumführen willst, spiele ich mit. Dafür will ich aber, dass dieses Zimmer von nun an eine Damon-freie Zone ist. Klar?“

Seine Nasenflügel blähen sich und an den Zuckungen seiner Kiefermuskulatur kann ich erkennen, dass er die Zähne aufeinander mahlt.

„Du solltest dir ganz schnell darüber klarwerden, wer hier am oberen Ende der Nahrungskette ist. Ohne mich kannst du dir diesen Rechtsstreit gegen Black Coffee nicht leisten.“

Und da sind sie wieder, die Tränen von vorhin. Nur werden sie dieses Mal durch meine unendliche Wut verstärkt. Mit Mühe schaffe ich es, sie wegzublinzeln. Kurz überlege ich, einfach wieder meine Sachen zu schnappen und abzuhauen. Aber ich bin erschöpft und muss morgen früh raus. Außerdem sieht dieses Bett hinter mir wirklich gemütlich aus, im Gegensatz zu meinem durchgelegenen Schlafsofa.

„Wenn ich es richtig verstehe, ist deine Anwaltsleistung doch nur die Bezahlung dafür, dass du dir keinen professionellen Escort-Service leisten musst, oder?“ Keine Ahnung, wie ich es schaffe, meine Stimme stabil zu halten, aber lange wird das nicht mehr gutgehen. Schnell packe ich ihn am Oberarm und schiebe ihn aus dem Zimmer. Ich habe Gegenwehr erwartet, aber er lässt sich einfach in den Flur drängen. „Bis dann – es sei denn, ich kann dir bis Samstag aus dem Weg gehen!"

Mit einem lauten Knall werfe ich die Tür hinter ihm zu und lehne mich mit dem Rücken dagegen. Erst rechne ich damit, dass er protestiert, brüllt, klopft oder sogar an der Tür rüttelt, doch es bleibt still. Und als auch nach einigen Sekunden nichts mehr von ihm zu hören ist, bricht die ganze Anspannung aus mir heraus und ich fange leise an, in meine verschränkten Arme zu weinen.

8

Damon

Perplex starre ich die Tür des Gästezimmers an. Was ist sie nur für ein undankbares Stück? Ich habe sie aus dieser miesen Gegend in meine tolle Wohnung geholt, und als Dank dafür verbannt sie mich?

Tausend verschiedene Emotionen brodeln in mir. Enttäuschung darüber, dass sie nicht so reagiert, wie ich gedacht habe. Wut über ihre Abneigung, die sie mir gegenüber offen zeigt. Aber gleichzeitig auch Mitleid, denn ich kann sie durch die Tür schluchzen hören. Nur mit Mühe widerstehe ich dem Drang, sie zu bitten, hereinkommen zu dürfen.

Bin ich wirklich so ein Scheusal? Der blöde Spruch mit den Übernachtungsgästen ist mir tatsächlich mehr rausgerutscht, normalerweise sage ich so etwas anderen Frauen gegenüber nicht. Vor allem nicht zu solchen, die mich potentiell noch in mein Bett begleiten könnten.

Bei Jenna habe ich diese Fantasie bis eben noch gehabt. Sie ist wirklich hübsch, und ihr Temperament ist interessant, wenn auch auf Dauer vermutlich etwas anstrengend. Beim Sex wäre sie mit Sicherheit eine tolle Abwechslung, aber wenn ich einen Versuch wagen würde, könnte das alles komplizierter machen. Außerdem hat sie gerade deutlich gemacht, dass sie ohnehin so wenig wie möglich in meiner Gegenwart sein möchte.

Auf dem Weg in mein eigenes Schlafzimmer komme ich an der Küche vorbei. Mrs. Caldon läuft genau in diesem Moment durch die Tür, in den Händen zwei Teller mitsamt Besteck.

„Oh, Mr. Tanner. Ich wollte gerade den Tisch für Sie decken und einen späten Snack servieren. Wie ich gehört habe, haben Sie Besuch. Ich richte nur noch schnell an, dann bin ich weg."

Mit einem dankbaren Lächeln nehme ich ihr das Geschirr ab, das sie jedoch nur widerwillig abgibt. Diese Frau kennt mich nun schon so gut, und vor allem hat sie nie etwas Negatives über meine häufig wechselnden Frauenbesuche gesagt. „Schon in Ordnung, das ist nicht diese Art von Besuch."

Sie wird ein wenig rot und senkt den Blick. „Das habe ich auch nicht gemeint. Es ist nicht zu überhören gewesen, dass Sie und die Dame sich gestritten haben, da habe ich gedacht, vielleicht Verwandtschaft oder so."

„Das ist übrigens auch die Neuerung, über die ich Sie ohnehin informieren wollte", setze ich an, ohne den Irrtum mit der Verwandtschaft aufzulösen. „Im Gästezimmer wird eine Weile eine junge Frau wohnen, Jenna heißt sie. Wir arbeiten zu recht unterschiedlichen Zeiten, es kann sein, dass sie mit der ein oder anderen Frage auf Sie zukommen wird, wenn ich nicht da bin."

Oder auch, wenn ich anwesend bin, sollte sie wirklich versuchen, mir aus dem Weg zu gehen.

„Wie schön!“, ruft Mrs. Caldon erfreut und schlägt die Hände vor der Brust zusammen. „Das freut mich aber für Sie!“

„Wie bitte? Oh, ja, danke.“ Kurzzeitig denke ich darüber nach, meine Haushälterin einzuweihen. Sie bekommt ohnehin so viel von mir mit, vielleicht wäre es einfacher, wenn sie gleich Bescheid weiß. „Bitte wundern Sie sich nicht, Jenna ist manchmal etwas launisch“, sage ich schließlich nur und zucke mit den Schultern. „Aber Sie persönlich werden keine Probleme mit ihr haben, normalerweise ist sie sehr nett zu anderen Menschen.“

Deutlich verwirrt huscht der Blick von Mrs. Caldon durch den Raum. „Verstehe. Nun ja, dann bin ich gespannt, sie kennenzulernen.“ Fragend deutet sie auf die Teller in meiner Hand. „Soll ich Ihnen dann allein einen Snack servieren? Er ist ohnehin gleich fertig.“

Lächelnd gebe ich ihr einen der Teller zurück. „Das wäre sehr freundlich, vielen Dank, Mrs. Caldon.“

***

Später im Bett denke ich noch immer über den Streit mit Jenna nach. Unglaublich, wie wütend sie gewesen ist. Vermutlich habe ich einfach unterschätzt, was es bedeutet, so überrumpelt zu werden. Und, meine Güte, kann die scharf schießen.

Irgendwie habe ich nach der Sache das Bedürfnis, mich bei ihr zu entschuldigen. Allerdings bezweifle ich, dass Worte in diesem Falle ausreichen werden. Da sie für Samstag sowieso ein elegantes Outfit braucht, könnte ich ihr einen Einkaufsbummel vorschlagen, bei dem sie sich neue Klamotten aussuchen kann – die ich natürlich bezahle. Aber würde sie das überhaupt annehmen, nachdem sie nicht einmal das Angebot eines Wohnungsupgrades gut aufgenommen hat? Noch dazu nach meinem seltsamen Spruch mit der Nahrungskette.

Egal, einen Versuch ist es wert. Ich richte mich auf und greife nach dem Handy auf meinem Nachtschränkchen. Dabei fällt mir auf, dass ich noch immer nicht Jennas Handynummer habe. Fieberhaft überlege ich, wie ich auf die Schnelle an die Nummer herankommen könnte, ohne sie direkt zu fragen. Und entscheide mich schließlich dafür, es mit einer einfachen Nachricht zu versuchen.

Also stehe ich auf und krame in meiner Schreibtischschublade, bis ich einen Block finde. Möglichst leserlich schreibe ich eine kurze Nachricht.

Guten Morgen, Jenna.
Sorry wegen gestern. Als Wiedergutmachung würde ich dich heute Abend gern auf eine Shoppingtour einladen. Ich hole dich nach Ladenschluss ab? Sag mir einfach Bescheid, wenn es in Ordnung ist.

Dann füge ich noch meine Nummer hinzu, falte das Blatt feinsäuberlich und schleiche zum Esstisch. Hier muss sie auf ihrem Weg zur Arbeit ohnehin vorbei. Den Zettel hier auf dem Tisch zu lassen, ist besser, als ihn vor ihre Tür zu legen oder sogar unten durchzuschieben. Damit es noch offensichtlicher wird, knicke ich die Nachricht so, dass sie wie ein kleines Dach auf der Tischplatte steht. Anschließend schreibe ich noch mal *Jenna* darauf. Jetzt ist es auf jeden Fall eindeutig, dass der Brief für sie ist.

Leise gehe ich zurück in mein Zimmer und schlafe kurz darauf voller Erwartungen auf den nächsten Tag ein.

Als ich am nächsten Morgen in die Küche komme, liegt die Nachricht noch unberührt auf dem Esstisch.

Mrs. Caldon kommt durch die Küchentür, in der rechten Hand eine Kaffeetasse.

„Guten Morgen, Mr. Tanner. Dann habe ich also richtig gehört, dass Sie schon wach sind." Wie jeden Morgen rückt sie mir meinen gewohnten Stuhl am Tisch zurecht, stellt die Tasse hin und schenkt mir von dem frisch gebrühten Kaffee ein.

„Ebenfalls einen guten Morgen, Mrs. Caldon." Dann deute ich zu Jennas Zimmer. „Haben Sie zufällig Geräusche aus dem Gästezimmer gehört? Eigentlich müsste meine Bekannte schon längst auf der Arbeit sein."

„O ja, Miss Mitchell und ich haben uns schon bekannt gemacht." Ihr Gesicht beginnt zu strahlen. „Wirklich eine ganz wunderbare Dame."

Nachdenklich betrachte ich den Inhalt meiner Kaffeetasse. „Das heißt, sie ist schon weg? Hat sie denn meine Nachricht nicht gesehen?"

In ihrem Ausdruck schwingt nun Mitleid mit. „Das habe ich zuerst auch gedacht, deswegen habe ich sie extra darauf hingewiesen. Doch sie hat nur gesagt, dass sie keine Zeit dafür hat." Verlegen legt sich Mrs. Caldon eine Hand auf die Wange. „Jetzt habe ich ein schlechtes

Gewissen, dass ich ihr mit meinem Gerede zu viel Zeit gestohlen habe. Es tut mir wirklich leid, Mr. Tanner."

„Keine Sorge, das haben Sie nicht." Missmutig nehme ich den Zettel vom Esstisch und stecke ihn in die Tasche meines Jacketts, obwohl ich ihn am liebsten vor Wut zerknüllen würde. „Ich habe Ihnen ja gesagt, es ist kompliziert. Aber es hat nur mit mir zu tun."

Mrs. Caldon nickt wissend. „Eine leidenschaftliche Frau ist mitunter sehr anstrengend, das weiß ich von meiner Tochter. Aber diese Leidenschaft geht in beide Richtungen, also auch in die liebende."

Auch wenn ich nicht erwarte, diese Seite von Jenna jemals im Privaten zu erleben, nicke ich freundlich und setze mich an den Tisch. „Nichtsdestotrotz möchte ich mir natürlich davon nicht die Laune verderben lassen. Danke für den Kaffee."

„Gerne doch, ich bringe gleich noch Ihr Rührei, Sir."

***

Obwohl es mir eigentlich egal sein könnte, ob Jenna meine Entschuldigung annimmt oder nicht, denke ich den ganzen Weg zur Arbeit darüber nach. Als ich im Büro meinen Mantel ausziehe, höre ich gleichzeitig in meiner Jacketttasche das Knistern von Papier. Langsam hole ich den Brief heraus, den Jenna so achtlos auf dem Tisch zurückgelassen hat.

„Guten Morgen, Mr. Tanner", begrüßt mich Wendy, die gerade mit zwei Tassen aus der Kaffeeküche kommt. Fragend deutet sie auf den Zettel in meiner Hand. „Soll ich das für Sie erledigen?"

„Wie bitte?", frage ich perplex und werde wie aus einem Tagtraum gerissen.

Wendy sieht genauer hin und schüttelt dann den Kopf. „Entschuldigen Sie bitte, ich dachte, das wäre ein gewöhnlicher Brief, deswegen wollte ich das für Sie auf die Post bringen. Aber ich habe mich geirrt."

„Ehrlich gesagt können Sie mir aber trotzdem einen Gefallen tun, Wendy." Einem plötzlichen Einfall folgend reiche ich ihr die Nachricht. „Wenn es Ihnen nichts ausmacht, könnten Sie tatsächlich noch mal schnell in das Café Mitchell gehen und das hier der Besitzerin, Jenna Mitchell, geben. Am besten wäre es, wenn sie es an Ort und Stelle liest und Ihnen ihre Antwort für mich übermittelt."

„Jenna Mitchell", wiederholt Wendy, stellt mir einen der zwei Kaffeebecher hin und dreht sich zu der Garderobe, um ihren Mantel abzunehmen. „Wird gemacht, Sir. Soll ich Ihnen dabei sonst noch etwas mitbringen?"

„Wenn ich es mir recht überlege, bringen Sie bitte noch zwei große Packungen Muffins mit, die stellen wir dann in die Kaffeeküche."

Nachdenklich blicke ich ihr hinterher, wie sie meinen Zettel für Jenna feinsäuberlich in ihrer Handtasche verstaut und sich dann auf den Weg in Richtung der Fahrstühle macht. Ist es wirklich eine gute Idee, Wendy loszuschicken? Wird Jenna ihre Wut auf mich an meiner Assistentin auslassen? Oder wird sie sie einfach wieder wegschicken? Energisch rausche ich in mein Büro und versuche, meine Gedanken zu ordnen. So eine blöde Kurzschlussaktion könnte mein Vorhaben, meinen Kollegen eine Beziehung vorzuspielen, direkt gefährden. Was ist, wenn sich die beiden unterhalten und

Wendy etwas komisch vorkommt? Aber jetzt ist es zu spät. Und selbst wenn Jenna Nein sagt, so habe ich mich zumindest entschuldigt.

Nach einer halben Stunde ist Wendy noch immer nicht zurück. Krampfhaft versuche ich, mich mit Arbeit abzulenken, aber welche Akte ich auch in die Hand nehme, ich verstehe den Sinn der Worte, die darin stehen, kaum. Unglaublich, wie viel mir daran liegt, dass diese Sache mit der Fake-Beziehung funktioniert. Doch immerhin hängt davon ab, wie ich mich in der Diskussion um die Partnerernennung positioniere, also ist es auch kein Wunder, dass ich mir Gedanken um Jennas Verhalten mache.

Als Wendy nach einer Dreiviertelstunde noch immer nicht zurück ist, werde ich so nervös, dass ich nicht mehr ruhig sitzen bleiben kann. Wie ein Tier in Gefangenschaft gehe ich an der gewaltigen Fensterfront entlang, bis ich schließlich durch meine Glastür eine Bewegung an Wendys Schreibtisch wahrnehme. Sie ist zurück.

Allerdings kann ich schlecht sofort zu ihr eilen, das würde nur verdächtig wirken. Also atme ich tief durch und setze mich wieder an die Arbeit. Ich rechne damit, dass meine Assistentin nach ein paar Minuten anklopfen und mir ausrichten wird, was Jenna gesagt hat, aber das tut sie nicht. Dieses Mal schaffe ich es immerhin, mich auf einen der Fälle zu konzentrieren, und so bin ich fast schon überrascht, als es doch an meiner Tür klopft.

„Mr. Tanner? Ich habe für Sie einen der Muffins aus dem Café Mitchell gerettet, der Rest ist fast schon weg."

Wendy tritt ein und bringt mir einen Kuchenteller, auf dem ein hübsch verzierter Blaubeermuffin platziert ist.

„Vielen Dank." Ich nehme ihr den Teller ab und stelle ihn neben meinen Laptop. „Also hat alles gut geklappt? Sie ... war nicht zu beschäftigt oder so?"

„Nein, überhaupt nicht", erwidert Wendy und winkt ab. „Ganz im Gegenteil. Sie hat mich gebeten, mich für einen Moment zu setzen, und wir haben uns unterhalten. Deswegen hat es auch so lange gedauert, tut mir leid. Natürlich werde ich die Zeit heute Abend dranhängen."

Erleichtert, aber auch erstaunt nicke ich. Sie haben geredet? Worüber? Hat Jenna sie ausgefragt? Oder mich schlechtgemacht? „Machen Sie sich deswegen keine Gedanken, Wendy. Schließlich sind Sie in meinem Auftrag dort gewesen. Hat Miss Mitchell denn die Nachricht gelesen?"

„Ja, das hat sie", verkündet sie triumphierend. „Sie hat sich gefreut und ist nach Ladenschluss bereit. Soll ich ein Taxi für Sie hierher bestellen, Sir?"

„Also hat sie zugesagt", murmele ich abwesend, ohne auf Wendys Frage einzugehen.

„Mr. Tanner, mit Verlaub, Sie hätten mir vorab durchaus verraten dürfen, dass Jenna, ich meine Miss Mitchell, Ihre Begleitung für Samstag ist. Dann hätte ich direkt einen Gesprächsaufhänger gehabt."

„Mir scheint jedoch, dass Sie beide trotzdem keine Probleme bei Ihrem Austausch gehabt haben. Habe ich das gerade richtig interpretiert, dass Sie sie Jenna nennen dürfen?"

Verlegen zuckt Wendy mit den Schultern. „Sie hat es mir angeboten, da wollte ich nicht *Nein* sagen. Aber wenn das für Sie nicht in Ordnung ist, dann kläre ich das nachträglich selbstverständlich.“

„Nein, nein, ist schon in Ordnung.“ Nachdenklich streiche ich mir durch die Haare. „Dann vielen Dank, Wendy. Und *Ja* zu dem Taxi, das wäre sehr nett.“

„Selbstverständlich, Sir. Nachher zum Mittagessen Salat, wie gestern besprochen?“

Abwesend hebe ich den Blick. Wendy ist bereits wieder an der Bürotür und sieht mich abwartend an. „Wie? Ach so, ja, genau. Vielen Dank.“

Soso, Jenna hat sich also mit meiner Assistentin verbündet? Ist das jetzt gut oder schlecht für meine Zwecke?

9

Jenna

Je näher der Ladenschluss rückt, desto schneller schlägt mein Puls. Gestern Abend habe ich mich so sehr über Damon aufgeregt, dass ich mindestens eine Stunde wach im, zugegebenermaßen wunderbar gemütlichen, Bett gelegen habe. Den ganzen Tag bin ich müde und nicht ganz auf der Höhe gewesen. Trotzdem habe ich es geschafft, mich zu benehmen, als er seine Assistentin geschickt hat, um mir den Zettel vom Esstisch doch noch unterzujubeln. Netter Schachzug, Mr. Tanner.

Glücklicherweise hat sich Wendy als supernette Person entpuppt, wir haben gleich einen guten Draht zueinander gehabt. Vielleicht ist es sogar ganz praktisch, mich mit seinen Kollegen gutzustellen. Einerseits ist es so glaubwürdiger, dass er und ich tatsächlich zusammen sind, andererseits gewinne ich potenzielle Sympathisanten, wenn er mich reinlegt und doch nicht vertreten will. Und insgeheim bin ich neugierig, ein wenig mehr über ihn zu erfahren. Vielleicht tue ich ihm ja tatsächlich unrecht und er ist gar kein so übler Kerl wie früher.

Heute Morgen habe ich Damons Haushälterin kennengelernt. Keine Ahnung, was ich erwartet habe, aber auf jeden Fall nicht so eine liebevolle und mütterliche Frau wie Mrs. Caldon. Wir haben uns auf Anhieb verstanden, und es ist fast schon schade gewesen, dass ich los zur Arbeit musste. Sie hat in den höchsten Tönen von ihm gesprochen, ist also neben Wendy schon die zweite Angestellte, die ihn wertschätzt.

Mit dem Gedanken, jetzt bei ihm zu wohnen, muss ich mich trotzdem noch anfreunden.

Nancy räumt den Laden auf, während ich in der Küche alles für den nächsten Tag vorbereite. Da höre ich sie auch schon rufen. „Chefin? Da ist wieder dieser Kerl von gestern. Soll ich ihn reinlassen? Ich bin so weit auch durch. Sie können ruhig gehen."

Wenn ich ehrlich bin, suche ich nur noch nach Kleinigkeiten, die ich erledigen kann, anstatt Damon unter die Augen zu treten. Aber es bringt ja alles nichts. „Schon in Ordnung, du kannst ruhig auch gehen. Ich wünsche dir einen schönen Feierabend. Bis morgen in alter Frische."

„Bis morgen, Miss Mitchell. Ich wünsche Ihnen ein erfolgreiches Date."

Ich will ihr noch hinterherrufen, dass das ganz und gar kein Date ist, aber allmählich muss ich mich wohl damit abfinden, dass ich so tun muss, als könne ich Damon leiden. Betont langsam putze ich noch alle Arbeitsflächen, ziehe in Zeitlupe meinen Mantel an und gehe dann durch die Hintertür raus. Schnell eile ich durch die schmale Gasse zwischen den Gebäuden und trete auf den Gehweg. Damon lehnt an dem Schaufenster meines Cafés und scrollt gelangweilt auf seinem Smartphone.

„Hey – nicht an die Scheibe lehnen!", rufe ich, wodurch er zusammenzuckt und sich sofort aufrichtet. Im ersten Moment wirkt er verwirrt, doch dann erkennt er mich und steckt sein Handy weg.

„Hi. Danke, dass du angenommen hast. Es tut mir wirklich leid, dass ich dich gestern so überrumpelt habe."

Entgeistert starre ich ihn an. Was zur Hölle ist los mit ihm? Wieso ist er so nett? „Wir fahren wieder Taxi?", frage ich statt einer Antwort und deute auf das Fahrzeug.

„Genau." Er nickt und greift nach dem Türgriff. „Wir klappern ein paar Geschäfte ab. Du kannst dir aussuchen, was du willst, geht heute auf mich."

Misstrauisch ziehe ich die Augenbrauen zusammen. „Das hier wird aber nicht so eine *Pretty-Woman*-Nummer, oder?"

„Das ist so ein Schnulzenfilm, stimmt's?" Hilflos blinzelt er mich an. „Den hab ich nie gesehen. Deswegen ... keine Ahnung. Komm, steig ein."

Banause. Aber was soll ich von so einem Typen auch erwarten? Darauf achtend, dass ich ihn beim Einsteigen ja nicht berühre, lasse ich mich auf den Rücksitz plumpsen. Wieder verbringen wir die Fahrt schweigend, doch ich muss zugeben, dass ich auf das versprochene Shopping sehr gespannt bin. Wenn ich früher mit Jason in der Mall gewesen bin, ist es immer ein Gehetze gewesen. Die Ruhe zum Stöbern habe ich mir erst hart erkämpfen müssen, indem ich mit ihm diskutiert oder ein Eis ausgegeben habe. Aber wenn das hier heute eine Entschädigung sein soll, wird sich Damon an mein Tempo halten müssen. Meine Vorfreude kann ich nicht verleugnen. Seit ich nicht mehr auf der Highschool bin, komme ich viel zu selten zum Shoppen, dabei macht es so Spaß.

Nur ein paar Blocks von dem Hochhaus entfernt, in dem Damon wohnt, lässt uns das Taxi raus, und ich sehe mich unschlüssig um. Ich muss nicht erst die Preisschilder in den Schaufenstern checken, um zu wissen, dass die Kleidungsstücke für mich unbezahlbar wären. Und hier soll ich mir etwas aussuchen?

„Wo willst du zuerst hin?" Damons Stimme ist ganz nahe an meinem Ohr und mich überkommt ein seltsames Gefühl. Nach seiner ungewöhnlichen Aktion gestern müsste ich eigentlich die Nase voll von ihm haben, aber ein Teil von mir, der allmählich größer wird, freut sich wirklich auf das Shopping. Es ist gar nicht so schlimm, mit ihm hier zu sein, irgendwie bin ich richtig gespannt darauf, wie der Abend verlaufen wird.

„Kommt ganz darauf an, wofür ich mich einkleiden soll. Gibt es eine Vorgabe von deiner Seite?"

Glücklicherweise erkennt er die versteckte Spitze scheinbar nicht, denn er zuckt nur mit den Schultern. „Der Termin am Samstag sollte recht zwanglos sein, aber ich vermute, es wird trotzdem kaum jemand in Jeans und T-Shirt dort auftauchen."

Vielsagend blicke ich an mir herunter. Ich bin ganz und gar nicht in Jeans und T-Shirt gekleidet, sondern in ein Kleid, das im Rockabilly-Stil angehaucht ist.

„Natürlich meine ich nicht, dass du dich nicht einfach so anziehen dürftest, wie du willst." Damon begegnet meinem Blick. „Ich wollte dir eine Freude machen. Such dir aus, was du magst, ganz egal ob für unser Treffen am Samstag oder für irgendwann."

„Schon gut." Abwehrend wedele ich mit der Hand und wende mich zum Gehen. „Ich starte einfach mit einem Rock und einer schlichten Bluse. Allerdings muss ich sagen, dass ich keine Ahnung von solchen Boutiquen habe." Von außen sehen sie alle gleich aus, haben ein hübsches Schaufenster und eine Glastür mit elegantem Rahmen. Nur die ausgestellten Modelle unterscheiden sich. Wahllos steure ich auf einen der Läden zu, in dem eine Schaufensterpuppe in einem eleganten Kleid steht. „Wir starten einfach in diesem hier."

Kaum haben wir das Geschäft betreten, eilt eine junge Angestellte auf uns zu und erkundigt sich nach unseren Wünschen. Im ersten Augenblick fühle ich mich unwohl ob dieser Aufmerksamkeit, doch sie zeigt mir tatsächlich genau solche Kleidungsstücke, die meinen Geschmack treffen.

„Hier drüben haben wir ein paar Modelle, die zeitlos sind und sich zu ganz verschiedenen Anlässen tragen lassen", erklärt die Verkäuferin gerade und winkt mich in eine Ecke, in der Kleider, Röcke und einfarbige Blusen hängen. Meine Größe schätzt sie gekonnt und schlägt mir anhand meiner Augen- und Haarfarbe ein paar Kombinationen vor, die schon auf den ersten Blick echt hübsch aussehen.

„Ich gehe die mal schnell anprobieren", rufe ich mehr zu der Verkäuferin als zu meinem Begleiter, doch Damon erwidert ungewöhnlich gut gelaunt: „Alles klar!"

Die Klamotten sind wirklich toll, ich habe vermutlich seit dem Abschlussball keine so feinen Stoffe mehr getragen. Besonders ein lilafarbenes, knielanges Kleid und ein luftiger Rock mit Blumenmuster haben es mir angetan.

„Okay, diese beiden Teile sind meine Favoriten", verkünde ich, als ich die Umkleide wieder verlasse.

Verblüfft sieht Damon mich an. „Wieso bist du denn nicht rausgekommen, als du sie angehabt hast?"

Empört stemme ich meine freie Hand in die Hüfte. „Hast du auch nur einen Ton davon gesagt, dass ich das machen soll?"

„Nein, aber das macht man doch so, wenn man gemeinsam Klamotten kauft, oder?" Sein Blick huscht zu der Verkäuferin, die scheinbar konzentriert Kleidungsstücke an einem nahegelegenen Ständer sortiert.

Ich seufze resigniert. „Ich hab Fotos mit meinem Handy gemacht, reicht das auch?"

Ernsthaft interessiert rückt er an die vordere Kante des Ohrensessels, in dem er Platz genommen hat. „Klar." Aufmerksam sieht er sich die Bilder an und nickt dann zufrieden. „Sieht gut aus. Dann nehmen wir die also?" Er erhebt sich und streckt die Hand nach den Kleidungsstücken aus.

Dann nehmen wir die also? Wir? Seine Wortwahl irritiert mich. Anscheinend ist er wirklich schon im Pärchen-Modus. Allerdings sollte ich diese Gelegenheit nutzen, bevor er es sich anders überlegt, immerhin bekomme ich gerade Klamotten umsonst – und zwar wunderschöne.

„Ja, hier." Als ich aufsehe, steht er auf einmal ganz nahe vor mir.

„Wenn das mit uns klappen soll, wäre es ganz hilfreich, wenn du mir doch deine Nummer gibst." Er deutet auf mein Smartphone, mit der anderen Hand umgreift er die Haken der Kleiderbügel und berührt dabei meine Finger.

Perplex blinzele ich zu ihm hoch. „Ja ... kann ich machen." Schnell lasse ich die Bügel los, um den Körperkontakt zu unterbrechen.

„Wohin jetzt?", will Damon wissen, als er mit einer Papiertüte mit dem Logo der Boutique zurückkommt.

„Wie, wohin jetzt? Das war es doch, oder? Vielen Dank, und jetzt nach Hause."

Irgendwie sieht er enttäuscht aus, als er unschlüssig auf die Tasche in seiner Hand starrt. „Du kannst ruhig noch woanders schauen." Sein Blick wandert blitzschnell meinen Körper hinauf und hinab. „Vielleicht doch ein Kleid? Ein paar Läden weiter ist eines im Schaufenster, das dir bestimmt gut stehen würde."

Verwundert sehe ich ihn an. Was soll das bedeuten? Dass er nach Klamotten für mich Ausschau gehalten hat, für den Fall, dass ich nichts Gescheites finde? Ist mein Geschmack etwa so schlecht? Oder ... findet er mich etwa in einem Kleid attraktiv?

„Generell sage ich bei schönen Klamotten nie Nein, aber ich muss dir ja nicht extra auf der Tasche liegen. Mir wäre es lieber, wenn wir jetzt gehen."

„Du liegst mir nicht auf der ... Meine Güte, Jenna. Es ist wirklich schwer, dir eine Freude zu machen." Er macht auf dem Absatz kehrt und geht in Richtung des Ausgang der Boutique. „Probiere es doch wenigstens mal an."

Viel zu missmutig angesichts der Aussicht, dass mir ein teures Kleid geschenkt wird, stapfe ich ihm hinterher. Das Cocktailkleid, das er für mich vorgesehen hat, ist zugegebenermaßen wunderschön. Es ist aus dunkelblauem Satin und trägt türkisfarbene Stickereien am Halsausschnitt.

„Guten Abend, Ma'am", spricht Damon auch schon die Verkäuferin an. „Meine Begleitung würde gern das Kleid anprobieren, dass Sie dort im Schaufenster ausgestellt haben." Energisch schiebt er mich nach vorn und tritt dabei selbst einen Schritt beiseite.

„Oh, das haben wir gleich", entgegnet die ältere Frau hinter der Kasse und mustert mich, offenbar um meine Größe abzuschätzen. „Bin sofort wieder da, begeben Sie sich ruhig schon mal in den Umkleidebereich." Sie winkt in die entsprechende Richtung und eilt davon.

Im Laden ist außer uns niemand, im Hintergrund spielt leise klassische Musik. Suchend geht Damon voran. „Hier ist es." Mit einem Ruck zieht er einen Vorhang zur Seite, hinter dem sich eine kleine Nische befindet, in der ein antikes, aber farbenfrohes Sofa steht, gegenüber von zwei Türen, die nur angelehnt sind. „Du hast sogar freie Auswahl." Fehlt nur noch, dass er mich in eine der Kabinen schubst, damit ich mich endlich umziehe.

„Wieso hast du es denn so eilig? Sie ist ja noch nicht einmal mit dem Kleid zurück."

„Ich dachte nur, je schneller wir fertig sind, desto mehr Zeit haben wir, um gemütlich zu Abend zu essen."

„Du wolltest doch unbedingt hierher", blaffe ich ihn viel schroffer an, als beabsichtigt. „Und überhaupt, von essen gehen war nicht die Rede. Was lässt dich glauben, dass ich das noch ertrage?"

Erbost reißt er den Mund auf, bereit, mir eine Antwort entgegenzuschmettern. Dann besinnt er sich und wirft einen raschen Blick durch den Spalt in dem Vorhang. „Wir sollten genug Zeit dafür aufsparen, unsere Story zu planen. Also, wie lange sind wir zusammen, wo haben wir uns kennengelernt, was sind die Lieblingsspeisen des anderen – solche Sachen. Nicht, dass wir uns am Samstag von einer peinlichen Situation in die nächste stammeln."

Das ist ein guter Punkt. Trotzdem reicht es mir für heute definitiv. Theatralisch stöhne ich auf. „Kannst du mir nicht ein Memo schicken? Oder wie nennt man das in der Juristensprache? Einfach die wichtigsten Eckdaten, bis Samstag lerne ich sie auswendig. Und über mich kannst du behaupten, was du willst, ich bestätige einfach alles, was du sagst."

„Wirklich alles?" Ein amüsierter Ausdruck huscht über sein Gesicht, und ich wüsste zu gern, was er sich gerade vorstellt. In diesem Moment stößt die Boutique-Mitarbeiterin zu uns und hält mir das hübsche Kleid in zwei verschiedenen Größen hin.

Als ich es anhabe, stockt mir der Atem. Auch wenn es mich ärgert, dass Damon recht hat, aber es steht mir wirklich wunderbar. Vor allem ist es perfekt für eine zwanglose, wenn auch elegante Veranstaltung wie dieser Brunch mit seinen Anwaltskollegen.

Gerade will ich es wieder ausziehen, als ich mich anders besinne. Vorhin wollte er doch unbedingt live sehen, wie ich umgezogen aussehe. Wenn er es so schön findet wie ich, dann kann ich ihn damit vielleicht sogar ein wenig ärgern. Mich kann er nicht, wie er es seiner Aussage zufolge bei anderen Frauen tut, einfach mit in sein Bett nehmen. Zögernd lege ich die Hand auf den Türknauf der Umkleidekabinentür – und öffne sie.

„Schon fertig?", fragt Damon, während er auf sein Handy starrt. Als ich nichts erwidere, sieht er auf und reißt die Augen auf. „Oh … wow."

„Tja, ich dachte mir, weil du dich vorhin beschwert hast, zeige ich es dir lieber, bevor wir noch mehr streiten."

Sein Blick wandert an mir auf und ab, fast schon genüsslich langsam. Moment, nein! Widerlich langsam! Ich merke ganz genau, wie er an meinen Brüsten und an meinen Hüften hängen bleibt. Seltsamerweise gefallen mir diese Blicke sogar.

„Ich nehme es, wenn es dir nichts ausmacht."

„Wie?" Verwirrt blinzelt er, als hätte ich ihn aus einem Tagtraum gerissen. „Ach so. Ja, natürlich." Dann breitet sich ein Strahlen auf seinem Gesicht aus. „Sieht sogar noch besser aus, als ich es mir vorgestellt habe."

Ein seltsames Ziehen macht sich in meinem Bauch bemerkbar. Damon Tanner kann also Komplimente machen, ziemlich gute noch dazu. Ich kann nicht anders, als zu lächeln.

„Was hast du dir denn vorgestellt? Dass das Kleid lächerlich an mir aussieht und du dich über mich lustig machen kannst?", schieße ich stattdessen lieber, um diese Gedanken beiseitezudrängen.

So, das hat gesessen. Als hätte ich ihm eine Ohrfeige gegeben, lässt er die Schultern hängen und glotzt mich einfach nur an. Triumphierend wende ich mich ab und verschwinde wieder in der Kabine.

Nachdem ich mich umgezogen habe und wieder meine normalen Klamotten trage, ist Damon weg. Hoffentlich habe ich ihn nicht zu sehr provoziert. Wenn er den Laden verlassen hat, wäre es echt peinlich, die Verkäuferin enttäuschen zu müssen, nachdem sie das Kleid extra für mich aus dem Lager gesucht hat.

Glücklicherweise finde ich ihn im Hauptraum. Er steht am Schaufenster und tippt gedankenverloren auf seinem Smartphone herum.

„Geben Sie es gern her, Miss", empfängt mich die Verkäuferin. „Ihr Begleiter hat bereits angekündigt, dass Sie das Kleid nehmen wollen." Beiläufig prüft sie das Etikett. „Ach, da hatte ich doch den richtigen Riecher mit der Größe."

Damon kommt hinzu und zückt seinen Geldbeutel.

„Wollen Sie vielleicht noch passende Unterwäsche dazu, Miss?" Fragend sieht mich die Frau an, doch Damon unterbricht sie.

„Nein, nicht nötig. Madame reicht es schon, wenn ich sie mir in einem Kleid vorstelle, da wollen wir den Bogen nicht auch noch mit Dessous überspannen." Energisch hält er der erschrocken dreinschauenden Dame seine Kreditkarte hin, während ich nur die Augen verdrehe.

„Und du gib mir jetzt endlich deine Handynummer", fordert er, als die Verkäuferin mein Kleid in einer schmuckvollen Tasche verstaut. „Ich habe dein Memo fertig." Bei dem Wort malt er Anführungszeichen mit den Fingern in der Luft und rammt mir sein Handy regelrecht entgegen. „Bitte einmal lesen und im nächsten Fenster deine Handynummer eintragen, dann schicke ich es dir zusätzlich zu."

Was soll dieses doofe Gefuchtel? Wenn es anders heißt, dann soll er es einfach sagen. Immerhin sind seine Notizen ganz anständig. Allerdings fällt mir auf, dass recht wenig über seine Familie dasteht. Ich erinnere mich an das Gerücht, dass er kein angenehmes Elternhaus gehabt hat, aber wenn mich jemand fragt, sollte ich doch zumindest eine leise Ahnung von seinen Familienverhältnissen haben.

Als ich ihm das Telefon wieder zurückgebe, speichert er die Nummer und nimmt die Einkaufstasche entgegen. Kaum hat er sein Smartphone weggesteckt, gibt es einen unangenehmen Ton von sich und er holt es schnell wieder hervor. Konzentriert blickt er auf das Display und nickt kaum merklich.

„Du wolltest eh nicht gemeinsam zu Abend essen, stimmt's? Ich muss weg, nimm du das Taxi, das schon vor der Tür steht, ich rufe mir ein neues."

Erst will ich etwas erwidern, aber dann bin ich so perplex, wie nachdrücklich er mich aus dem Laden und auf das Fahrzeug zuschiebt, dass mir nicht einmal eine Gemeinheit einfällt. Er schlägt die Tür hinter mir zu, gibt dem Fahrer durch das vordere Fenster ein paar Dollarscheine und richtet sich dann ohne eine Verabschiedung auf, um sich ein anderes Taxi zu rufen.

Idiot. Wo muss er denn auf einmal so dringend hin? Aber gut, ich wollte wirklich nicht mit ihm zu Abend essen, also warum sollte mich sein Stimmungswechsel ärgern?

10

Damon

Die ersten Tage mit Jenna als Mitbewohnerin rasen nur so an mir vorbei. Obwohl wir beide viel arbeiten und uns in der Wohnung kaum über den Weg laufen, ist es ein seltsam positives Gefühl, sie in meiner Nähe zu haben. Unsere Shoppingtour hat mir richtig Spaß gemacht, nicht nur, weil ich sie genau betrachten konnte, sondern auch, weil es sich irgendwie ... vertraut angefühlt hat.

Per Messenger habe ich Jenna gefragt, ob ich ihr helfen soll, weitere Sachen aus ihrer Wohnung zu holen, aber als Antwort kam nur ein ‚*Kein Bedarf*‘. Ein leerer Karton in der Küche neben dem Mülleimer lässt mich vermuten, dass sie es mittlerweile selbst erledigt hat.

Der Samstag ist viel schneller da, als mir lieb ist. Immer größere Zweifel kommen mir bei der ganzen Sache. Jenna und ich sind wie Feuer und Wasser, wie soll uns jemals jemand glauben, dass wir verliebt sind? Meine einzige Hoffnung ist, dass sie insgeheim eine wundervolle Schauspielerin ist, die mit ihrer Performance alle umhauen wird.

Ungeduldig tigere ich in der Wohnung auf und ab, während ich alle zehn Sekunden auf die Uhr schaue. „Jenna, das Taxi wird gleich da sein, wie lange brauchst du noch?"

Für den Brunch habe ich mich für eine Anzughose mit Hemd und ohne Jackett, aber trotzdem mit Krawatte entschieden. Das sieht lockerer aus als sonst im Büro, aber trotzdem noch ordentlich genug, um professionell auf meine Vorgesetzten zu wirken. Dazu gehört aber auch, dass ich nicht zu spät komme, damit ich Gelegenheit habe, mit ihnen ins Gespräch zu kommen. Nur müsste Miss Mitchell dafür endlich mal aus ihrer Damon-freien Zone kommen.

„Jenna, wir müssen wirklich –" In diesem Moment geht die Tür auf und Jenna tritt aus dem Zimmer. Obwohl ich sie schon neulich im Laden in dem neuen Kleid gesehen habe, setzt mein Herz bei ihrem Anblick einen Schlag aus. Sie hat die obere Partie ihrer Haare hochgesteckt, ein dezentes, aber dennoch betonendes Make-up aufgelegt und eine silberne Kette um den Hals. Dazu trägt sie Schuhe mit Absatz, jedoch nicht diese gefährlich aussehenden Dinger.

„Ich würde ja fragen, ob das so in Ordnung ist, aber da du unter Zeitdruck zu stehen scheinst, kann ich jetzt ohnehin nichts mehr ändern." Ohne meine Antwort abzuwarten, stolziert sie an mir vorbei und holt ihren Mantel aus dem Wandschrank.

Mir liegen etliche Worte auf der Zunge, die ich ihr gern sagen würde, von Lob bis Tadel, aber ich lasse es und halte ihr wie gewohnt die Tür auf. Auf dem Weg zum Aufzug bleibt mein Blick an ihrem Hintern hängen, der sich beim Gehen durch den Mantel abzeichnet. Schwingt sie sonst auch so mit den Hüften, oder liegt das an den Schuhen?

Auch diese Taxifahrt verbringen wir schweigend. Während ich noch am Anfang der Woche tatsächlich kaum gewusst habe, worüber ich mit ihr reden soll, fallen mir mittlerweile mehrere Dinge ein. Da ich aber noch allzu gut im Ohr habe, wie sie ihre Abneigung gegen mich bekundet hat, fange ich lieber kein Gespräch an. Vielleicht haben wir auf dem Rückweg mehr Anlass zum Reden.

„Hast du eigentlich noch Fragen zu den Infos, die ich dir geschickt habe?“, durchbreche ich schließlich doch die Stille. „War etwas unklar?“

Erst zuckt sie nur mit den Schultern, und ich finde mich bereits ab, nicht mehr als Antwort zu bekommen, als sie leise seufzt. „Waren etwas oberflächlich, aber das kriege ich schon hin.“

„Oh. Okay. Also … wenn ich noch was erläutern soll oder so –“

„Damon, ich habe doch gesagt, das wird schon. Vertrau mir einfach.“

Das ist leichter gesagt als getan. Ja, es ist mein Vorschlag gewesen, und auch wegen der Wohnung habe ich sie etwas überrumpelt. Aber kann ich ihr wirklich voll und ganz vertrauen? Immerhin kennen wir uns kaum.

„Wie lange fahren wir noch?“, will sie wissen, und ich sehe aus dem Fenster, um mich zu orientieren.

„Da vorn ist es.“

Neugierig reckt Jenna den Hals. „Der ... Park? Das hättest du mir vielleicht mal sagen können. Ich bin nicht für einen Brunch in winterlicher Kälte angezogen.“

„Reg dich ab, es ist in einem extra aufgestellten Zelt. Da sind diese Heizdinger drin und so weiter, also keine Panik. Letztes Jahr habe ich mich halb zu Tode geschwitzt da drin.“

Das Taxi hält und ich steige aus, um ihr die Tür aufzuhalten. Mit einer eleganten Bewegung schwingt sie ihre Beine auf den Gehweg, ohne die Knie zu weit zu öffnen und somit Einblick unter ihr Kleid zu gewähren.

„Das hast du anscheinend schon öfter gemacht. Mit Kleid aus einem Auto aussteigen, meine ich.“

Ich schlage die Autotür zu und bezahle. Als ich mich wieder aufrichte, steht Jenna auf einmal ganz nahe vor mir. „Kann schon sein“, haucht sie und greift nach meiner Krawatte. Mit leichtem Ruckeln hantiert sie daran herum und streicht dann meinen Kragen glatt.

Jetzt, da sie so nahe bei mir steht, rieche ich ihr Parfüm. Ich kann es nicht erklären, aber es ist der perfekte Duft für sie. Fruchtig, leicht und irgendwie betörend. Was mich aber so richtig aus dem Konzept bringt, ist die Tatsache, dass sie auf einmal keine Hemmungen zu haben scheint, in meiner Nähe zu sein, geschweige denn mich anzufassen. „Was machst du? War sie schief?“

„Nein“, erwidert sie und lächelt. Dann nickt sie kaum merklich in Richtung des Zeltes, das man bereits von hier aus sehen kann. „Aber so, wie es aussieht, geht die Show bereits los. Das sind doch bestimmt Kollegen von dir, nicht wahr?“

Unauffällig schaue ich mich um. Tatsächlich stehen da zwei Kollegen vom Familienrecht und werfen uns neugierige Blicke zu, während sie ihre Zigaretten rauchen. „Mhm, in der Tat. Na gut, dann mal los."

Unschlüssig, ob wir Händchen halten sollen, lege ich meine Hand auf ihren unteren Rücken und sie lässt es geschehen, zuckt nicht einmal zusammen. Sie ist schon komplett in ihrer Rolle, denn im Gegensatz zu dem grimmigen Ausdruck, den sie eben im Auto gehabt hat, sieht sie jetzt richtig fröhlich aus. Mit einem leichten Lächeln auf den Lippen lässt sie sich von mir zum Zelt führen. Dieser plötzliche Wandel ist erleichternd und verwirrend zugleich.

Als wir in Hörweite meiner Kollegen sind, hebe ich grüßend die Hand. „Hi, Henricks, guten Morgen, Brighton. Habe ich schon was verpasst?"

„Morgen, Tanner. Nö, hast du nicht", erwidert Brighton und atmet Rauch aus. „Aber wir anscheinend." Mit dem Kinn nickt er in Jennas Richtung. „Willst du uns nicht deiner Begleitung vorstellen?"

„Aber natürlich, das ist –"

„Hallo, ich bin Jenna", kommt sie mir zuvor und reicht erst dem einen, dann dem anderen Kollegen ihre Hand. Mit forschenden Blicken erwidern die beiden die Geste und murmeln ihre Namen. „Ich bin Damons Freundin."

Es stört mich, wie unverhohlen sie Jenna anstarren. Ja, sie sieht echt hübsch aus, aber muss das sein?

Auch Jenna scheint sich nicht wohl zu fühlen, denn sie zieht sich nach dem zweiten Händeschütteln schnell zurück und hakt sich bei mir unter. Ihre Finger krallen sich hilfesuchend in meinen Arm, aber sie entspannt sich schnell, als ich beruhigend meine Hand auf ihre lege.

„So, wir gehen dann mal rein und schauen, was das Büffet zu bieten hat", verkünde ich.

„Bis später", ergänzt Jenna zuckersüß und winkt freundlich. Als wir uns weggedreht haben, atmet sie erleichtert aus. Allerdings nur, um neue Luft für das zu holen, was vor uns liegt. Obwohl wir recht früh da sind, ist das Zelt schon gut gefüllt, an fast allen Stehtischen sind Kolleginnen oder Kollegen in Gespräche vertieft. In einer Spielecke tummeln sich mehrere Kinder, ein paar von ihnen rennen jedoch auch durch die Gegend und es geht mir jetzt schon auf die Nerven. Jenna sieht sich ebenfalls um, während uns eine Servicekraft unsere Mäntel abnimmt.

„Ist dein Chef von neulich schon da?", flüstert Jenna in mein Ohr und schmiegt sich dabei an meinen Oberarm.

Rasch sehe ich mich um. „So wie es aussieht, noch nicht, aber der andere Kanzleigründer, Mr. Crawford." Beiläufig deute ich in die entsprechend Richtung.

„Okay." Jetzt legt sie auch noch eine Hand auf meine Brust. Offenbar ist sie tatsächlich gut darin, anderen Leuten falsche Tatsachen vorzuspielen, denn von ihrer Abscheu mir gegenüber ist absolut nichts mehr zu spüren. „Sollen wir gleich zu ihm herübergehen? Oder ist das zu auffällig?"

„Ich weiß nicht. Vermutlich wäre es sinnvoll, wenn wir uns erst einmal etwas zu essen holen. Oh, da kommt auch schon meine Assistentin."

Ungewohnt fröhlich steuert Wendy auf uns zu. So habe ich sie bisher selten erlebt. „Guten Morgen, Mr. Tanner“, begrüßt sie mich. Dann wendet sie sich zu meiner Verwunderung freudestrahlend meiner Begleitung zu. „Hi, Jenna, schön, dich wiederzusehen.“

„Freut mich ebenfalls.“ Freundschaftlich legt Jenna ihr eine Hand auf den Unterarm. „Ich werde vermutlich nachher auf dich zurückkommen, wenn Damon sich in juristischen Diskussionen mit seinen Kollegen verliert. Ganz ehrlich, wir sind jetzt ein halbes Jahr zusammen, aber ich kann mit den ganzen Begriffen noch immer nichts anfangen.“

Wow, sie hat meine Notizen zu unserer Beziehung wirklich gelesen. Beeindruckend.

„Sehr gern“, erwidert meine Assistentin. „Und das ist ganz normal. Wenn ich nicht jeden Tag damit arbeiten würde, wäre ich auch nach all den Jahren noch total überfordert.“

„Was kannst du uns vom Büffet empfehlen?“, plappert Jenna weiter. „Oder warte, begleite mich doch einfach, dann kannst du mir alles zeigen.“ Schon zieht sie Wendy in Richtung der langen Tafeln in der Zeltmitte, wo kunstvoll arrangierte Platten um eine fischförmige Eisskulptur platziert sind. „Schatz, ich bringe dir was mit. Misch du dich ruhig schon mal unter das Volk.“

Schatz. Es ist seltsam, sie mich so nennen zu hören. Aber natürlich passt es perfekt zu ihrer Rolle. Ich hingegen habe das Gefühl, irgendwie neben mir zu stehen. Aber was soll ich auch machen? Deutlich, trotzdem dezent, so soll es gemacht werden, so habe ich es ihr vorgegeben. Wie schafft sie es so mühelos, diesen Mittelweg zu finden? Neben ihr komme ich mir wie ein Stümper vor. Gleichzeitig bin ich froh, dass ich für diese Aufgabe offensichtlich genau die richtige Frau ausgewählt habe.

Jenna

Ich bin heilfroh, dass ich Wendy so früh entdeckt habe, sie ist wahrlich meine Rettung. Wenn ich mich so umsehe, sind hier nur Snobs. Aber was habe ich auch anderes erwartet?

Aus einem mir unerfindlichen Grund fühle ich mich seltsam allein, nun, da ich nicht mehr in Damons Nähe bin. Es fällt mir zwar überraschend leicht, seine Freundin zu spielen, aber ohne seinen Arm als Halt fühlt es sich ein wenig so an, als wäre mein Anker abgerissen und ich würde nun orientierungslos im Ozean herumtreiben.

„Bist du schon lange hier?", frage ich Wendy, während ich mir eine Seite des Tellers mit Lachshäppchen vollhäufe. „Ich dachte schon, wir sind zu früh, aber hier ist ja schon richtig was los."

„Bei solchen Veranstaltungen sind die meisten sehr pünktlich, weil sie die Chance nutzen wollen, mit den Kanzleichefs ins Gespräch zu kommen." Verschwörerisch lehnt sie sich näher zu mir. „Du wirst sehen, das wird ein wahrer Eiertanz."

„Kann ich mir vorstellen." Aufmerksam begutachte ich die Essensauswahl und die dazugehörigen Erklärungskärtchen. Wie war das noch gleich? Damon mag Fleisch, aber keinen Fisch. Also nehme ich lieber keinen Kaviar, dafür packe ich ein paar Saté-Spieße und diese Mini-Wraps auf die freie Seite meines Tellers.

Als er mich vorhin im Taxi auf seine Notizen angesprochen hat, hätte ich fast bezüglich seiner Familie nachgehakt. Aber wenn er es nicht von sich aus erwähnt, dann ist es vielleicht wirklich ein schwieriges Thema und wir hätten uns nur gestritten – ein denkbar ungünstiger Zeitpunkt, direkt vor unserer Feuerprobe.

„Aber dir gefällt die Arbeit in der Kanzlei?", frage ich Wendy. „Für mich wäre das absolut nichts, das kann ich dir sagen."

Ihr Gesicht bekommt auf einmal einen schwärmerischen Ausdruck. „Ja, es ist genau das, was ich machen möchte. Erst habe ich überlegt, selbst Anwältin zu werden, aber ich denke, dass ich dafür zu ruhig bin. Deswegen überlasse ich die Mandantenvertretung den Profis und arbeite mehr im Hintergrund."

Nachdenklich lasse ich den Blick über das Büffet schweifen und denke über ihre Worte nach. „Ist Damon denn ein guter Chef? Also, Mr. Tanner?"

„Auf jeden Fall. Er hat hohe Erwartungen, aber dafür ist er sehr fair. Und er hat mich noch nie herablassend behandelt."

Mit Mühe muss ich mir ein verbittertes Kichern verkneifen. Das klingt ganz und gar nicht nach dem Damon, den ich von früher kenne. Mich hat er die letzten Tage etliche Male von oben herab behandelt. Auch wenn ich zugeben muss, dass er sich ernsthaft zusammenzureißen versucht, seit ich auf seine seltsame Forderung eingegangen bin, bei ihm zu wohnen. Zumindest kann er offenbar sehr gut zwischen Arbeit und Privatleben trennen. Gut für Wendy.

„Das freut mich zu hören", entgegne ich mit einem ehrlichen Lächeln. „Ich kann ihn mir gar nicht als Vorgesetzten vorstellen. Wenn er sich mal eine Gemeinheit leistet, lass es mich ruhig wissen."

Dankbar lächelt sie zurück. „Ich werde es mir merken."

Obwohl ich noch gern ein wenig mit Wendy plaudern würde, weil sie die Einzige ist, die ich zumindest flüchtig kenne, recke ich den Hals und sehe mich nach Damon um. Natürlich nicht, weil ich ihn vermisse, sondern weil wir eine Rolle zu spielen haben. Je eher wir seine Kollegen und Chefs überzeugen, desto schneller können wir diese katastrophale Fassade wieder fallen lassen.

Ich entdecke ihn auf der gegenüberliegenden Seite des Zeltes, wo er inmitten einer größeren Gruppe von Männern steht. Auf den ersten Blick wirkt es wie ein normales Gespräch, allerdings macht es auf mich schnell den Eindruck, als würden sie Damon aushorchen, denn er spricht am häufigsten. Dann dreht er ohne Vorwarnung den Kopf zu mir und ich bin mit einem Mal in seinem Blick gefangen. Erstarrt sehe ich ihm ebenfalls in die Augen und vergesse kurz, wo ich mich befinde. Urplötzlich habe ich meinen Anker wieder, auch wenn er sehr weit entfernt ist.

Er redet weiter, einige seiner Gesprächspartner sehen ebenfalls zu mir herüber, und ich habe somit die Gewissheit, dass sie gerade über mich sprechen. Unschlüssig sehe ich auf den Teller in meinen Händen. Es macht keinen Sinn, seine Snacks noch weiter durch die Gegend zu tragen. Aber soll ich da jetzt einfach so hinstolzieren?

Mangels Alternativen wedele ich mit dem Teller in Wendys Richtung. „Ich bringe Damon mal das versprochene Essen, wir haben noch nicht gefrühstückt."

„Alles klar, wir sehen uns."

Und schon ist sie verschwunden. Dann bleibt mir jetzt nichts anderes übrig, als in die Höhle des Löwen zu gehen. Mit einem tiefen Atemzug setze ich mich in Bewegung und halte erst wieder an, als ich mein Ziel erreiche.

„Damon?"

Er dreht sich zu mir um, genauso wie der Rest der Gruppe. Mein Puls schnellt in die Höhe ob dieser Aufmerksamkeit, doch ich setze ein Lächeln auf. „Oh, Entschuldigung, die Herren, ich wollte nicht stören. Bin auch gleich wieder weg." Ich halte Damon den Teller hin, als würde ich ein Produkt anpreisen wollen. Dabei schmiege ich mich ein wenig an ihn, gerade so viel, wie ich für angebracht halte. „Hier, bitte schön."

Ich habe das Gefühl, dass ihm die Berührung unangenehm ist, denn er spannt sich spürbar an. Seine Brust hebt und senkt sich schneller und er starrt auf meine Lippen. O Gott, er wird mich jetzt aber nicht küssen, oder? Er hatte doch gesagt, zu viel Zuneigung wird bei solchen Events nicht erwartet.

„Aber nein, bleiben Sie ruhig." Einer der Männer tritt auf mich zu und streckt mir die Hand entgegen. „Jenna, hab ich recht? Ich bin Winston Barnett, ich arbeite viel mit Damon zusammen, und wir haben uns gerade gefragt, warum er uns nie von Ihnen erzählt hat."

Ich ergreife seine Hand. Sie ist ganz schwitzig und der Händedruck unerwartet schwächlich. Es fühlt sich irgendwie so an, als hätte ich einen Putzlappen angefasst. „Hallo, freut mich. Tja, ich weiß nicht, warum er es geheim gehalten hat." Hilfesuchend werfe ich meinem Fake-Freund einen Blick zu. „Was hat er selbst denn dazu gesagt?"

„Noch gar nichts", knurrt Damon und legt besitzergreifend einen Arm um meine Taille. Nachdem ich diesen Winston begrüßt habe, ist die Berührung seiner Hand fast schon eine Erleichterung. „Und ich bin mir auch nicht sicher, ob ich darauf eingehen soll. Manche Menschen halten ihr Privatleben eben aus dem Beruflichen heraus." Grimmig stiert er seinen Kollegen an. „Ich weiß, du denkst, es würde jeden interessieren, wie aktiv dein Sexleben ist, aber es gibt da eine Charaktereigenschaft, die nennt sich Diskretion. Und ich gehöre eben zu den Menschen, die diese Eigenschaft besitzen und ausleben."

Mit diesem Spruch erntet er verhaltenes Gelächter der übrigen Kollegen. Ich spüre etliche Blicke auf mir, während Damon mich noch immer festhält, und habe auf einmal das Bedürfnis, mich an ihn zu schmiegen. Ich gebe dem nach und drücke mich enger an ihn, um nicht wieder den Halt zu verlieren – was bei genauerer Betrachtung natürlich bescheuert ist. Meine Güte, ich gehe in dieser Rolle viel zu sehr auf.

Irgendjemand wechselt das Thema und das Gespräch plätschert so vor sich hin. Vermutlich aus Höflichkeit fängt niemand mit der Juristerei an, aber zu Baseball kann ich auch nicht wirklich viel beitragen. Wobei – würde Damon überhaupt wollen, dass ich etwas sage, wenn mir etwas Passendes einfällt?

Diese Frage beantwortet sich von selbst, als er plötzlich das Wort ergreift. „Apropos Sport, Jennas Bruder spielt als Wide Receiver bei den New York Heroes."

Sofort habe ich die ungeteilte Aufmerksamkeit der Runde.

„Ernsthaft?", fragt ein dürrer Mann mit dunklen Haaren und Brille. „Welcher ist es?"

„Jason Mitchell", sage ich und klinge dabei fast verlegen.

„Wow, guter Mann", erwidert einer der beiden, die wir bereits vor dem Zelt kennengelernt haben, Brighton.

„Das ist der, der noch nicht so lange im Team ist, oder?", fragt ein anderer, und so komme ich tatsächlich dazu, ein wenig über Jason und seine Footballkarriere zu sprechen, ohne Angst davor zu haben, mich zu blamieren, und ich bin froh, nichts über mich selbst erzählen zu müssen. Ich meine, was soll ich zu meinem Bruder schon Falsches erzählen? Bei Statistiken zu seinen Spielen lasse ich die Männer fachsimpeln, ich bleibe bei meinem Fachgebiet, seiner Persönlichkeit und dem Werdegang.

Nach einer Weile schiele ich zu Damon herüber, der ein wenig von mir abgerückt ist. Ob er das Thema absichtlich auf Jason gelenkt hat, um seine Kollegen zu beeindrucken? Wer kann schon mit der Schwester eines Football-Ligaspielers prahlen?

„Ah, da kommt Kennedy", wispert schließlich jemand und alle sehen sich gebannt um. Auch ich erkenne nun den Mann mittleren Alters, den wir neulich im Restaurant getroffen haben. Beifall heischend nickt er in alle Richtungen und erfreut sich ganz offensichtlich an der Aufmerksamkeit, die sein Eintreffen erzeugt. Na, der ist gut. Die Party läuft schon seit fast zwei Stunden. Ob er extra so spät kommt, um den Effekt auf seine Kollegen voll auszukosten?

Um den anderen Kanzleigründer hat sich schon seit einer ganzen Weile eine ansehnliche Menschentraube gebildet, die sich jetzt jedoch auflöst, da Mr. Crawford daraus hervortritt und auf seinen Kollegen zugeht.

„Henry, da bist du ja", ruft er laut, und Kennedy macht eine entschuldigende Geste.

„Tja, liebe Kolleginnen und Kollegen, das Beste kommt zum Schluss, oder wie sagt man so schön?"

Höfliches, für meinen Geschmack teilweise zu aufgesetztes, Gelächter ertönt. Wenn ich mich so umschaue, kann man die Hirne mancher Umstehender richtig rattern sehen. Vermutlich denken sie alle darüber nach, wie sie sich im Laufe der nächsten Stunden noch gehörig bei den Chefs einschleimen können. Auch Damon hat einen völlig anderen Ausdruck auf dem Gesicht als zuvor. Allerdings wirkt er eher abwesend, als wäre er gedanklich ganz woanders.

„Auf jeden Fall möchte ich meinen Dank an Sie alle aussprechen", fährt Crawford fort. „Es ist immer wieder schön, das Team auch mal in privaterer Runde zu erleben. Und genau deswegen haben wir uns auch dieses Jahr wieder bemüht, eine tolle Location für unsere Silvesterparty zu organisieren."

Ein neugieriges Raunen breitet sich in dem Zelt aus. Wenn ich zwischen Crawford und Kennedy hindurchschaue, erspähe ich Wendy auf der anderen Seite. Schmunzelnd sieht sie zu mir herüber, und mich beschleicht der Verdacht, dass eher Assistentinnen wie sie den wahren Verdienst an dieser tollen Location haben als die Kanzleichefs, die sich jetzt damit schmücken.

„Und zwar feiern wir im ..."

„... Empire State Building", ergänzt Kennedy, was mit Applaus und anschwellendem Gemurmel quittiert wird.

Wow, das ist wirklich mal eine tolle Location. Anscheinend muss sich diese Kanzlei wirklich keine Gedanken um Geld machen. Es ist sicher atemberaubend, das Feuerwerk von dort oben aus zu erleben. Vorsichtig werfe ich Damon einen Blick zu und bemerke, dass auch er mich gerade ansieht. Er hebt müde einen Mundwinkel, und ich frage mich, ob er damit rechnet, dass wir auch Ende Dezember noch immer ein Paar mimen. Nach welcher Zeitspanne er seine Kollegen wohl als überzeugt ansieht, was seinen gesitteten Charakter angeht?

„Auch hierbei dürfen Partnerinnen und Partner mitgebracht werden", fügt Crawford hinzu. „Wir werden für kleinere Kinder sogar einen Babysitterdienst organisieren, also nur keine Scheu, auch den Nachwuchs mitzubringen."

Dann schwenken sie zu für mich deutlich uninteressanteren Themen, und ich schalte innerlich ab. Möglichst unauffällig schaue ich auf meine Armbanduhr, doch kaum habe ich das getan, beugt sich Damon zu mir, um mir etwas ins Ohr zu flüstern.

„Na, wird es dir schon zu viel?"

Mühsam unterdrücke ich ein Augenrollen. „Ganz im Gegenteil. Ich freue mich schon darauf, weiter deine mysteriöse Freundin zu spielen, die du rein aus Diskretion geheim gehalten hast." Damit niemand sonst hört, was ich sage, lehne ich mich weit zu ihm herüber, bis meine Lippen fast sein Ohr berühren. Diese ungeahnt intime Nähe lässt mich kurz innehalten. Auf die anderen muss es wirken, als würde ich es kaum ertragen, allzu lange von Damon getrennt zu sein. Zumindest bemerke ich einige neugierige Blicke, als ich mich wieder zu den beiden Rednern drehe.

„Ich werde dich auch bald erlösen. Nach dieser Begrüßung sollten wir aber wirklich noch mal bei Kennedy und Crawford vorbeischauen, danach können wir uns allmählich zurückziehen."

Als Antwort nicke ich nur. Nach der Rede müssen wir gar nicht viel tun, Kennedy entdeckt uns und reißt erfreut den Mund auf. Dann macht er seinen Mitgründer auf uns aufmerksam, und wir kommen den beiden entgegen.

„Mr. Tanner, wie schön", ruft Kennedy und schüttelt Damon die Hand. Dann wendet er sich an mich. „Und Sie, Miss, es tut mir leid, dass ich mich das letzte Mal nicht vorgestellt habe, aber der Moment zwischen Ihnen schien so privat zu sein. Ich bin Henry Kennedy."

Privat? Von wegen.

„Kein Problem", erwidere ich freundlich und ergreife seine ausgestreckte Rechte. „Ich bin Jenna Mitchell, freut mich sehr. Damon redet immer in den wärmsten Tönen von Ihnen."

„Ist das so?", donnert nun Crawford lachend. „Dann sind wir wohl als Vorgesetzte nicht streng genug." Auch er reicht mir zur Begrüßung seine Hand. „Timothy Crawford, freut mich sehr, Miss Mitchell." Dann klopft er Damon auf die Schulter. „Unser Mr. Tanner hier ist für uns lange ein Buch mit sieben Siegeln gewesen. Zu sehen, dass er doch nicht nur für die Arbeit lebt, ist beruhigend."

„Jenna ist auch ein Workaholic", wirft Damon ein und legt mir eine Hand auf die Schulter. „Sie hat vor kurzem das Café Mitchell hier in New York eröffnet. Wir hatten schon ein paar Mal Snacks von ihr in der Kaffeeküche ausliegen."

„Tatsächlich?" Kennedy hebt die Augenbrauen, als hätte er mir das nicht zugetraut. „Ich erinnere mich an die Cupcakes. Wirklich sehr köstlich." Seine Mundwinkel ziehen sich nach oben und er lehnt sich etwas zu Crawford herüber. „Vielleicht haben wir hier eine Kandidatin, die uns zukünftig bei dem Catering unterstützen könnte, Timothy, was?"

„Auf jeden Fall", pflichtet dieser bei. „Natürlich nur, wenn Ihnen das nichts ausmachen würde, Miss Mitchell. Manche sind da ja sehr strikt, was Privates und Berufliches betrifft."

Wow, regelmäßig solche Events wie diese hier wären genau das, was ich als kleiner Betrieb stemmen könnte. Und es würde mir viel Geld in die Kasse spülen. „Kommen Sie gern auf mich zu", entgegne ich begeistert. „In meiner Heimatstadt habe ich oft beim Catering des lokalen Cafés geholfen, hier in New York habe ich dahingehend noch nicht Fuß gefasst."

Damon räuspert sich und rückt ein wenig näher an die beiden Chefs heran. „Umgekehrt hat Jenna auch einen Fall, mit dem sie uns als Kanzlei betrauen möchte. Direkt gegenüber ihres noch so jungen Cafés macht bald eine Filiale von Black Coffee auf. Seit das bekannt ist, reihen sich jedoch seltsame Zufälle aneinander. Außerdem sollte es bei dem Gebäude einige Hürden geben, die die Eröffnung eines solchen Geschäfts nicht möglich gemacht hätten, ansonsten hätte sich Jenna sogar selbst für das Objekt interessiert."

Na ja, das ist nur die halbe Wahrheit. Ich bin froh gewesen, überhaupt eine erschwingliche Immobilie gefunden zu haben, das Gebäude gegenüber habe ich gar nicht in Betracht gezogen. Aber wahrscheinlich ist das nur Damons Taktik, um seine Vorgesetzten zu ködern. Und anzudeuten, dass er meinen Fall übernehmen wird, ist ja auch in meinem Sinne, dann kann er sich später schlechter aus der Affäre ziehen. Immerhin klingt es so, als hätte er mir zugehört, als ich mich über Black Coffee aufgeregt habe. Hat er sogar schon ein wenig recherchiert?

„Oh, knifflige Sachlage", murmelt Crawford gerade. „Es haben schon viele versucht, sich aus solchen Konkurrenzsituationen herauszuklagen, was aber selten von Erfolg gekrönt gewesen ist."

„Aber ein interessanter Fall", ergänzt Kennedy. „Wollen Sie den selbst übernehmen, Tanner? Das wäre genau die Herausforderung, die Sie gebrauchen könnten, um die Karriereleiter weiter hochzusteigen." Nun wendet er sich wieder an mich. „Ihr werter Lebensgefährte hat uns bisher schon so beeindruckt, da ist es schwer, noch einen draufzusetzen. Aber anscheinend hat er mit Ihnen sogar in dieser Hinsicht Glück."

Aha. Noch ein Argument mehr für Damon, mich wirklich zu vertreten.

„Das ist ein gutes Stichwort, Sir", springt er auch schon ein. „Planen Sie wieder, Anfang nächsten Jahres die Entscheidung zu fällen, welche Kollegen zu Juniorpartnern ernannt werden? Wenn der Kandidatenpool noch nicht voll ist, würde ich mich gern darauf bewerben."

Crawford und Kennedy wechseln vielsagende Blicke. „Wir sind in der Tat noch nicht fertig mit unserer Liste an Kandidaten", setzt Kennedy an. „Aber Tanner, Sie sind noch so jung, wollen Sie sich wirklich bereits diesem Druck aussetzen? Juniorpartner in einer Kanzlei zu sein, ist nicht ohne, und wenn ich mir Sie beide so ansehe, wollen Sie doch sicherlich weiter Ihr Privatleben genießen, anstatt die Nächte durchzuarbeiten."

„Ich dachte, der größte Vorteil als Partner wäre, dass man nur noch delegieren muss." Damon lacht auf, und mir kommt es ziemlich gekünstelt vor, aber die beiden Kanzleigründer fallen mit ein.

„Darf ich stören, die Herren?" Winston hat sich unauffällig an uns herangeschlichen und steht auf einmal zwischen Damon und Mr. Crawford. „Oder werden hier geheime Deals ausgehandelt?" Er lacht auf und zeigt mir, was ein *richtig* künstliches Lachen ist. In seiner Gegenwart fühle ich mich sehr unwohl, und auch Damon wirkt angespannter als zuvor. Um freundlich zu bleiben, hören wir weiter zu, aber sein selbstgefälliges Geschwafel zieht die Stimmung runter, und ich meine sogar an den Mienen von Kennedy und Crawford zu erkennen, dass das Gespräch ohne Winston angenehmer gewesen ist. Gerade überlege ich, ob ich mich unter einem Vorwand auf die Suche nach Wendy machen soll, als ein Satz von Winston mich innehalten lässt.

„Normalerweise bin ich ja nicht so für Streetfood zu haben, aber das wäre vielleicht auch mal eine gute Idee für eines unserer Events. Gerade erst diese Woche war ich abends so müde, da wollte ich mir nur kurz einen Snack holen. Und ich muss wirklich sagen, ich habe jetzt den Hot-Dog-Stand meines Vertrauens gefunden. *Joey's Best Hot Dog in Town.*"

In halte in meiner Bewegung hin zu Damon, um mich für einen Moment zu entschuldigen, inne. Der Abend, an dem ich an genau diesem Stand fast einen verdreckten Hot Dog gegessen habe, erscheint vor meinem inneren Auge. Und dort hat dieser Unsympath gegessen und fand es lecker? Der Hot-Dog-Stand seines Vertrauens?

Mühsam presse ich die Lippen aufeinander, um nicht loszulachen, und schaue zu Damon herauf. Auch seine Mundwinkel zucken verdächtig. „Entschuldigen Sie uns kurz", presst er hervor, wartet kaum das bestätigende Nicken seiner Chefs ab, und zieht mich zum Ausgang.

Prustend fallen wir durch den Schlitz in der Plane, die die Kälte aus dem Zelt halten soll.

„Zum Glück habe ich nicht persönlich gesehen, wie er genussvoll in das Würstchen gebissen hat", bricht es aus Damon heraus. „Ich hätte mich wahrscheinlich bepinkelt vor Lachen.“

„Mir reicht schon das Kopfkino dazu.“ Ich muss so sehr lachen, dass mir richtig der Bauch weh tut. Noch dazu verliere ich in den hohen Schuhen den Halt und kippe um, doch bevor ich falle, fängt Damon mich auf.

„Komm, wir gehen ein paar Schritte“, schlägt er vor und hat sein Gelächter noch immer nicht im Griff. Er atmet tief ein und ich hake mich bei ihm unter. Erst als wir uns ein paar Meter von dem Eventzelt entfernt haben, wird mir unsere Zweisamkeit bewusst. Und die Kälte. Mist, warum laufe ich hier ohne Mantel rum?

„Ich würde dir ja mein Jackett geben“, setzt Damon an, „aber gerade heute trage ich keines. Sorry.“

„Schon in Ordnung.“ Verdammt, sogar meine Zähne klappern schon aufeinander. „Aber es wäre mir ganz recht, wenn wir wirklich nur eine kleine Runde laufen.“

Ungefragt hält Damon mich fest und dreht mich zu sich um. „Warte, vielleicht wird es so besser.“ Sanft legt er seine noch warmen Hände auf meine nackten Oberarme und beginnt, auf und ab zu rubbeln. Glücklicherweise verfehlt es seine Wirkung nicht, es geht mir sofort besser.

„Mmh, danke. Aber auf die Dauer ist das nichts.“

Gespielt erschöpft lässt er seine Bewegungen langsamer werden. „Puh, du hast recht.“ Dann wird sein Ausdruck ernst und sein Blick huscht an mir vorbei. Ich folge ihm und sehe ein Stück entfernt zwei Personen aus einem dichten Gebüsch kommen. Die erste ist eine hochgewachsene Frau, deutlich älter als ich, aber sehr schlank und mit wallenden rotblonden Haaren. Ein paar Schritte dahinter schält sich ein korpulenter Mann mit Halbglatze aus den Ästen. Die beiden bemerken uns nicht, sondern eilen auf das Eventzelt zu.

„Ih, zieht der sich gerade die Hose wieder richtig an?" Angewidert starre ich in die Richtung und versuche nicht darüber nachzudenken, was die beiden da im Busch getrieben haben.

„Vermutlich." Damons ausgelassene Stimmung von eben ist von einer auf die andere Sekunde wie weggeblasen. Schlaff lässt er die Arme sinken und wendet sich zum Gehen. „Wir sollten lieber zurück zum Zelt. Da können wir noch eine kleine Anstandsrunde machen und uns verabschieden."

Verblüfft sehe ich ihm hinterher. Was ist denn jetzt los? Eben ist es doch so … tja, irgendwie sogar schön gewesen, obwohl ich das mit Damon vorher nie für möglich gehalten hätte. Habe ich etwas falsch gemacht? Nachdenklich folge ich ihm, er hat es auf einmal ziemlich eilig. Aber von mir aus, ich habe nichts dagegen, so schnell wie möglich ins Café zu kommen und Nancy zu unterstützen. Trotzdem ist seine Reaktion seltsam. Irgendetwas stimmt da nicht.

11

Damon

Als ich abends in das Apartment komme, ist Jenna schon da. Ich habe den Eindruck gehabt, dass der Vormittag mit meinen Kollegen ganz gut gelaufen ist, die anderen haben bestimmt keinen Verdacht geschöpft. Nur darauf, dass wir Tina Thompson und Tom Olsen aus dem Arbeitsrecht mehr oder weniger in flagranti erwischt haben, hätte ich verzichten können. Zwar habe ich mit Jenna jetzt eine andere Möglichkeit gefunden, um bei dem Rennen um die Beförderung Pluspunkte zu sammeln, aber dass mir jemand anderes meine Idee mit dem Hochschlafen klaut, stört mich. Dabei könnte es mir eigentlich egal sein.

„Hi", begrüßt Jenna mich. Sie sitzt auf dem Sofa und schaut von einem Buch auf.

„Hallo. Sorry, ich hoffe, du hast nicht wegen irgendetwas auf mich gewartet. Am Wochenende ist Mrs. Caldon immer nur kurz da, also falls du eine Frage hattest oder so –"

„Ich hatte keine Frage.“ Jennas Ton ist forsch, ihr Blick durchbohrend. „Bist du den ganzen Tag unterwegs gewesen?“

Automatisch spanne ich mich an. „Ja. Wieso?“

Sie zuckt mit den Schultern und klappt das Buch zu. „Ich habe nur nicht mitbekommen, dass du es erwähnt hast.“

„Habe ich auch nicht. Wieso sollte ich?“

„Ich weiß nicht, du bist derjenige gewesen, der dafür plädiert hat, sich besser kennenzulernen und persönliche Informationen auszutauschen, damit unsere Beziehung authentischer wirkt.“

Ach, daher weht der Wind. Aber ich werde ihr ganz bestimmt nicht sagen, wo ich in Wirklichkeit gewesen bin. Diesen Teil meines Lebens will ich nach wie vor für mich behalten. „Wenn du einen persönlichen Austausch nun doch in Betracht ziehst, hättest du einfach nur was sagen müssen. Beim letzten Mal habe ich dich so verstanden, dass du bei allem mitspielst.“

„Vielleicht sollten wir uns aber grob mitteilen, wo wir ohneeinander unsere Freizeit verbringen.“ Sie zögert und verlagert ihr Gewicht auf dem Sofa. „Jetzt, da deine Kollegen wissen, wie ich aussehe … keine Ahnung, was ist, wenn mich jemand auf der Straße erkennt oder in meinem Café vorbeikommt und nach dir fragt? Sollte ich da nicht wissen, was du gerade machst?“

Einerseits ist diese Frage berechtigt und es ist irgendwie süß, dass sie allmählich auftaut und sich Mühe gibt. Andererseits werde ich ihr ganz bestimmt nicht Rechenschaft darüber ablegen, was ich das ganze Wochenende über mache.

„Guter Punkt“, stimme ich ihr zu. „Dann stimmen wir uns immer ab, was wir jeweils sagen, damit es glaubwürdig ist. Einfach irgendwelche random Aktivitäten, joggen, Freunde treffen, solche Sachen.“

Jenna legt das Buch beiseite und kommt auf mich zu. Zum ersten Mal fällt mir auf, wie sie die Nase krauszieht, wenn sie in Angriffslaune ist. Wenn ich nicht mit einem erneuten Streit rechnen würde, wäre das sogar fast niedlich.

Sie steht nun direkt vor mir und öffnet den Mund, um zum Sprechen anzusetzen. Doch bevor sie etwas sagt, hält sie inne und ihre Nasenflügel blähen sich, als würde sie etwas Bestimmtes riechen. Blitzschnell huscht ihr Blick an mir auf und ab. „Ah, jetzt verstehe ich. Du warst bei einer Frau.“

Woran hat sie das denn jetzt bitte erkannt? Aber Jenna redet schon längst weiter.

„Weißt du, Damon, als du von mir verlangt hast, dass ich von jetzt auf gleich meine Wohnung räume, um bei dir einzuziehen, bin ich davon ausgegangen, dass du das hier ernst nimmst.“ Mit grimmigem Blick verschränkt sie die Arme vor der Brust. „Aber warum bitte schön triffst du dich weiterhin mit anderen Frauen? Ist es nicht viel schlimmer, wenn dich jemand mit einer anderen sieht, als wenn ich lediglich woanders wohne?“

Verschiedene Gefühle toben in mir, aber am meisten wundere ich mich darüber, warum es ihr so viel ausmacht, dass ich nicht gesagt habe, wo ich bin. „Klingt fast so, als wärst du eifersüchtig“, versuche ich es schmunzelnd, aber ihre Miene bleibt wie versteinert.

„Aber ganz ehrlich: Du hast absolut keine Ahnung, wovon du da redest. Und ich werde mich nicht vor dir rechtfertigen. Also ja, beim nächsten Mal stimmen wir uns vorher ab, was wir jeweils sagen, wenn wir jemanden treffen und die Sprache auf den Verbleib des Partners kommt. In Ordnung?"

„In Ordnung?" Sichtlich empört lacht sie auf. „Aber natürlich, es ist alles in Ordnung. Ganz, wie du willst, o geschätzter Fake-Freund." Sie wendet sich ab, und ich rechne schon damit, dass sie in ihrem Zimmer verschwindet, als sie doch stehen bleibt. „Ich hoffe übrigens, heute war bei dem Brunch alles zu deiner Zufriedenheit?"

Wenn sie wüsste, wie sehr mich ihr tolles Schauspiel beeindruckt hat, wäre sie vermutlich nicht so angriffslustig. Teilweise sind meine Gedanken wieder in ganz gefährliche Bereiche gedriftet, wenn sie sich so eng an mich geschmiegt oder einfach perfekten Small Talk geführt hat. „Insgesamt ist alles gut gelaufen, ja", versuche ich möglichst unverfänglich zu antworten.

„Wo soll denn der nächste Auftritt unseres Zweier-Ensembles stattfinden? Sind noch irgendwelche Events geplant in nächster Zeit?"

„So etwas wie heute gibt es dieses Jahr nicht mehr, abgesehen von der Silvesterparty, die Crawford und Kennedy angesprochen haben." Fragend sehe ich sie an. Sie weiß jetzt, dass die Ernennung zum Juniorpartner erst im Januar stattfindet. Also würde unser Deal diese Feier noch beinhalten. „Bist du an Silvester in der Stadt? Oder fährst du nach Hause?"

„Ich bin in New York. Wenn du bis dahin noch die Beziehung zu mir brauchst, dann melde mich ruhig mit an, ich habe noch nichts geplant.“

Wow, das ging ja schnell. „Okay, äh ... danke. Ich gebe Wendy direkt am Montag Bescheid, damit sie uns anmeldet.“

„Aber das ist nicht alles, oder?“, hakt sie nach. Offensichtlich entspannter geht sie zurück zum Sofa und setzt sich wieder, wenn auch auf den am weitesten von mir entfernten Platz. „Was hast du noch so geplant, um deine Kollegen zu überzeugen, dass du sesshaft geworden bist?“

Grinsend lasse auch ich mich auf den Polstern nieder. „Du bist ja auf einmal ganz motiviert. Hat dir wohl gefallen heute, was?“

„Gefallen? Von allen wie ein seltenes Tier im Zoo begutachtet zu werden? Ganz bestimmt nicht. Ich muss es nur wissen, um Nancy als meine Vertretung im Café einzuteilen. Ich kann nicht ständig wegen dir den Laden geschlossen lassen.“

„Natürlich, verstehe.“ Wie habe ich auch nur davon ausgehen können, dass es ihr heute wenigstens ein bisschen Spaß gemacht hat. Zumindest habe ich den Eindruck gehabt, als wären wir wirklich so etwas wie Verbündete. Und die Situation, in der wir gemeinsam geflüchtet sind, um nicht lauthals über Winston zu lachen, ist irgendwie ganz besonders gewesen. „Wir planen weitere Aktionen einfach so, dass sie mit den Schließzeiten des Café Mitchells zusammenpassen. Zum Beispiel habe ich neulich von Kollegen gehört, dass sie manchmal nach der Arbeit auf eine After-Work-Party gehen. Ich höre mich mal um, wann und wo die nächste ist, dann könnten wir ebenfalls dorthin gehen und sie zufällig dort treffen."

„After-Work." Abfällig verzieht Jenna das Gesicht. „Klingt ziemlich spießig. Aber plane mich einfach ein, ich halte mich an die Abmachungen."

Bevor ich nachfragen kann, warum sie das so seltsam betont, fährt sie bereits fort. „Allerdings hätte ich auch einen Termin, der mir wichtig ist. Da du vorhin das nach Hause Fahren erwähnt hast, möchte ich gern mit dir über die Weihnachtsfeiertage sprechen."

„Weihnachten? Zu der Zeit nutze ich meistens aus, dass das Büro schön leer ist und ich meine Ruhe habe. Aber ich vermute, das wird dieses Jahr ausfallen, wenn du schon so ansetzt."

Unbehaglich rutscht sie auf dem Sofa hin und her. „Ich werde nach Flourish Bay fahren, für zwei Nächte. Das Café bleibt in der Zeit geschlossen. Und ich muss wie gesagt meine Familie davon überzeugen, dass ich hier in New York nicht mehr auf mich allein gestellt bin, sondern dass ich jemanden an meiner Seite habe. Dich."

„Und ich soll auch dort übernachten? Mit deiner Schwester, die mich bis aufs Blut hasst? Das wird bestimmt ein harmonisches Fest." Theatralisch verdrehe ich die Augen, meine Gedanken wandern jedoch direkt zu einem prachtvoll geschmückten Baum, unter dem Jenna und ich sitzen. Fast so wie die Krönung unserer Pärchenfassade. Und irgendwie ist die Vorstellung auch ganz schön. Ich habe schon lange kein richtig festliches Weihnachten mehr gefeiert.

Jenna sieht jetzt wieder so aus, als wäre sie kurz davor, einen neuen Streit anzuzetteln. „Meine Schwester hat ihre eigene Wohnung, die schläft nicht bei Mum und Dad. Aber du wirst mit meinen Geschwistern an einem Tisch sitzen müssen. Schaffst du das?"

„Ich sitze ständig mit Leuten im selben Raum, die mich nicht leiden können, wieso sollte es bei deiner Familie anders sein?"

„Meine Eltern werden wahrscheinlich begeistert von dir sein, Mum hat schon von dir geredet, bevor ich überhaupt nach New York gezogen bin."

„Ist das so?" Obwohl ich weiß, dass die Stimmung zwischen uns nicht die beste ist, kann ich mir ein Schmunzeln nicht verkneifen. „Dann dürfte es vielleicht doch ganz einfach werden, deine Familie von uns zu überzeugen."

Begleitet von einem genervten Augenrollen lehnt sie sich in meine Richtung. „Also ... kann ich ihnen sagen, dass ich jemanden für Weihnachten mitbringe?"

„Klar, so war die Abmachung, oder nicht?"

„Okay. Dann haben wir eine After-Work-Party, um die du dich kümmerst, das Weihnachtsfest in Flourish Bay und die Silvesterparty." Sie stockt. „Und danach gehen wir wieder getrennte Wege."

So ausgesprochen klingt es seltsam, aber sie hat es auf den Punkt gebracht. „Vielleicht wären spontan ein paar kleinere Gelegenheiten noch hilfreich. Aber ja, für die Partnerfeier, auf der die Beförderungen verkündet werden, könnten wir schon einen Vorwand finden, damit du nicht mehr dabei sein musst. Und dann lassen wir das Thema unserer Beziehung langsam versacken, bis keiner mehr nach dir fragt."

Jenna nickt und steht wieder auf, diesmal geht sie direkt auf ihr Zimmer zu. „Gut. Dann ist es also absehbar, und wir werden die paar Male schon noch in der Gegenwart des anderen ertragen."

Dann ist sie weg, und ich frage mich, ob der Brunch für sie wirklich so eine Qual gewesen ist, wie es gerade wirkt. Wenn ich ehrlich bin, hat es den Eindruck auf mich gemacht, als hätte sie sich sogar amüsiert. Hätte sie ihre Rolle sonst so gut spielen können?

Im Vergleich dazu ist es für mich geradezu ein Traumdate gewesen, selbst wenn es nur vorgetäuscht gewesen ist. Ich weiß nicht, ob ich mich jemals so wohl in der Gegenwart einer Frau gefühlt habe wie an diesem Vormittag.

Ich muss aufpassen, mich nicht in etwas zu verrennen, was mir später das Herz brechen könnte.

Jenna

Als ich am Montag nach dem Kanzleibrunch den Laden aufschließen will, sehe ich schon von Weitem, dass etwas nicht in das sonstige Bild passt. Eine dick eingemummelte Person liegt vor meinem Schaufenster, nur ein dunkler Haarbüschel lugt aus dem Schlafsack heraus. Sowohl besorgt als auch irritiert trete ich näher an das Knäuel heran.

„Entschuldigung? Können Sie mich hören?"

Der Sack bewegt sich, bis schließlich ein Gesicht zum Vorschein kommt. Ein älterer Mann mit zerzausten Haaren und Falten an Stirn und Augen blinzelt mich an.

„Hm?“

„Guten Morgen.“ Der arme Mann. Es muss eisig sein, nachts hier draußen zu liegen. „Kann ich Ihnen helfen?“

„Ach, ich will nur noch ein wenig schlafen“, nuschelt er und ist im Begriff, sich wieder in seinen Mumienschlafsack einzuwickeln.

„Das glaube ich Ihnen. Aber das hier ist mein Laden, es wird hier gleich vermutlich sehr trubelig. Wollen Sie sich nicht vielleicht woanders ausruhen?“

Verdutzt sieht er mich an. „Woanders? Aber der nette Mann gestern hat gesagt, hier wäre ein wunderbarer Platz. Hat mir sogar zwanzig Dollar dafür gegeben, dass ich mich hierher lege. Und jetzt soll ich wieder woanders hin?“

„Ein Mann?“ Sofort beschleicht mich ein ungutes Gefühl. „Wie sah der denn aus?“

„Weiß nicht mehr genau.“ Er kratzt sich am Kinn und versucht sich das Bild des Mannes wieder ins Gedächtnis zu rufen. „So lockige Haare, braun waren die. Eine Brille, bei der nur die Gläser aneinanderhängen.“

„Ohne Rahmen, meinen Sie?“

„Ja, genau. Und er trug einen eleganten Mantel, also so einen, wie die Büroleute sie immer anhaben.“

„Verstehe.“ Die Beschreibung passt genau auf den Kerl, der hier schon vor der Eröffnung herumgelungert hat. Der, den Nancy vor dem Rattenvorfall gesehen hat.

So leid mir der Mann auch tut, er muss hier weg. Für einige wird er abschreckend wirken und sie könnten sich ihr Frühstück dann woanders holen.

„Wie wäre es, wenn ich Ihnen erst einmal etwas zu essen spendiere? Kommen Sie ruhig mit rein, da können Sie sich aufwärmen."

Das strahlende, wenn auch etwas zahnlose, Lächeln, das ich als Reaktion ernte, vertreibt die ganzen schlechten Vibes bezüglich Black Coffee. „Danke, Miss. Wirklich sehr freundlich."

Während ich ihn mit Essen versorge und alles bis zur Ladenöffnung vorbereite, erfahre ich, dass der Mann Jeffrey heißt und früher mal Downtown einen Gemüseladen gehabt hat. Dann ist alles den Bach runtergegangen und er ist auf der Straße gelandet. Zum Abschied packe ich ihm eine große Packung Doughnuts ein, und er zieht vorerst zufrieden von dannen.

Kaum ist er weg, brodelt die Wut auf diesen Saboteur augenblicklich wieder hoch. Nachdem ich mich erst einmal bei Nancy aufgeregt habe, schreibe ich Damon eine Nachricht.

Jenna
Fürs Protokoll: Heute hat ein Obdachloser vor meinem Laden gecampt, der angeblich Geld dafür bekommen hat, dass er sich genau diesen Platz aussucht. Wie kann man herausfinden, wer das war, und wie kann man diese Person dafür belangen?

Nach diesem turbulenten Start beginne ich endlich mein Tagewerk. Trotzdem spuken mir nun nicht mehr nur die Sabotageversuche im Kopf herum, sondern auch der Brunch vom Wochenende. Anders als erwartet ist es mir überhaupt nicht schwergefallen, Damons

Freundin zu spielen. Trotzdem bringt er mich mit seinem überheblichen Verhalten, das er an den Tag legt, wenn wir alleine sind, zur Weißglut.

Erst Mrs. Henderson bringt mich vollends in den Arbeitsmodus. Mittlerweile weiß ich, was sie gern zum Frühstück mag, ohne dass sie es mir erst sagen muss.

„Hier bitte, Ihr Cheesecake." Mit einem zufriedenen Nicken nimmt meine beste Kundin den Teller entgegen und stellt ihn vor sich ab.

„Vielen Dank, Liebes. Was würde ich nur ohne Ihr Café tun?"

Obwohl ich vermute, dass es eine rhetorische Frage ist, seufze ich und sehe durch das Schaufenster auf die Straßenseite gegenüber. Die Bauarbeiten sind noch in vollem Gange, aber lange kann es eigentlich nicht mehr dauern, bis die Filiale öffnet. „Wahrscheinlich einfach woanders essen. Ich habe jetzt schon Angst davor, wie viele Kunden mir Black Coffee abnehmen wird. Gegen solch eine etablierte Kette komme ich einfach nicht an."

„Keine Sorge, Schätzchen", beruhigt mich Mrs. Henderson in ihrem mütterlichen Ton. „Im Gegensatz zu dieser Massenabfertigung haben Sie etwas viel Wichtigeres: Sie geben diesem Ort eine Persönlichkeit, Sie nehmen sich Zeit für ihre Kunden. Und Sie haben das viel bessere Gebäck. Nicht diese aufgewärmten Dinger, die tiefgefroren geliefert werden."

Ich spüre Tränen in mir aufsteigen. Gegen diesen übermächtigen Gegner fühle ich mich einfach so hilflos. Und ich bin mir nicht sicher, ob Damon mir wirklich helfen kann. Sobald die Filiale öffnet, wird mein Geschäft einbrechen, es ist wirklich zeitkritisch.

Doch was macht er? Denkt an seine Beförderung und trifft sich mit anderen Frauen, obwohl ich offiziell seine Freundin bin. Tolle Aussichten sind anders.

Es dauert fast bis zum Mittag, bis Damon mir endlich antwortet.

Damon
Sorry, nur kurz – ich habe es mir notiert. Wir können später darüber reden, ich habe da auch noch einen Punkt. Wünsche dir einen schönen Tag.

Ich werde aus dem Mann nicht schlau. Erst schreibt er nur Halbsätze, aber verabschiedet sich dann so süß?

Das Glöckchen an der Tür klingelt, und ich gehe zurück hinter den Tresen. „Hallo und herzlich willkommen – Jason!" Erstaunt starre ich meinen Bruder an und umrunde sofort wieder die Ladentheke, um ihn zu umarmen. „Hi. Schön, dass du mich besuchst. Setz dich doch."

„Ehrlich gesagt habe ich nicht viel Zeit, heute Nachmittag habe ich ein Spiel und muss gleich schon zur Vorbereitung zurück zum Team. Ich durfte mich ausnahmsweise kurz abseilen, um ein paar Leckereien mitzubringen. Allerdings habe ich behauptet, du hättest auch zuckerfreie Sachen, habe ich das richtig in Erinnerung?"

Präsentierend deute ich in die Ecke der Verkaufstheke, in der ich die kleine Auswahl für Allergiker und Diäten platziert habe. „Das stimmt, ich habe zuckerfreie, glutenfreie und vegane Produkte wie Muffins, Kuchen und meine Macarons, die Lana so mag."

„Aha, hm." Unschlüssig schaut Jason durch die Glasscheibe, die ihn von dem Gebäck trennt. „Und wäre es schlimm, wenn ich einfach alles davon mitnehme? Kannst du dann noch für weitere Kunden was nachlegen oder einfach sagen, dass es ausverkauft ist?"

„Äh, wirklich? Du möchtest alles? Gern, das bekomme ich schon hin." Sofort mache ich mich daran, die Sachen zu verpacken. „Ist eine gute Empfehlung für mich, ich kann gerade jede Werbung gebrauchen." Mit dem Kinn nicke ich durch das Schaufenster. „Ich bekomme bald namhafte Nachbarschaft. Black Coffee."

„Uh, ernsthaft? Das sind harte Neuigkeiten." Nachdenklich folgt er meinem Blick. Dann dreht er sich ruckartig um und strahlt auf einmal über das ganze Gesicht. „Aber du hast einen entscheidenden Vorteil ... Du kennst einen Footballspieler der Heroes."

Begriffsstutzig lasse ich die Greifzange sinken, mit der ich die Produkte einpacke. „Und wie soll mir das helfen, meine Kunden zu behalten?"

„Na, ich muss mich einfach öfter hier sehen lassen." Er gestikuliert durch den Laden und scheint schon alles vor sich zu sehen. „Ein paar Selfies hier im Café, hin und wieder Fotos mit dem Team und deinen Produkten, und schon rennen sie dir die Bude ein. Egal, ob Black Coffee gegenüber ist oder nicht. Außerdem werden die Menschen hier ganz anders bedient als dort."

„Genau das habe ich auch gesagt", pflichtet Mrs. Henderson ihm bei. „Tut mir leid, dass ich gelauscht habe, aber Ihre Schwester hat wirklich einen gewaltigen Egoschub nötig, mein Lieber."

„Dann ist es beschlossene Sache." Jason greift sich die Transportpackung mit dem Gebäck. „Zusätzlich hätte ich eine weitere Person, die bald für dich Werbung machen könnte." Sein jungenhaftes Grinsen ist schwer zu deuten.

„Was soll das bedeuten?"„Als wir neulich im Club gewesen sind, hat mich einer aus dem Team auf dich angesprochen. Miles."

Wie auf Knopfdruck verdrehe ich die Augen. „O nein, nicht schon wieder dieses Thema. Ich habe doch gesagt, dass ich nicht verkuppelt werden will."

Abwehrend hebt Jason seine noch freie Hand. „Es war ganz ohne mein Zutun, wirklich. Deswegen habe ich ihn dir auch nicht direkt an dem Abend vorgestellt, da bist du eh mit deinen Gedanken ganz woanders gewesen. Aber Miles hat sich von sich aus noch mal nach dir erkundigt, deswegen habe ich gedacht, ich frage dich einfach mal."

„Haben wir nicht bereits festgestellt, wie sinnlos es ist, mir einen Ligaspieler an die Seite zu zwingen? Der wird viel öfter abwesend sein, als dass er Zeit mit mir verbringen kann?"

Triumphierend hebt Jason eine Hand, um weitere Widerworte meinerseits aufzuhalten. „Genau deswegen ist Miles ein besonders gutes Match. Er hat sich letzte Woche verletzt und ist jetzt erst einmal nicht bei Spielen dabei." Er schiebt die Essensbox zurück auf den Tresen und holt sein Handy hervor. „Ich zeige dir mal ein Foto von ihm, und ich kann dir versichern, er ist wirklich sehr nett."

Unschlüssig, ob ich ihm direkt von Damon erzählen soll, knete ich meine Finger. Ja, es ist ohnehin geplant, dass er es bald erfährt, aber irgendwie habe ich Angst vor seiner Reaktion. Und was ist, wenn er es gleich

Lana verrät? Sie wird ausrasten und hat bis Weihnachten massig Zeit, mir ins Gewissen zu reden – das halte ich nicht aus! Außerdem sollte ich Damon erst vorwarnen, oder nicht?

Nach ein wenig Scrollen hält er mir das Display entgegen. „Der hier, mit der Nummer fünf. Das ist einer unserer Defense-Line-Spieler."

Automatisch huscht mein Blick über das Foto. Der Mann mit besagter Spielernummer ist blond und hat ein freundliches Lächeln. Im Gegensatz zu den anderen Linemen ist er recht klein und wirkt dadurch viel stämmiger als der Rest der Spieler auf dem Bild.

„Jason, ich weiß nicht. Das ist wirklich lieb gemeint, aber ..."

„Sag noch nichts, du musst ihn erst kennenlernen. Er hat wirklich einen tollen Charakter und ist total begeistert von dir. Ich habe sogar schon daran gedacht, ob ich ihn über Weihnachten einlade und mit nach Flourish Bay nehme."

Kaum hat er das gesagt, wird mir ganz heiß. Was soll's – scheiß auf die Vorwarnung. „Oh, was das betrifft ... Ich ... bringe jemanden mit."

Jasons Augen werden groß. „Wirklich?" Dann wird sein Blick misstrauisch. „Moment ... sagst du das etwa nur, damit ich dich in Ruhe lasse?"

„Was? Nein! Es ... ist alles noch ganz frisch, ich habe nicht einmal Mum und Dad Bescheid gesagt." Puh, hoffentlich merkt er nicht, dass ich nur versuche, seinen Fragen auszuweichen. Zwar ist eher Lana diejenige, die ein Problem mit Damon hat, aber ich weiß trotzdem nicht, wie Jason darauf reagieren wird.

Prüfend mustert er mich. „Also, so ganz nehme ich dir das nicht ab. Wie heißt er denn, der neue Mann an deiner Seite?“

Bei dieser Frage zögere ich. Mist, um diese Antwort kann ich mich schlecht drücken. „Äh, sein Name ist Damon.“ In seinem Blick sehe ich Irritation, deswegen gehe ich um den Tresen herum und schiebe ihn zum Ausgang. Um ihn vom Reden abzuhalten, plappere ich ohne Punkt und Komma drauflos.

„Jetzt aber raus mit dir, nicht, dass du Ärger vom Coach bekommst. Viel Erfolg heute, ich werde mir das Spiel ansehen. Berichte gern, wie die anderen mein Essen fanden. Tschüss!“

Und zu ist die Tür. Noch den ganzen Tag stehe ich vollkommen neben mir. Was habe ich mir nur dabei gedacht? Lana wird mich umbringen, wenn ich mit Damon Tanner zu Hause auftauche. Oder ich werde verbannt, weil ich das Familienfest irreparabel vermassele.

Egal, ich habe es so entschieden, jetzt ziehe ich es auch durch. Sie sind selbst schuld, wenn sie mir nicht zutrauen, mich allein in New York durchzuschlagen. Und dann auch noch dieser Miles. Zeigt Jason jetzt wahllos Bilder von mir in der Kabine herum, oder was? Ich habe gedacht, ich hätte mich bezüglich solcher Verkuppelungen klar genug ausgedrückt. Nun ja, vielleicht einfach nicht klar genug für meinen Bruder.

Kurz vor Feierabend bekomme ich eine Nachricht von Damon.

Damon
Die nächste After-Work-Party ist Donnerstag in zwei

Wochen. Es wird wohl erst ab zehn Uhr richtig voll, also sollte es kein Problem mit deinen Öffnungszeiten geben. Bye und bis später.

Erst so spät ist was los? Na toll, dann werde ich am nächsten Morgen im Laden todmüde sein. Aber was soll's, wenn ich mir dafür Anwaltskosten spare, ist es mir das wert.

Immerhin macht Jason seine Ankündigung wahr und postet in seinen Social-Media-Kanälen ein Selfie. Darauf zu sehen ist nicht nur er, sondern noch ein paar seiner Teamkollegen und die geöffnete Box mit meinem Essen.

Geht unbedingt bei meiner Schwester im Café Mitchell in New York vorbei – ihr werdet nie wieder etwas anderes essen wollen!

Na gut, das ist vielleicht ein wenig zu dick aufgetragen, doch ich bilde mir ein, dass sogar noch am selben Tag deutlich mehr Leute etwas bei mir kaufen als in der letzten Woche. Das in Kombination mit der juristischen Vertretung und meinem von Mrs. Henderson so gelobten Service sind doch beste Voraussetzungen, um der starken Kette die Stirn zu bieten.

Jetzt dürfen nur nicht noch mehr dieser Fälle wie mit Jeffrey oder den Ratten passieren.

12

Damon

Da ich Jenna indirekt versprochen habe, früh zu Hause zu sein, beeile ich mich mit meiner Arbeit. Gerade will ich meine Sachen packen, da klopft es an meiner Tür.

„Damon?" Es ist Crawford, der den Kopf durch den Türspalt streckt. „Darf ich kurz stören?"

Mein Blick huscht zur analogen Uhr auf meinem Schreibtisch, aber ich nicke. „Selbstverständlich, Sir, kommen Sie rein."

„Ich will Sie auch nicht lange aufhalten", fügt er hinzu, als er eintritt und die Tür hinter sich schließt. „Ich nutze nur gerade die Möglichkeit, eine kleine Runde durch die Kanzlei zu machen, und wollte Ihnen persönlich zu dem Mortimer-Fall gratulieren. Wirklich tolle Arbeit, gut recherchiert."

Das geht natürlich runter wie Öl. Obwohl ich gern nach Hause zu Jenna möchte, ist mir klar, dass ich diese Gelegenheit nutzen muss.

„Danke, Sir. Das war natürlich auch ein Verdienst des ganzen Teams."

„Seien Sie nicht so bescheiden, Damon." Crawford sieht sich in meinem Büro um, bevor er sich wieder mir zuwendet. „Kommen Sie eigentlich auf die Silvesterparty? Gemeinsam mit Ihrer netten Freundin?"

„Ist fest eingeplant, Sir."

„Macht es Ihnen etwas aus, wenn wir Miss Mitchell zusätzlich wegen des Caterings fragen? Nicht dass sie dann zu beschäftigt ist, um mit Ihnen zu feiern."

Jetzt darf ich auf keinen Fall etwas Falsches sagen. „Das ist schon in Ordnung. Wahrscheinlich würde sie es mir nie verzeihen, wenn ich ihr diesen Auftrag hinterrücks vermiese. Also ja, engagieren Sie sie gern." Schmunzelnd schiebe ich die Hände in die Hosentaschen. „Außerdem ist sie einfach die Beste."

„Sehr gut." Crawford strahlt mich an. „Dann werde ich das Orga-Team damit beauftragen, alles in die Wege zu leiten." Er deutet auf meine Aktentasche, die schon gepackt auf meinem Schreibtisch liegt. „Ihnen wünsche ich einen schönen Feierabend, Damon. Wir sehen uns morgen."

***

Eine halbe Stunde später komme ich in die Wohnung und mir schlägt aufgeregtes Gerede entgegen. Jenna und Mrs. Caldon sitzen am Esstisch und debattieren emotional über irgendetwas. Im ersten Moment bemerken sie nicht einmal, dass ich angekommen bin.

„Guten Abend", rufe ich schließlich von der Tür herüber. „Was geht denn hier ab?"

„Ach, Mr. Tanner." Mrs. Caldon springt auf, als würde sie sich ertappt fühlen. „Tut mir leid, ich habe mich kurz ablenken lassen, aber ich bringe Ihnen sofort etwas zum Abendessen.“

„Schon in Ordnung“, beeile ich mich zu sagen, „bleiben Sie ruhig sitzen. Es scheint um ein wichtiges Thema zu gehen, man spürt regelrecht die Spannung in der Luft.“

„Allerdings.“ Jenna starrt mit Grabesmiene auf ihre Hände.

„Sie hat heute Jeffrey kennengelernt“, erklärt Mrs. Caldon. Im Vorbeigehen tätschelt sie mir die Schulter und verschwindet dann in der Küche.

Währenddessen setzt mein Herz einen Schlag aus. „Jeffrey?“ Soll das etwa bedeuten, dass sie einen anderen Mann kennengelernt hat? Und dann redet sie mit Mrs. Caldon darüber? So kann doch alles auffliegen.

Ehrlicherweise ist das aber nicht einmal das größte Problem an der Sache. Es ist eher der Gedanke daran, dass sie sich in jemanden verliebt haben könnte, der mich nervös macht. „Ähm, also wenn ich bei eurem Frauengespräch störe, dann lasse ich euch lieber allein.“

Jenna zieht die Augenbrauen zusammen. „Ich habe dir doch schon geschrieben, dass ich einen Nichtsesshaften vor dem Laden gehabt habe, wieso solltest du jetzt nicht mitreden dürfen?“

„Ach so, also ist Jeffrey der ...“

„So heißt der Mann, den ich heute Morgen beim Aufschließen wecken musste.“

Plötzlich fühle ich mich federleicht. Wortlos setze ich mich Jenna gegenüber an den Esstisch.

„Er tat mir echt leid, wie er da so in der Kälte lag, und wenn es sich nicht auf meine Verkaufszahlen auswirken würde, hätte ich ihn auch nicht aufgescheucht. Jetzt wüsste ich nur zu gern, wer ihn für diesen speziellen Schlafplatz bezahlt hat.“

„Hat er das mit dem Geld genau so gesagt?“, hake ich hellhörig nach. „Hast du das zufällig mit dem Handy aufgenommen oder so?“

„Was?“ Empört sieht sie mich an. „Ich wollte dem Mann helfen, da filme ich ihn doch nicht einfach so. Allerdings hat er den Geldgeber sehr genau beschrieben, und genau so hat dieser Kerl ausgesehen, der schon öfter um das Café geschlichen ist.“

„Kannst du diesen Jeffrey noch einmal ausfindig machen? Und habt ihr von dem Verdächtigen Fotos gemacht oder nach seinem Namen gefragt?“

„Nein.“ Jennas Blick verfinstert sich. „Das ist schlecht für den Fall, oder?“

„Zumindest nicht optimal.“ Ich hole mein Smartphone hervor und rufe die App auf, in der ich mir immer Notizen mache, wenn ich unterwegs bin. „Aber das kriegen wir schon hin. Übrigens ist mir heute, als du mir geschrieben hast, etwas aufgefallen. An dem Abend, an dem wir ... uns bei dem Hot-Dog-Stand getroffen haben, bin ich ja vorher schon bei deinem Café gewesen. Als ich überlegt habe, ob ich irgendwie anders auf mich aufmerksam machen könnte, ist mir ein Mann aufgefallen, der mit einem Karton in der Seitengasse verschwunden ist, wo der Hintereingang zu deiner Küche ist.“

„Ein Mann? Aber das würde ja zu dem ...“

„Das würde zu eurer Theorie passen, in der dir jemand etwas unterjubeln will. Und mit dieser Beweislast, die wir noch genau dokumentieren und belegen müssen, können wir nun offiziell klagen."

Als ich von meinem Handy aufschaue, sieht Jenna auf einmal ganz bleich aus.

„Alles in Ordnung?"

„Ich weiß nicht", stammelt sie. „Jetzt wird es ernst, oder? Irgendwie bin ich mir nicht sicher, wie ich mich damit fühlen soll."

Ihre Unsicherheit ist sehr untypisch für sie, sie tut mir richtig leid. „Noch ist nichts final. Letztendlich ist es deine Entscheidung, ob wir etwas tun, oder nicht."

In diesem Augenblick kommt Mrs. Caldon mit einem Sandwich aus der Küche wieder und stellt es vor mich auf den Tisch. „Es ist wirklich eine Schweinerei, dass so eine erfolgreiche Kette einer jungen Frau das Leben so schwer macht. Kann man das nicht irgendwie öffentlich machen?"

„Noch nicht", stelle ich klar. „Wenn sich unsere Vermutungen bewahrheiten und wir gewinnen, wird die Gegenseite auch alles tun, um diese Informationen geheim zu halten. Aber so weit sind wir noch nicht."

„Damon?" Jennas Stimme klingt ein wenig brüchig und der Blick, mit dem sie mich ansieht, versetzt mir einen Stich ins Herz. „Mir ist das wirklich wichtig, und ich möchte, dass du in diesem Punkt vollkommen ehrlich zu mir bist." Sie atmet tief ein und aus, bevor sie weiterspricht. „Haben wir eine realistische Chance, diesen Fall zu gewinnen?"

Ich sollte jetzt etwas Beruhigendes sagen, sie bestärken, dass nichts passieren wird, und ihr versichern, dass ich mich voll reinhängen werde – für sie. Stattdessen antworte ich auf die arroganteste Weise, die in diesem Moment möglich ist.

„Keine Sorge, so lange du von mir vertreten wirst, wird alles nach Plan laufen."

Jenna

Jeffrey taucht nicht mehr vor dem Café Mitchell auf, und auch Hygieneprüfer stellen sich nicht mehr vor. Trotzdem beobachte ich jede Bewegung auf der anderen Straßenseite mit Argusaugen. Die Klage sollte heute bei der Black Coffee Group eingehen, aber das bedeutet ja nicht, dass sie sofort all ihre Bemühungen, mich fertigzumachen, fallenlassen. Wer weiß, was sie sich als Nächstes ausdenken.

In zwei Wochen ist Weihnachten, und ich bin gerade dabei, die Deko des Schaufensters noch winterlicher zu gestalten, als mein Handy vibriert. Ich hole es aus der Tasche, doch die Nummer, die mir eine Nachricht geschickt hat, erkenne ich nicht.

Unbekannt
Hi Jenna, sorry, dass ich dir einfach so schreibe, dein Bruder hat mir deine Nummer gegeben. Ich bin Miles aus seiner Mannschaft und wollte dich fragen, ob wir vielleicht mal was zusammen trinken gehen wollen. Melde dich einfach, ich bin gerade flexibel.

Als zweite Nachricht schickt er ein Bild, auf dem er seinen gebrochenen Arm in die Kamera hält. Sein Gesichtsausdruck ist wirklich süß, aber auch auf diesem Foto muss ich feststellen, dass er einfach nicht mein Typ ist.

Vor allem kann ich nicht fassen, dass Jason meine Handynummer trotzdem rausgegeben hat. Ich hatte ihm doch bereits mitgeteilt, dass ich mich mit jemandem treffe. Bin ich so wenig überzeugend gewesen? Oder hat er mich einfach mühelos als Lügnerin enttarnt, weil er mich so gut kennt? Na gut, dann muss ich eben härtere Geschütze auffahren.

Noch bevor ich Miles eine unverfängliche Entschuldigung schicke, schreibe ich eine Nachricht an Damon.

Jenna
Was hast du heute Abend vor? Ich glaube, es wird Zeit für das Posting.

Überraschenderweise kommt seine Antwort prompt.

Damon
Ich kann es einrichten. Überlege mir was und hole dich ab.

Aha. Er überlegt sich was? Ich hatte eigentlich an ein Foto ohne Aufwand hier im Laden gedacht. Aber nun bin ich doch etwas neugierig. Ungeduldig bringe ich den Tag rum, bis es schließlich Zeit für den Feierabend ist, doch von Damon ist nichts zu sehen und zu hören.

Gerade will ich entnervt zur Metro laufen, als ein Taxi vor dem Laden hält und die Tür aufgestoßen wird.

„Hey, Jenna." Damon beugt sich umständlich aus dem Fahrzeug und winkt mir zu. „Sorry, dass ich so spät bin. Steig ein."

Zögernd trete ich näher. „Wo fahren wir hin?"

Als Antwort grinst er mich schelmisch an. „Du wirst es gleich sehen."

Ich kann ein Augenrollen nicht unterdrücken, steige aber trotzdem ein. Während Damon mit seinem Handy beschäftigt ist und wir uns in Richtung Downtown Manhattan durch den Abendverkehr schieben, wandern meine Gedanken zu meiner Familie. Ich überlege, wie sie wohl darauf reagieren werden, wenn ich verkünde, dass ich ausgerechnet Damon Tanner date – und ihn an Weihnachten mitbringe. Vor ein paar Tagen habe ich noch gedacht, dass es reicht, ihnen nur zu sagen, dass ich mit ihm zusammen bin und ein paar Bilder vorzuweisen. Jetzt, da Jason freizügig meine Nummer weitergibt und diese Verkupplungssache nicht ruhen lässt, muss ich mit härteren Bandagen kämpfen. Vielleicht ist es sogar besser, wenn ich dann einen Mann vorstelle, den sie verabscheuen, dann lassen sie mich wenigstens in Ruhe. Oder sie durchschauen mich. Diese Gefahr besteht auch, also muss ich umso überzeugender sein, wenn wir in Flourish Bay sind.

Auf dem Broadway haben wir eine rote Welle, und mir fällt auf, dass ich das Großstadtfeeling noch gar nicht richtig ausgekostet habe, seit ich in New York wohne. Das hektische Treiben, die Reklameschilder und nicht zuletzt all die typischen Sehenswürdigkeiten, die ich vor vielen Jahren mal mit meiner Familie besucht habe, das alles habe ich bisher in den Hintergrund verdrängt.

An den Anlegestellen der Fähren hält das Taxi, und Damon bezahlt.

„Hier?", frage ich zweifelnd. „Aber die Fähren zu Liberty und Ellis Island laufen jetzt gar nicht mehr aus."

„Nicht für die Öffentlichkeit, das stimmt. Aber mir schuldet noch jemand einen Gefallen, für den ich mal einen Fall gewonnen habe."

Mit diesen Worten steigt er aus und lässt mich ein wenig ratlos zurück. Immerhin weiß ich jetzt, dass wir eine Bootstour machen werden, und das ist schon mal ein Pluspunkt. Damals haben wir das ausgelassen, weil Mum auf Schiffen so schnell übel wird.

Damon geht auf einen Mann zu und begrüßt ihn sehr freundschaftlich, woraufhin uns dieser durch den Battery Park führt, direkt auf eine Fähre zu, die in der Dunkelheit fast schon gespenstisch vor Anker liegt.

„Wir fahren echt ganz alleine?", frage ich, als wir an Bord gehen und der Mann einen Mitarbeiter anweist, alles abfahrbereit zu machen, und selbst im Bereich für den Kapitän verschwindet.

„Ja." Damon lächelt und lehnt sich an die Reling. „Ich dachte, das wäre optimal für ein Fotoshooting."

„Ein richtiges Shooting?" In meinem Bauch zuckt etwas, und ich weiß nicht, ob es aufgrund der Vorstellung ist, hier mit Damon private Fotos zu machen, oder ob das Rucken des Bootes es auslöst, als wir ablegen. Fast augenblicklich merke ich, wie kalt der Wind ist, und es fröstelt mich.

„Sorry, ich muss reingehen, das ist ja eisig hier."

„Warte." Vielsagend hält Damon sein Handy hoch. „Ich suche nur noch einen passenden Filter für nachts raus, und dann schieße ich ein Foto von dir, dauert nicht lang." Tatsächlich geht es ganz schnell, und als er mir im geschlossenen Bereich das Bild zeigt, bin ich wirklich begeistert. Ich sehe aus wie ein Model, und im Hintergrund kann man das glitzernde New York erkennen.

„Wow, das sieht toll aus. Aber, äh … wir sind doch hier, um gemeinsame Fotos zu machen. Kannst du gefälligst auch eins von uns beiden machen?"

„Klar." Damon wirkt richtig geschäftig, als er die Einstellungen seiner Kameraapp verändert, den Arm ausstreckt und näher an mich heranrückt. Sein anderer Arm um meine Taille fühlt sich warm und viel zu vertraut an, und mein Herzschlag beschleunigt sich. So sehr ich mir auch in Erinnerung rufe, dass er mich mit dieser ganzen Fake-Sache und vor allem dem Umzug zu ihm überrumpelt und indirekt auch erpresst hat, muss ich doch zugeben, dass er sich sehr viel Mühe gibt.

„Bereit? Lächeln!"

Der erste Versuch ist okay, aber ich sehe nicht überzeugend genug aus. Wir probieren noch ein paar andere Versionen, aber nichts haut mich richtig vom Hocker.

„Ich gebe dir mal einen Kuss auf die Wange, okay?", schlage ich vor. „Das sieht dann mehr nach echter Beziehung aus."

Er ruckt zu mir herum und sieht mich für einen Moment mit einem schwer zu deutenden Ausdruck an. „Ja", bringt er dann etwas heiser hervor und sieht in die Kamera.

So, Jenna, dann musst du das jetzt auch durchziehen. „Es geht los", sage ich sinnloserweise und komme ihm immer näher. Sein Mundwinkel zuckt kurz, und ich muss lächeln. Ob es für ihn genauso seltsam ist, diese Zuneigung vorzuspielen?

Sanft drücke ich meine Lippen auf seine Wange und warte, gebe ihm die Möglichkeit, ein Foto zu machen. Als er mich fester an sich zieht, muss ich mich von ihm lösen, weil das Kribbeln in meinem Bauch zu stark wird.

„Ja, sehen ganz in Ordnung aus", befindet Damon, als er die Ergebnisse prüft. Dann hebt er den Blick und sieht mir tief in die Augen. „Aber ich möchte mal etwas ausprobieren. Darf ich?"

Statt einer Antwort zucke ich nur mit den Schultern. Er positioniert seinen Arm wie zuvor, doch diesmal legt er seine freie Hand an meine Wange, zieht mich an sich und – küsst mich auf den Mund. Vor Schock will ich nach Luft schnappen, doch überraschenderweise ist das Gefühl seiner Lippen auf meinen gar nicht so schlecht. Fast schon sehnsüchtig erwidere ich den Kuss, bevor ich mich wieder bremse. *Mensch, Jenna, das hier ist nur für das Foto.* Wenn ich nicht gefordert hätte, dass wir endlich unsere Beziehung öffentlich machen, hätte er mich nie geküsst, schon gar nicht so.

Langsam und sehr vorsichtig bewegen wir uns, Damons Atem geht genau wie meiner viel schneller als sonst. Anstatt an die Fotos zu denken, drehen sich meine Gedanken nur noch darum, wie verdammt romantisch diese Aktion ist. Und die Idee dazu stammt ausgerechnet von Damon Tanner.

Die Zeit verliert ihre Bedeutung, denn ich habe keine Ahnung, wie lange wir uns küssen, aber irgendwann knistert es in den Lautsprechern des Schiffes und wir fahren auseinander.

„Sorry, Damon, wir dürfen nicht bei Liberty Island anlegen, aber ich fahre so dicht wie möglich darum herum."

Für einen Moment sieht Damon mich an, und ich wüsste zu gern, was er denkt. Um die Situation runterzuspielen, sollte ich jetzt irgendetwas sagen, aber mir will partout nichts einfallen. Dann steht er auf und zieht mich ebenfalls auf die Beine. „Komm, für dieses tolle Motiv musst du dich noch mal kurz überwinden und mit mir raus in die Kälte gehen."

***

Abends liege ich im Bett und scrolle durch die Fotos, die Damon mir geschickt hat. Es sind mehr als zwanzig Stück, und er muss schon ein paar aussortiert haben, denn eines ist schöner als das andere. Die Fehlversuche vom Anfang sind nicht einmal dabei.

Kaum zurück in der Wohnung, hat Damon bereits eines der Bilder auf seinem Profil und zusätzlich im Status gepostet. Es hat mich ein wenig gewundert, dass er keines von uns beiden ausgewählt hat, sondern den Schnappschuss von mir allein, kurz nachdem wir losgefahren sind. Darunter hat er geschrieben:

Die wunderschönste Art, den Feierabend zu verbringen.

Unschlüssig wische ich die Bilder zur Seite, bis ich alle durchhabe, blättere dann wieder in die andere Richtung. Erst will ich eines der Fotos mit der Freiheitsstatue im Hintergrund nehmen, entscheide mich letztendlich jedoch für eines unserer Knutschbilder. Einerseits sehen sie am besten aus, und auf der anderen Seite kann ich so meine Geschwister am besten provozieren und Jason davon überzeugen, dass er mich nicht mehr verkuppeln muss.

Nachdem ich den Beitrag hochgeladen habe – als Beschreibung habe ich nur ein einzelnes Herz gewählt –, schalte ich mein Handy schnell in den Flugmodus und lege es weg. Von den vermutlich geschockten Reaktionen will ich mich jetzt nicht aufwühlen lassen.

Was mich allerdings wirklich wachhält, ist das Gefühl von Damons Lippen, die ich noch immer spüre, als wären wir noch mittendrin.

13

Damon

Die Tage fliegen nur so dahin, und es geht in großen Schritten auf Weihnachten zu. In ganz New York wird es immer festlicher, überall hängen Lichterketten, Weihnachtslieder dröhnen aus jeder Ecke und alle paar Meter stehen verkleidete Santa-Imitationen, die ein wenig Geld verdienen wollen.

Obwohl ich genug zu tun habe, lasse ich von meinen Mitarbeitenden weitere Hinweise und Hintergründe zu Jennas Fall heraussuchen und lese mich darin ein. Die größte Mühe verwenden wir darauf, den obdachlosen Jeffrey ausfindig zu machen, um uns den Kerl, der ihn bezahlt hat, noch mal beschreiben zu lassen. Genau diesen Mann müssen wir dann im Anschluss finden. Das könnte sich als etwas schwieriger herausstellen, zumindest, wenn er wirklich zu der Black Coffee Group gehört.

Heute Abend ist die After-Work-Party, auf die ich mit Jenna gehen werde. Es ist ein ziemlich schicker Club, und ich überlege, ob ich ihr ein Kleid als Geschenk kaufen soll. Aber ich kenne ihren Geschmack zu wenig und vermutlich würde sie wieder irgendetwas daran auszusetzen haben.

Kurz bevor ich Feierabend mache, schreibe ich ihr.

Damon
Hi. Soll ich dich nachher abholen? Dann können wir zusammen nach Hause fahren.

Jenna
Ich bin schon aus dem Laden raus, meine Mitarbeiterin macht den Rest. Aber bevor wir gehen, hätte ich gern noch deine Meinung, in welchem Outfit du mich vorzeigen willst.

Mir wird ganz heiß, als ich ihre Nachricht lese. Sie will meine Meinung? Okay, Damon – jetzt nur nichts Dämliches schreiben.

Damon
Gut, ich mache in einer halben Stunde Feierabend, bin also bald da.

Dummerweise kann ich mich bei dem Gedanken an die kleine Modenschau, die Jenna offenbar plant, kaum noch auf die Arbeit konzentrieren. Und so verlasse ich bereits eine Viertelstunde früher das Büro.

Als ich die Wohnung betrete, bin ich extra laut, um sie vorzuwarnen. Allerdings dröhnt aus ihrem Zimmer Musik, und ich vermute, dass sie mich trotz allem nicht bemerkt. Dafür ist Mrs. Caldon da. Sie tritt aus der Küche heraus, während sie gerade einen Teller abtrocknet.

„Ach, Mr. Tanner. Sie sind heute aber früh dran.“

„Hallo. Das stimmt, Jenna und ich haben heute noch etwas vor. Wie ich höre, ist sie auch schon von der Arbeit zurück.“

Mrs. Caldon lacht auf. „Das kann man wohl sagen. Sie hat ganz aus dem Häuschen gewirkt, als sie nach Hause gekommen ist, und hat gar nicht viel mit mir geredet, dabei unterhalten wir uns sonst immer so nett. Sie ist recht schnell in ihrem Zimmer verschwunden und seitdem spielt auch die Musik so laut.“

„Verstehe.“ Nachdenklich betrachte ich ihre Zimmertür. „Na ja, ich werde ihr noch ein paar Minuten Zeit geben, bis ich mich umziehe. Sie wollte mir eigentlich etwas zeigen.“

Jetzt grinst meine Haushälterin. „O ja, *das* hat sie mir schon verraten. Ich darf sogar mitschauen und ebenfalls meine Meinung abgeben, bin deshalb ganz gespannt.“

Ein klein wenig bin ich enttäuscht, dass dies dann offenbar kein privater Moment zwischen Jenna und mir werden wird. Aber hallo? Was habe ich denn erwartet? Ich kann schon froh sein, dass sie Wert auf mein Feedback legt.

Anstatt bei ihr zu klopfen, ziehe ich mich zuerst selbst um und entscheide mich für eine schwarze Jeans mit einem dunkelblauen Hemd, von dem ich den obersten Knopf offen lasse.

Auch als ich fertig umgezogen bin, dröhnt die Musik noch aus Jennas Zimmer. Zögernd gehe ich zu der Tür und klopfe vernehmbar.

„Jenna? Ich bin jetzt da. Du wolltest mir etwas zeigen?"

Schlagartig verstummt die Musik und ich höre Schritte. Die Tür wird aufgerissen und Jennas strahlendes Gesicht kommt zum Vorschein.

„Oh, hi, da bist du ja." Sie reckt den Hals und sieht an mir vorbei. „Mrs. Caldon, gleich geht es los!"

Schon wirft sie die Tür wieder ins Schloss, und ich weiß nicht genau, wie mir geschieht. Ist das die gleiche Mitbewohnerin, wie die letzten Wochen? So erfreut ist sie noch nie gewesen, mich zu sehen. Freut sie sich etwa so sehr auf diese After-Work-Party?

Mrs. Caldon kommt aus der Küche und setzt sich auf das Sofa. Ich bleibe lieber stehen und versuche, durch Auf- und Ablaufen die Zeit zu überbrücken. Wenige Minuten später öffnet sich die Tür zu Jennas Zimmer. Sie ist auffälliger als sonst geschminkt, hat die Augen dunkel betont und die Lippen rot hervorgehoben. Bei letzteren muss ich sofort an unseren Kuss auf der Fähre denken, der mir seitdem nicht mehr aus dem Kopf geht. Die Situation hat mich einfach mitgerissen – und dann habe ich mich nicht mehr stoppen können.

„So, das ist die erste Option." Jenna dreht sich auf der Stelle, und ich mustere nun auch den Rest ihres Körpers. Im Gegensatz zu sonst ist das Outfit ungewohnt an ihr. Sie trägt einen eng anliegenden Rock in Kombination mit einer blauen Bluse. „Hey, da sind wir ja fast im Partnerlook", sagt sie erfreut und deutet auf mich. „Als hätten wir uns farblich abgestimmt."

„Es sieht wirklich fantastisch aus, Schätzchen“, wirft Mrs. Caldon vom Sofa aus ein. „Ihr beide ergänzt euch ganz wunderbar.“

Jennas Gesicht hellt sich auf, noch mehr als ohnehin schon. „Wirklich? Oh, Mrs. Caldon, das bedeutet mir wirklich sehr viel!“

„Mhm“, mache ich nur. „Und was ist das zweite Outfit? Nur, um einen Vergleich zu haben.“

„Moment, bin gleich wieder da.“ Kichernd huscht sie zurück ins Zimmer, und ich starre ihr verwundert hinterher. Wieso ist sie denn bitte so gut drauf?

„Wenn ich Ihnen das sagen darf, Mr. Tanner“, höre ich Mrs. Caldons Stimme. „Ihre Freundin ist wirklich eine ganz besondere Person. Diese ehrliche und natürliche Art, das sieht man wirklich nicht häufig. Passen Sie gut auf sie auf.“

Der ungewöhnlich ernste Ton meiner Haushälterin verwundert mich. „Sie ist eine sehr leidenschaftliche Frau, das muss man ihr lassen.“ Dass sie auch eine offene Art hat, habe ich durchaus schon mitbekommen, beispielsweise im Umgang mit ihren Kunden oder wenn sie generell über ihr Café spricht. Ich würde mir wünschen, dass sie diese Seite auch mir gegenüber mal zeigt, anstatt immer nur nach Ecken und Kanten zu suchen, an denen sie sich reiben kann.

Als Jenna das nächste Mal zu uns herauskommt, stockt mir der Atem. „Das hier ist ziemlich kurz, ich hatte es ewig nicht mehr an. Aber ich habe irgendwie Lust darauf, es mal wieder zu tragen, und wollte es dir zumindest mal vorschlagen.“

Ihr schlanker Körper ist in ein dunkelblau glitzerndes Minikleid gehüllt, das einen tiefen Ausschnitt und nur ganz dünne Träger hat. Meine Gedanken gehen automatisch in eine Richtung, die ich gar nicht gebrauchen kann, immerhin ist zwischen uns alles nur gespielt.

„Also, ich persönlich hätte damals als junge Frau so etwas ja nicht getragen", mischt sich Mrs. Caldon ein, steht auf und kommt auf Jenna zu, „aber du siehst darin wirklich umwerfend aus." Nur am Rande bekomme ich mit, wie sie mir einen Blick über die Schulter zuwirft, so sehr bin ich von dem Anblick fasziniert, der sich mir bietet. „Finden Sie nicht auch, Mr. Tanner?"

Jennas Blick wandert von Mrs. Caldon zu mir. „Was sagst du?", hakt sie nach. „Zu aufreizend? Oder vielleicht sogar genau richtig für deine Zwecke?"

„Ich vermute, dass die anderen weiblichen Gäste etwas längere Kleider tragen werden, aber ich nehme dich auf jeden Fall so mit." Unbestimmt wedele ich in ihre Richtung, unfähig, meine wahren Gefühle zu ordnen, geschweige denn in Worte zu fassen. „Du musst dich dabei wohlfühlen."

Ein Strahlen breitet sich auf ihrem Gesicht aus. „Super, dann gehe ich so. Vielen Dank, dass Sie mir ebenfalls beigestanden haben, Mrs. Caldon." Sie wirft der älteren Dame ein dankbares Lächeln zu und greift nach ihren Händen. Ich habe das Gefühl, dass ich in meiner Abwesenheit so einiges verpasse. Dann macht sich Mrs. Caldon auf den Weg zurück in die Küche, und Jenna richtet ihre Aufmerksamkeit wieder auf mich.

Begeistert deutet sie auf mein Hemd. „Und hey, so sind wir ja irgendwie auch im Partnerlook." Sie schwankt und fällt nach vorne, im letzten Moment halte ich sie aufrecht.

„Hey, ganz vorsichtig. Sag mal, ist alles in Ordnung?"

Mit großen Augen blickt sie zu mir empor. „Ganz vielleicht habe ich schon ein wenig vorgeglüht. Ich war noch nie auf einer After-Work-Party, und vor allem mit deinen gebildeten Kollegen ... Keine Ahnung, irgendwie wollte ich mir Mut antrinken.“

Ihre Worte versetzen mir einen Stich in die Brust. Was mute ich ihr nur zu?

„Wenn du nicht möchtest, dann musst du nicht mit, Jenna. Es war nur eine Idee. Aber wir finden bestimmt auch eine andere Möglichkeit, uns noch als Paar zu zeigen.“

„Nein, nein – jetzt bin ich schon bereit.“ Mit einem leichten Ruck löst sie sich von mir und tritt einen Schritt zurück. „Oder findest du mich etwa doch nicht hübsch und bist nur zu freundlich, es mir zu sagen?“

Fuck, wenn sie nur wüsste, was ich gerade wirklich denke. Ich weiß, sie hasst mich, aber in diesem Moment bin ich mir einmal mehr sicher, dass ich keine bessere Frau als meine Fake-Freundin hätte auswählen können. Sie ist perfekt für diese Rolle, sogar wenn sie angetrunken ist. Gerade jetzt sieht sie aus wie ein Engel, unverwüstlich und zerbrechlich zugleich. Und nachher kann ich zumindest so tun, als wäre sie mein persönlicher Engel.

„Doch, du siehst sehr hübsch aus“, bringe ich schließlich hervor. „Soll ich deinen Mantel holen?“

„Gern, danke. Allerdings werde ich meine flachen Ballerinas anziehen. Ich glaube, nach dem Sekt, den ich schon intus habe, stolpere ich auf hohen Schuhen nur peinlich durch die Gegend.“

Sanft lächelnd werfe ich ihr einen Blick über die Schulter zu. „Wenn du das sagst.“

Nur wenige Minuten später sitzen wir in einem Taxi und lassen uns zu der Location fahren. Jennas Mantel ist glücklicherweise lang genug, dass er über ihre Knie geht. Das wird ein Auftritt, wenn ich ihr vor Ort beim Ausziehen helfe, den Jungs werden die Augen aus dem Kopf fallen.

„Kommt deine Assistentin auch?", fragt Jenna unvermittelt. „Ich mag sie irgendwie."

„Ich weiß es ehrlich gesagt nicht. Datum und Clubnamen habe ich von meinem Kollegen Winston erfahren."

„Ah, ich erinnere mich", entgegnet sie in trockenem Tonfall. „Irgendwie mag ich ihn nicht. Er hat mich so seltsam angestarrt."

„Ja, das ist mir auch aufgefallen", gebe ich zu. „Sag mir einfach Bescheid, wenn er dich belästigt, ich kläre das."

„Oder ich bleibe einfach die ganze Zeit in deiner Nähe", schlägt sie vor, „dann dürfte doch auch nichts passieren."

Erneut tut sie mir total leid. Es ist wirklich nicht Sinn der Sache, sie an mich zu ketten. Sie soll ruhig ihren Spaß haben.

Als wir den Club erreichen, wummert der Bass bis auf die Straße hinaus. Ich bezahle für uns beide den horrenden Eintrittspreis und stelle fest, dass wir noch sehr früh dran sind. Schade, mit mehr Publikum wäre unser Auftritt spektakulärer geworden.

Der Club ist nicht sonderlich groß, dafür nimmt die Tanzfläche beinahe den kompletten Raum ein. In Eingangsnähe befindet sich die Bar, wo sich aktuell die meisten Gäste tummeln. An den Rändern der Location stehen Sitzmöglichkeiten in Form von Sofas, knubbeligen Hockern, die bestimmt von einem aufstrebenden Designer entwickelt worden sind, und langgezogenen Bänken, die gepolstert sind und sehr gemütlich aussehen. Im Raum finden sich einige Stehtische, bis man schließlich auf die freie Fläche vor dem DJ-Pult gelangt, wo nachher alle feiern und tanzen werden.

„Was möchtest du trinken? Ich bringe unsere Mäntel weg und hole uns was."

Prüfend sieht sich Jenna um und nickt dann. „Einen Planters Punch, falls sie den haben. Ich suche uns einen Platz."

Um sie nicht allzu lange allein zu lassen, beeile ich mich an Garderobe und Bar und halte schon wenig später nach ihr Ausschau. Erst kann ich sie nirgends entdecken, doch dann sehe ich Winston an einem Stehtisch. Neben ihm steht Jenna mit einem gequälten Lächeln auf den Lippen.

„Da ist er ja", ruft sie erleichtert, als ich mich nähere. „Hallo, Schatz. Ich habe Winston gefunden."

Kaum bin ich bei ihnen angelangt und habe die Getränke abgestellt, hängt sie sich an meinen Arm und drückt sich dabei ganz eng an mich. „Ich habe gerade erzählt, dass wir eben erst gekommen sind."

Anzüglich grinsend beugt sich Winston zu mir. „Also bei der Frau hätte ich mir sogar noch mehr Zeit genommen, ganz ehrlich."

„Sag mal, geht's noch?", blaffe ich verärgert und bin froh, dass Jenna mit ihrem Cocktail beschäftigt ist und uns nicht zu hören scheint. „Halte dich mal zurück, ja? Das ist meine Freundin."

„Sorry, Mann. Das sollte mehr ein Kompliment sein."

„Das will ich aber auch hoffen.“ Demonstrativ drehe ich mich von ihm weg und kümmere mich um Jenna.

„Der ist echt süffig“, berichtet sie gerade. „Vielleicht hätte ich etwas nehmen sollen, das ich nicht so leicht runterkriege. Ich sollte echt langsamer trinken.“ Dann hebt sie den Kopf und unsere Blicke treffen sich. „Wenn ich angetrunken bin, werde ich immer so anhänglich.“

Noch vor ein paar Wochen ist genau das meine Masche gewesen. Frauen mit Alkohol locker machen und ihre Anhänglichkeit ausnutzen. Dieses Mal kommt es mir ganz und gar nicht gelegen. Wenn sie sich noch enger in diesem Outfit an mich schmiegt, kann ich bald meine Hände nicht mehr bei mir behalten.

Der Club füllt sich allmählich, und ich entdecke immer mehr Kollegen von mir, von manchen kenne ich lediglich den Namen, weiß kaum, in welchem Bereich sie arbeiten. Hin und wieder komme ich mit ein paar von ihnen ins Gespräch, niemand scheint zu bezweifeln, dass Jenna und ich ein Paar sind. Einerseits ist das wunderbar, andererseits hätte ich nichts dagegen, noch ein klein wenig mehr zu schauspielern, um auch die letzten Zweifel zu beseitigen.

„Oh, schau mal, da hinten ist Wendy!“ Begeistert zupft Jenna an meinem Hemd. „Ich geh mal schnell hin, okay?“

Bevor ich ihr über den Lärm der Housemusik hinweg eine Antwort zurufen kann, ist sie auch schon weg. Und obwohl ich mich gut mit meinen Kollegen unterhalte, fühle ich mich auf einmal seltsam. Irgendwie nicht mehr komplett.

Jenna

Die Location, in die Damon mich gebracht hat, ist ziemlich fancy, und er behält recht, ich bin in meinem kurzen Kleidchen wirklich die auffälligste Person. Aber es ist mir egal. Zwar höre ich privat deutlich rockigere Musik, aber dieser House-Style, den der DJ auswählt, ist super für meine Laune.

Ein wenig bereue ich es, dass ich schon während des Schminkens Alkohol getrunken habe. Aber immerhin fällt es mir so deutlich leichter, nett zu Damon zu sein.

Wendy stellt mir ein paar Kolleginnen vor, und eine Weile unterhalten wir uns ganz unter Frauen, was eine willkommene Abwechslung nach dem Testosteron-Overload an Damons Tisch ist. Hin und wieder schaue ich zu ihm herüber und interessanterweise sieht er fast immer in genau demselben Augenblick ebenfalls zu mir. Ist das nur ein seltsamer Zufall oder will er checken, was ich tue?

Das Lied wechselt zu *Titanium* von Sia und ich quietsche auf. „O mein Gott, ich liebe das Lied! Wer kommt mit mir tanzen?" Wendy und drei weitere Frauen schließen sich mir an, und so bahnen wir uns im Takt wippend einen Weg auf die Tanzfläche. Ich bin froh, endlich mal ein Lied richtig zu kennen, und merke selbst, wie ausfallend meine Tanzbewegungen werden. *Ganz langsam, Jenna.* Was, wenn auf einmal einer von Damons Chefs hier auftaucht und mich betrunken sieht? Das macht dann wohl keinen guten Eindruck mehr.

Als das Lied fast vorbei ist, spüre ich eine Hand an meiner Taille. Erst will ich reflexartig zurückzucken, doch dann realisiere ich, dass es Damon ist, der sich mir genähert hat.

„Was dagegen, wenn ich mit dir gemeinsam tanze?", ruft er mir ins Ohr.

Als Antwort drehe ich mich zu ihm um und lege die Arme auf seine Schultern. Er sieht echt toll aus in dem dunklen Hemd, fast wie in einer Art Uniform, was ich unglaublich sexy finde. Seine Bewegungen wirken ein wenig ungelenk, aber gemeinsam finden wir uns in den neuen Song ein, und irgendwann habe ich alles um uns herum vergessen. Es gibt nur noch ihn und mich. Die Wärme, die von seinen Händen ausgeht, der leichte Druck, den er auf meine Hüften ausübt. Unwillkürlich frage ich mich, wie lange ich noch die Gelegenheit für solche Situationen haben werde. Unsere Tage sind gezählt, es gibt offiziell nur noch wenige Events, zu denen wir gemeinsam gehen müssen. Und obwohl ich am Anfang ein schlechtes Gefühl bei der Sache gehabt habe, bin ich jetzt froh, dass alles so gut klappt.

Ein Ruck geht durch Damon und ich blinzele verwirrt.

„Hey, echt tolle Stimmung, oder?" Winston hat ihm einen Arm um die Schultern gelegt und sieht zwischen uns hin und her. „Ihr solltet echt öfter mit uns mitgehen." Seine Hand patscht auf meine Schulter und sofort fühle ich mich schrecklich. Das Gefühl, das mich eben beim Tanzen mit Damon durchströmt hat, ist verschwunden.

„Vielleicht, wenn du deine Finger von meiner Freundin lässt.“ Entschieden wischt Damon Winstons Hand von mir und zieht mich an sich. „Nur weil Frauen Haut zeigen, ist das nicht gleich ein Freifahrtschein zum Betatschen.“

„Ernsthaft?“ Winston hebt die Augenbrauen. „Und das ausgerechnet von dir? So hätte ich dich gar nicht eingeschätzt.“ Sein Blick wandert abfällig an mir herab. „Aber gut, es muss anscheinend ein paar gute Argumente geben, warum sich deine Einstellung so schlagartig geändert hat. Hoffentlich macht sie dich nicht arm.“

Das Gespräch zwischen den beiden gefällt mir ganz und gar nicht. Vor allem halte ich es für keine gute Idee, dass sich Damon mit einem Kollegen so anfeindet. Seine Miene ist wie versteinert, und wenn ich nicht wüsste, dass er versucht, hier einen guten Eindruck zu machen, würde ich sagen, dass er Winston gleich eine reinhaut.

„Alles okay, Schatz?“, frage ich und streiche mit dem Handrücken über seine Wange. Einerseits bin ich im Kopf vollkommen klar, ich bin mir der Situation, in der wir uns befinden, absolut bewusst. Wir spielen wieder unsere Show, mimen das verliebte Paar. Trotzdem merke ich den Alkohol, der mich noch immer leichtsinnig macht. Auf mich wirkt es so, als würde Winston Damon vor mir schlecht machen wollen, und zwar so richtig.

Damon sieht mir in die Augen, sein Ausdruck ist ganz ernst. Aus einem spontanen Gefühl heraus schlinge ich meine Arme um seinen Hals und ziehe mich zu ihm hoch. Seine Pupillen weiten sich, als er realisiert, was ich vorhabe, aber ich mache keinen Rückzieher, sondern drücke meine Lippen auf seine. Im ersten Moment ist er wie erstarrt, dann umschließt er meine Taille und erwidert den Kuss. Überraschenderweise ist es kein bisschen seltsam, wir harmonieren wunderbar. Genau wie neulich auf der leeren Fähre vergesse ich alles um mich herum und es gibt nur noch ihn und mich. Es fühlt sich vertraut an und doch vollkommen anders. Habe ich deswegen keine Hemmungen, weil wir uns zuvor schon so nahe gewesen sind? Oder liegt es nur am Alkohol?

Unsicher ziehe ich mich irgendwann zurück, nur um in sein verwirrtes Gesicht zu sehen. Ein schwaches Lächeln folgt, bevor ich mich wieder an Winstons Anwesenheit erinnere. Ich höre nicht, was er sagt, aber Damon ignoriert ihn komplett. Er nimmt meine Hand und zieht mich von der Tanzfläche zu einem gerade freigewordenen Sofa. Mist, sein ganzer Körper ist angespannt, dann ist meine spontane Idee mit dem Kuss wohl doch nicht so gut gewesen.

„Sorry, ich hätte vorher fragen sollen, das war zu übergriffig, aber irgendwie –" Verdammt, was ist nur in mich gefahren? Damon hat auf der Fähre immerhin vor dem Kuss gefragt, ob er etwas ausprobieren darf.

Anstatt mir eine Standpauke über erlaubte und unerlaubte Aktionen innerhalb unserer Fake-Beziehung zu halten, setzt er sich, zieht mich auf seinen Schoß und küsst mich wieder. Diesmal bin ich diejenige, die irritiert ist, aber bei dem Gefühl seiner Lippen erwache ich aus meiner Starre und spiele mit.

Wir werden immer leidenschaftlicher, und ich rutsche seitlich von seinem Schoß, nur noch meine Unterschenkel liegen auf seinen Beinen. Ihn scheint das jedoch nicht zu stören, denn er macht immer weiter. Mir fällt auf, dass er mich zu keinem Zeitpunkt begrapscht oder bedrängt. Sobald ich mich bewege, hält er sofort inne, bis ich wieder die Initiative ergreife.

Ich verliere jegliches Zeitgefühl, deswegen habe ich keine Ahnung, wie lange wir so ineinander verschlungen dasitzen, doch als ich mich schließlich zurückziehe, ist es um uns noch voller als zuvor. Ein wenig erschrocken sehe ich mich um. Wie lange haben wir hier herumgesessen? Wo sind Damons Kollegen? Auf den ersten Blick kann ich keinen Einzigen von ihnen entdecken, nicht einmal den nervigen Winston. Dabei habe ich das alles doch nur wegen ihnen gestartet. Vor allem nach diesen doofen Sprüchen mussten wir so überzeugend wie nur irgend möglich sein. Tja, schade, jetzt gibt es wohl keinen Vorwand mehr, uns so ins Zeug zu legen.

14

Damon

Als Jenna sich von mir löst und mir mit einem scheuen Lächeln in die Augen sieht, weiß ich, dass ich einen Fehler begangen habe. Schon als ich sie nach all den Jahren mit ihren Geschwistern im Club gesehen habe, habe ich ständig an sie denken müssen. Wieso bin ich denn auf die dämliche Idee gekommen, sie in ihrem Café zu besuchen und sie auch noch zu überreden, meine Freundin zu spielen? Jeden Tag habe ich bei dem Gedanken an sie dieses seltsame Gefühl gehabt ... und verdrängt. Nach dem intimen Moment gerade, der noch so viel intensiver als bei unserem ersten Kuss auf der Fähre gewesen ist, bin ich hoffnungslos verloren. Es bleibt mir nichts anderes übrig, als mir einzugestehen, dass ich mich in sie verliebt habe, und ich weiß nicht genau, ob das gut oder schlecht ist. Jenna ist toll, sie ist hübsch, selbstbewusst, kann mir Kontra geben und ist leidenschaftlich bei allem, was sie tut. Aber es ist alles nicht echt und sie verabscheut mich.

„Ich glaube, es beobachtet uns gar keiner mehr von deinen Kollegen", ruft sie mir gegen den Bass der Musik zu, den ich erst jetzt wieder richtig wahrnehme. Fast ein wenig verlegen zieht sie ihre Beine von meinem Schoß und mir wird sofort kalt. Am liebsten würde ich sie wieder an mich drücken, aber das geht natürlich nicht. Es ist ein Schauspiel auf Zeit, und ich darf mich nicht zu sehr an Situationen wie diese gewöhnen.

„Wie haben eigentlich deine Geschwister auf das Bild von uns reagiert", frage ich, um mich selbst von meinen Gedanken abzulenken. „Ich habe gar nicht selbst nachgesehen, aber das Foto ist ja schon sehr ... eindeutig gewesen." Bei der Erinnerung an die Fotos und die Situation, in der sie entstanden sind, würde ich Jenna am liebsten sofort wieder an mich ziehen und dort weitermachen, wo wir eben aufgehört haben.

Ich kann es aufgrund der lauten Musik nicht hören, aber Jenna seufzt eindeutig. „Wie erwartet hat Lana Telefonterror veranstaltet, den ich glücklicherweise erst am nächsten Tag wahrgenommen habe. Jason ist sogar im Café vorbeigekommen und hat auf einmal eine Ausrede gehabt, warum er separat nach Flourish Bay fahren muss. Sehr kindisch, wenn du mich fragst, aber mir soll es recht sein."

Es versetzt mir einen Stich in die Brust, dass auch nach all den Jahren eine so heftige Feindseligkeit mir gegenüber zu bestehen scheint. Wenn ihre Familie nicht so vorbelastet wäre, was mich betrifft, hätte ich vielleicht sogar eine reelle Chance bei Jenna.

„Meinst du, sie nehmen uns das ab, wenn wir nur einmalig ein Foto posten? Wir könnten die Gelegenheit heute nutzen und noch eines machen."

Nachdenklich sieht sie mich an. „Da könntest du recht haben. Jason hat nicht besonders überzeugt gewirkt und sogar schon wieder von seinem Teamkollegen angefangen, der wohl total auf mich steht."

Teamkollege? Davon hat sie mir gar nichts erzählt. Eifersucht kocht in mir hoch, und ich frage mich, wie viele Verehrer sie noch hat, die sie mir verschweigt. Aber wenn es jemanden gäbe, den sie wirklich mag, würde sie vermutlich nicht gerade mich mit nach Flourish Bay nehmen.

Um mich von meinen sich überschlagenden Gedanken abzulenken, räuspere ich mich und hole mein Handy hervor. „Sollen wir gleich hier ein Selfie machen? Es ist nicht allzu dunkel in diesem Bereich, und wir sind doch durchaus vorzeigbar." Sie zumindest. Für mich ist sie die schönste Frau innerhalb dieser vier Wände.

„Moment, bei dir muss ich noch was korrigieren." Sie streckt eine Hand nach mir aus, und als sie mir mit dem Daumen über die Lippen wischt, offenbar um ihren Lippenstift darauf zu beseitigen, schlägt mein Herz automatisch schneller. Tja, Damon, das hast du wohl verdient.

Als sie fertig ist, lehnt sie sich an meine Brust und ich drücke sie mit meinem linken Arm an mich. Den anderen strecke ich aus und wir beide grinsen in die Kamera.

„Perfekt, sieht toll aus", urteile ich, und auch Jenna gibt ihr Okay, dass ich es auf meinem Profil posten und sie darauf verlinken darf.

Wir bleiben nicht mehr lange im Club, aber das Gefühl in mir drin ist ganz anders als noch am Nachmittag. Selbst die Tatsache, dass Jenna nicht mehr so anhänglich ist, als wir unter uns sind, tut der Euphorie keinen Abbruch.

Das Gefühl hält die ganze letzte Woche vor Weihnachten an. Jenna ist mir gegenüber nicht mehr so feindselig, nicht einmal, wenn wir alleine in der Wohnung sind. Wir essen gemeinsam zu Abend, wenn es passt, reden über alle möglichen Dinge und manchmal gehen wir sogar spontan in bestimmten Restaurants essen oder auch mal ins Fitnessstudio, wenn ich erwähne, dass Kollegen von mir dort hingehen. Meistens ist es ihr Vorschlag, und fast immer treffen wir auch tatsächlich jemanden aus der Kanzlei. Niemand zweifelt daran, dass wir wirklich zusammen sind, und sie alle finden Jenna klasse.

Je mehr es auf Weihnachten zugeht, desto nervöser werde ich.

***

Schließlich ist der 23. Dezember gekommen, und wir machen uns in einem über die Kanzlei gemieteten Auto auf den Weg in unsere Heimat. Als ich den Wagen in der Einfahrt von Jennas Elternhaus parke, überkommt mich ein seltsames Gefühl. Zögernd steige ich aus. Es ist komisch, wieder in Flourish Bay zu sein. Seit der Highschool bin ich nicht mehr hier gewesen und habe mir stets eingeredet, dass ich es auch nicht vermisse. Mich hat hier nichts gehalten, und ich bin froh gewesen, als ich mein Studium begonnen habe. Doch wenn ich ehrlich zu mir selbst bin, habe ich oft an die heimelige Kleinstadt zurückgedacht. Und genau dieser Moment kommt mir vor, als würde ich heimkommen, selbst wenn von meiner eigenen Familie niemand mehr hier wohnt.

Jenna wirft die Beifahrertür zu und rennt zur Haustür. Erst will ich ihr hinterherrufen, dass sie auf mich warten soll, immerhin wäre es doch glaubwürdiger, wenn wir ihren Eltern händchenhaltend gegenübertreten. Ich lasse es jedoch und wuchte stattdessen unser Gepäck aus dem Kofferraum.

„Jenna, Schätzchen!", ruft eine weibliche Stimme, und ich werfe einen verstohlenen Blick die Einfahrt hinauf. Mrs. Mitchell schließt ihre Tochter in die Arme und drückt sie fest an sich. Im Türrahmen erscheint auch Mr. Mitchell. Erst betrachtet er seine Frau und Tochter, dann huscht sein Blick zu mir und ich versteife mich automatisch.

Es geht los.

Ganz gemächlich mache ich mich auf den Weg zu Jenna und ihren Eltern, meine Sporttasche hängt über meiner Schulter, Jennas Trolley ziehe ich hinter mir her. Als ich vor der Tür ankomme, schließt Mr. Mitchell gerade seine Tochter in die Arme, Mrs. Mitchell betrachtet die beiden gerührt. Dann wird sie auf mich aufmerksam und beginnt zu strahlen.

„Hallo, herzlich willkommen."

Schnell macht sich Jenna von ihrem Vater los und wendet sich um. „Mum, du erinnerst dich sicher noch an Damon Tanner. Er ist damals auch auf der Highschool in Flourish Bay gewesen."

„In der Tat tue ich das“, erwidert sie erfreut und streicht mir liebevoll über den Oberarm. „Es freut mich sehr, dass du die Feiertage mit uns verbringen wirst.“

Auch Mr. Mitchell schenkt mir nun seine volle Aufmerksamkeit. „Du kennst unsere Bande ja schon, vermutlich hast du somit eine gewisse Vorstellung, was auf dich zukommt.“ Er klopft mir freundschaftlich auf die Schulter und greift dann nach dem Trolley. „Gib her, ich helfe dir.“ Dankbar gebe ich ihm den Koffer und bin erleichtert, dass zumindest Jennas Eltern keinen Groll gegen mich zu hegen scheinen.

Kaum sind wir im Haus und die Tür fällt hinter uns ins Schloss, räuspert sich Jenna. „Danke, Dad. Ich werde Damon alles zeigen. Er kann doch bestimmt in Lanas altem Zimmer übernachten, sie schläft über Weihnachten nicht hier, oder?“

Dankbar darüber, dass Jenna an alles gedacht hat, will ich ihr gerade folgen, als Mrs. Mitchell unerwarteterweise kichert. „Du bist echt süß. Aber keine Sorge, Dad und ich sind im Bilde, was den Lebensstil unserer Kinder betrifft. Ihr müsst vor uns nicht so tun, als wärt ihr enthaltsam.“

Sofort wird Jenna knallrot im Gesicht. „Wie bitte?“, setzt sie in schriller Tonlage an. „Was soll das denn bedeuten? Ich meine … so war das gar nicht … Es ist doch –“

„Keine Sorge, Schätzchen“, bekräftigt nun Mr. Mitchell. „Wir reden euch da nicht rein. Auch wir waren mal jung und wissen noch genau, wie nervig die Gespräche mit unseren Eltern über solche Sachen waren. Also … richtet euch ruhig beide in deinem alten Zimmer ein, das ist kein Problem für uns.“

Die beiden wenden sich ab, vermutlich um uns ein wenig Privatsphäre zu geben. „Um sieben Uhr gibt es Abendessen", ruft Mrs. Mitchell uns noch über ihre Schulter zu. „Jason kommt auch heute schon vorbei."

Ich muss mir ein Schmunzeln verkneifen. So lockere Eltern gibt es vermutlich nicht allzu häufig. Über die Aussicht, mit Jenna in demselben Zimmer zu schlafen, bin ich gleichermaßen erleichtert wie beunruhigt. Einerseits gibt sie mir allein mit ihrer Anwesenheit ein gutes Gefühl, was hoffentlich auch später, wenn ihre älteren Geschwister da sind, anhalten wird. Andererseits wird es für mich schwer sein, nichts zu versuchen, wenn ich weiß, dass sie mir auch nachts so nahe ist.

Wie erstarrt schaut Jenna ihren Eltern hinterher. Dann schüttelt sie leicht den Kopf, schnappt sich ihren Koffer und stapft seufzend die Stufen in den ersten Stock hinauf. Erst will ich intervenieren und ihr den Trolley wieder abnehmen, aber sie scheint gerade mit ihren Gedanken ganz woanders zu sein, deswegen lasse ich es. Wortlos folge ich ihr die Treppe hinauf und einen schmalen Flur entlang, bis sie schließlich in einem hellen Zimmer stehen bleibt und den Koffer abstellt.

Für ein Jugendzimmer ist es recht schlicht dekoriert, es hängen keine Poster von Boygroups oder sonstigen Kerlen an den Wänden. Man könnte es fast spartanisch nennen. Nur an einer Wand, über dem Schreibtisch, hängt eine Magnettafel, an der viele Notizzettel befestigt sind.

„Nettes Zimmer", sage ich und meine es so. Bei Jenna kommt es ganz offensichtlich falsch an, denn sie verdreht die Augen, macht einen Schritt an mir vorbei und drückt die Zimmertür zu.

„Ja, schon klar. Ich habe das so auch nicht geplant, okay? Wer hätte schon ahnen können, dass meine Eltern ausgerechnet bei meinem falschen Freund ganz und gar nichts dagegen haben, dass wir im selben Zimmer schlafen."

Irritiert ziehe ich die Augenbrauen zusammen. „Das sollte keine versteckte Kritik sein, ehrlich. Außerdem hast du doch ein Sofa." Mit einer Hand deute ich auf ein Gestell, das mehr an ein umgebautes Bett erinnert als an eine Couch. Es ist definitiv groß und gepolstert genug, um darauf zu schlafen. „Ich schlafe einfach da, dein Bett mache ich dir schon nicht streitig."

„Und was ist, wenn das jemand sieht?", faucht Jenna wütend und fuchtelt unbestimmt mit den Armen. „Wie sollen wir das dann erklären?"

„Warum sollte jemand hier einfach reinkommen, während wir schlafen? Wenn deine Eltern so locker drauf sind, dass sie davon ausgehen, wir halten es keine einzige Nacht ohne zu vögeln aus, dann werden sie ganz bestimmt nicht einfach hier hereinplatzen."

Jenna lässt die Arme sinken und sieht mich ernst an. „Bei meinen Geschwistern bin ich mir da nicht so sicher. Es ist selbst für mich eine absolute Blackbox, wie sie reagieren werden, wenn ich dich hier live und in Farbe präsentiere."

Guter Punkt. Zumindest Jason werde ich heute schon begegnen. Viele Kerle sind nicht sonderlich nachtragend, aber da ich weiß, wie nahe sich die Mitchell-Geschwister stehen, kann ich nicht einschätzen, wie er auf mich reagieren wird.

„Immerhin hatten sie schon eine Weile Zeit, sich darauf einzustellen", versuche ich, Jenna ihre Bedenken zu nehmen. „Und wenn, dann sind sie mir gegenüber feindselig, nicht dir.“

„Das wäre zumindest rational“, bestätigt Jenna und nickt, eine Hand nachdenklich an ihr Kinn gelegt. „Aber Lana ist sehr emotional. Und wenn sie emotional wird, ist sie nicht mehr rational. Am Ende werde ich die Schuldige an allem sein.“

„Dann hast du doch noch immer das Argument, dass sie und deine Mum dich unbedingt in einer Beziehung sehen wollten. Sie können doch nicht wirklich glauben, dass du dich auf den erstbesten Mann einlässt, nur damit du überhaupt jemanden hast, egal, was er für einen Charakter hat.“

Erst als die Worte meinen Mund verlassen haben, merke ich, wie seltsam sie klingen. Im Prinzip hat sie genau das getan. Nur dass wir kein richtiges Paar sind, sondern nur andere Leute an der Nase herumführen. Wir haben einen festen Deal, müssen uns aber auf den jeweils anderen verlassen können.

Als sie weiterhin schweigt, räuspere ich mich und greife nach meiner Sporttasche. „Aber, um noch einmal auf die Schlafsituation zurückzukommen: Ich kann gern trotzdem in einem anderen Zimmer schlafen. Wir können einfach sagen, dass ich meinen Freiraum brauche und das Bett mir zu klein ist. Ich habe kein Problem damit, der Buhmann zu sein.“ Noch mehr, als ich es bei ihren Geschwistern ohnehin schon bin. Und ich würde sogar diese vermutlich einmalige Situation, mit ihr im selben Raum die Nacht zu verbringen, sausen lassen, wenn sie sich dafür besser fühlt.

Gerade will ich an ihr vorbeigehen und das Zimmer verlassen, als sie die Hand hebt. Erst sieht es so aus, als würde sie mich festhalten wollen, aber bevor sie mich berührt, bleibe ich stehen und wir starren beide auf ihre Hand. Als sie es bemerkt, lässt sie diese schnell sinken.

„Tu das nicht. Es wird schon irgendwie gehen.“

15

Jenna

Es ist schön, wieder in Flourish Bay zu sein und meine Familie zu sehen. Ich habe befürchtet, dass es komisch werden wird, mit Damon gemeinsam anzureisen und mein Elternhaus zu betreten, aber das ist es nicht.

Nur Dads Angebot, dass wir beide in meinem Zimmer schlafen, hat mich ein wenig aus der Bahn geworfen. Damit habe ich absolut nicht gerechnet. Im ersten Augenblick ist es für mich ein absolutes No-Go gewesen, aber bei genauerer Betrachtung wird es schon nicht so schlimm sein. Vor allem weil Damon sehr reif reagiert hat, was mir zusätzlich ein gutes Gefühl gibt.

Wir sind kaum mit Auspacken fertig, als die Haustürklingel ertönt. Obwohl ich weiß, dass Lana heute noch nicht kommen wird, wächst die Anspannung in mir.

Aus dem Augenwinkel sehe ich, wie Damon auf seine Armbanduhr schaut. „Vermutlich dein Bruder, oder?"

„Genau", entgegne ich. „Zeit fürs Abendessen."

Er setzt ein tapferes Lächeln auf. „Irgendwelche Tipps für mich, bevor wir da runtergehen?"

Im ersten Moment will ich so etwas sagen wie: ‚Sei einfach du selbst‘, aber das wäre vermutlich das Schlimmste, was er tun könnte. „Ich weiß nicht. Sei einfach so freundlich, wie du es auch deinen Mandanten gegenüber bist.“

Ein amüsierter Ausdruck huscht über sein Gesicht. „Du glaubst, ich bin freundlich zu meinen Mandanten?“

„Bist du das nicht?“ Ertappt knete ich meine Finger. „Dann vielleicht so, wie du mit euren Partnern umgehst?“

„Ich weiß ungefähr, was du meinst“, sagt er schließlich und lacht. „Ich werde mir Mühe geben.“

Schwungvoll reiße ich die Zimmertür auf und eile zur Treppe. Betont gemächlich gehe ich die Stufen hinunter, Damon ist direkt hinter mir. Jason, Mum und Dad stehen noch immer im Eingangsbereich und reden über die New York Heroes. Als Jason den Blick hebt, streift dieser mich nur kurz. Direkt im Anschluss bleibt er auf Damon hängen, bis wir beide im Erdgeschoss angekommen sind.

„Hey“, begrüße ich ihn und umarme ihn fest. „Man könnte meinen, dass wir gar nicht in derselben Stadt wohnen, so selten, wie wir uns die letzten Wochen gesehen haben.“

„Das stimmt“, sagt er und drückt mich ebenfalls. Dann lässt er von mir ab und reckt das Kinn. Sein Blick ist schwer zu deuten.

„Hi, Jason“, sagt Damon freundlich und streckt ihm die Hand entgegen.

„Tanner“, entgegnet Jason und ergreift die ausgestreckte Rechte. Zu gern wüsste ich, wie fest er Damons

Hand gerade drückt. An ihren Gesichtsausdrücken kann ich leider keinen Hinweis darauf erkennen, ob sie gerade versuchen, sich gegenseitig die Knochen zu zerquetschen. Immerhin habe ich Jason gestern noch geschrieben, dass er nicht über Miles reden soll. Ganz abgesehen davon, dass ich mich wirklich nicht für ihn interessiere, wäre es extrem respektlos gegenüber Damon.

„Also bitte“, ertönt Mums empörte Stimme. „Er hat einen Vornamen.“

Aus einem Impuls heraus trete ich einen Schritt zur Seite, neben Damon. Ich schlinge meine Arme um seinen linken und schmiege mich an ihn. „Bitte, seid lieb zueinander.“ Obwohl ich ihn lange nicht verwendet habe, hoffe ich, dass mein Hundeblick nach wie vor bei Jason funktioniert. Immerhin lässt er Damons Hand los und sieht mich wortlos an. Dann wandert sein Blick zu unseren verschlungenen Armen.

„Kommt doch lieber ins Wohnzimmer, anstatt vor der Tür herumzulungern“, schlägt Dad vor und mildert die seltsame Stimmung zumindest vorzeitig ab.

Mein jüngerer Bruder Liam erscheint ebenfalls aus seiner Gaming-Höhle, interessiert sich jedoch nicht sonderlich für meine Begleitung. Seit ich mich so eng an Damon gedrückt habe, berührt er mich hin und wieder beiläufig, legt eine Hand auf meine Schulter, um mich zu fragen, ob er mir Wasser nachschenken soll, oder streicht mir eine Haarsträhne hinters Ohr, wenn er mit Dad über überregional bekannte Gerichtsurteile philosophiert. Wieder einmal bin ich froh, dass mein Vater ein sehr breites Allgemeinwissen hat und mit jeder Person ein intensives Gespräch führen kann. Und während Jason Damon noch immer eisige Blicke zuwirft und Mum deswegen sehr verwirrt zu sein scheint, bleibt Dad wunderbar neutral.

„Essen fassen“, ruft Liam schließlich, der von Mum dazu verdonnert worden ist, beim Decken des Tisches zu helfen. Jason springt regelrecht auf und eilt an seinen Stammplatz, auch Liam beeilt sich, in die Startlöcher des Essen-auf-den-Teller-Häufens zu kommen. Normalerweise würde ich es ihnen gleichtun, aber ich sollte bei Damon bleiben, um den Schein zu wahren. Dummerweise sind er und Dad so sehr in ein Gespräch vertieft, dass ich ganz nervös werde, als Jason und Liam bereits anfangen, sich Fleisch auf den Teller zu laden. Gerade heute, da Lana nicht da ist, könnte ich auch mal eine extragroße Portion vertragen, ohne meiner Vorbild-Veganer-Schwester gegenüber ein schlechtes Gewissen zu haben.

„Ich hoffe, es schmeckt dir“, sagt Mum, als Damon und ich uns an den Esstisch setzen. „Vermutlich bist du bei der großen Auswahl an hochklassischen Restaurants in New York ganz andere Qualität gewohnt.“

Aber Damon winkt ab, und in seinen Augen sehe ich Vorfreude. „Machen Sie sich keine Gedanken, Mrs. Mitchell. Ich habe eine Haushälterin, die mittlerweile auch für mich kocht, weil ich gute Hausmannskost diesen teuren Mini-Happen oder der Massenware vorziehe.“

„Ach, das ist aber eine nette Ansicht.“ Zögernd sieht Mum ihn an und nimmt dann ihr Besteck zur Hand. „Du kannst mich übrigens ruhig Norah nennen.“

„Und ich bin Jeff“, steuert Dad bei, kurz bevor er sich eine Gabel voller Erbsen in den Mund schaufelt.

„Gern." Damon sieht aufrichtig erfreut aus und beginnt dann ebenfalls mit dem Essen. Meine Güte, er kann ja wirklich freundlich sein, wenn er will.

Obwohl es so gut läuft – oder vielleicht gerade deshalb –, tobt in mir ein seltsamer Sturm der Gefühle. Was tue ich hier eigentlich? Nur damit meine Geschwister mich nicht mit x-beliebigen Footballern verkuppeln, bringe ich den ehemaligen Bully meiner Schwester in mein Elternhaus, weil er mich gegen eine Kaffeekette verteidigt, die mich zu beseitigen versucht? Hin und wieder steigen verzweifelte Tränen in meine Augen, aber ich schaffe es erfolgreich, sie wegzublinzeln.

Wir essen eine Weile, mehr oder weniger schweigend, bis Mum sich mehr Sauce nimmt und die Gelegenheit, in der ihr Mund leer ist, dazu nutzt, Damon weitere Fragen zu stellen. Beziehungsweise sogar uns beiden. Aber damit haben wir gerechnet, wir sind gewappnet.

„Sagt mal, wie habt ihr beiden euch eigentlich in dieser riesigen Stadt getroffen?", will sie wissen. „Was für ein lustiger Zufall."

„Das war doch in dieser Disco", wirft Jason kauend ein. „Direkt am ersten Abend nach der Eröffnung des Cafés, oder?"

„Genau." Zähneknirschend lege ich Messer und Gabel beiseite. „Die Welt ist eben klein, sogar in so einer Millionenmetropole."

„Aber ihr habt euch kaum unterhalten", hakt Jason misstrauisch nach. „Vor allem sind du und Lana ganz und gar nicht begeistert von dieser Begegnung gewesen."

Innerlich werde ich bereits unruhig, aber Damon hat die Situation souverän im Griff. „Früher auf der Highschool habe ich mit Jenna nichts zu tun gehabt, deswegen hat es nicht viel zum Reden gegeben. Erst als ein paar meiner Kollegen Essen aus dem Café Mitchell für unsere Kaffeeküche besorgt haben, habe ich ein wenig recherchiert."

Irritiert sehe ich ihn an. Das hat er mir nie erzählt. Ob er sich das gerade nur ausdenkt?

„Eines Tages stand er einfach bei mir im Laden", ergänze ich zögernd. „Und wir kamen ins Gespräch."

Damon wendet sich mir zu, und für einen Moment vergesse ich, dass wir mit meiner Familie am Tisch sitzen. Ja, wir sind ins Gespräch gekommen. Eigentlich eine ziemlich dämliche Aussage. Wieso sollte ein Gespräch dazu führen, dass ich schon kurz darauf bei ihm einziehe?

Glücklicherweise scheint das zumindest Mum nicht zu stören. Verzückt seufzt sie und schneidet sich ein Stück Fleisch ab. „Ach, irgendwie süß. Wie im Film. Ich freue mich für euch."

Erst jetzt löse ich meinen Blick wieder von Damons. Dabei bemerke ich, wie Jason uns prüfend mustert. Ihn kann ich vermutlich nicht täuschen. Aber niemand hat behauptet, dass es zwischen uns die große Liebe ist.

„Habt ihr irgendwas Besonderes für die nächsten Tage geplant?", plappert Mum weiter. „Du bist lange nicht hier gewesen, Damon, habe ich recht?"

„Das stimmt, Norah." Ihn ihren Namen sagen zu hören, ist irgendwie seltsam. Meine Mutter freut es, denn sie lächelt ihn strahlend an. „Ehrlich gesagt habe ich jedoch keinen besonderen Ort, den ich unbedingt besuchen will. Meine Eltern sind eher Stubenhocker gewesen und haben eher weniger Wert auf ... tja, Familienharmonie gelegt." Ich fühle mich ein wenig schlecht. Zum einen klingt das sehr bemitleidenswert, und zum anderen habe ich ihn noch immer nicht zu diesem Teil seines Lebens befragt, obwohl das eigentlich zu der Vorbereitung eines solchen Besuchs bei den Eltern der Fake-Freundin dazugehört. „Gibt es denn irgendwelche Familientraditionen vor oder während der Weihnachtsfeiertage?"

Unbehaglich rutsche ich auf meinem Stuhl hin und her und sehe Dad an. „Früher sind wir an dem Tag vor Weihnachten immer Schlittschuhlaufen gegangen." Aber mir vorzustellen, Damon dazu mitzunehmen, fühlt sich irgendwie seltsam an. Wir haben das immer als Familie unternommen, ohne Freundinnen oder Freunde.

Vielleicht ahnt er, dass ich ihn dazu nicht einladen will, denn er winkt ab. „Ich glaube, da müsste ich passen. Vielleicht komme ich nach, aber die Zeit kann ich gut dafür nutzen, noch ein paar Besorgungen zu machen." Mit einem vielsagenden Lächeln legt er einen Arm über die Rückenlehne meines Stuhls.

„Na, sag bloß, du hast noch nicht alle Geschenke beisammen", tadelt ihn Mum, lacht dann jedoch fröhlich auf. „Aber ich kenne das. Wenn du nichts dagegen hast, könnten wir gemeinsam in die Mall gehen. Ich halte mich beim Skaten auch oft zurück, mittlerweile merke ich am nächsten Tag jeden Knochen, wenn ich solche ungewohnten Sportarten mache."

Mum und Damon gemeinsam beim Shoppen? Ich weiß ja nicht. Zu meiner Überraschung nickt Damon jedoch. „Dann machen wir das doch einfach so", verkündet er. „Vielleicht könnte ich auch ein wenig Beratung gebrauchen." Betont dezent nickt er mit dem Kopf in meine Richtung und Mum zwinkert ihm zu. Hilfe, was geht denn hier ab?

„Ich gehe vormittags mit Josh in den Wald, um einen Weihnachtsbaum zu schlagen", murmelt Jason, und es wirkt so, als wäre diese Information nur für Dad gedacht. Doch gerade in diesem Moment ist es am Tisch auffällig still, und so hören wir es alle mit.

„Hey, da könnte euch Damon doch begleiten?" Begeistert reißt Mum die Augen auf. „Zu dritt könnt ihr vielleicht einen noch größeren Baum als letztes Jahr tragen."

Erst sieht Jason wenig begeistert aus, doch dann ändert sich seine Miene. „Ja, gute Idee." Seine Stimme nimmt einen seltsamen Tonfall an, und ein mulmiges Gefühl breitet sich in meiner Magengegend aus. Was hat er vor? Will er ihn ausquetschen? Ihm drohen, dass er mir nicht das Herz brechen soll?

„Wisst ihr was? Ich komme einfach mit", sage ich schnell. „Damit ihr nicht wieder so einen schiefen Baum wie letztes Mal aussucht."

Nachdem Jenna zuerst sehr angespannt gewesen ist, hat sich ihre Stimmung während des Essens merklich gelockert. Und ich bin positiv überrascht, wie offen ihre Familie mich in ihrer Runde aufgenommen hat. Zwar spüre ich durchaus eine gewisse Skepsis von Jason, aber das ist nach unserer Vergangenheit auch nicht verwunderlich. Als ich mit ihm, Jenna und ihrer Mum nach dem Essen eine Runde *Mensch ärgere dich nicht* spiele und Norah Mitchell rausschmeiße, kurz bevor sie gewonnen hat, lächelt er mich sogar an und klopft mir auf die Schulter.

Mit einem Gefühl der Erleichterung verabschiede ich mich gemeinsam mit Jenna für die Nacht und denke den ganzen Weg die Treppe hinauf darüber nach, wie wohl die nächsten Tage werden und ob ich Lanas Meinung über mich auch ändern können werde. Als wir Jennas Zimmer betreten und gemeinsam unschlüssig auf ihr Bett starren, verfliegt das allerdings wieder.

Schnell schließe ich die Tür hinter uns. „Wir machen es wie besprochen, okay?" Langsam trete ich wieder neben sie. „Du schläfst in deinem Bett, ich breite mich hier drüben aus. Ist wirklich kein Ding."

Wortlos sieht sie mich an, ihr Blick wandert kurz an mir auf und ab. Dann nickt sie, schnappt sich ein paar Klamotten und ihren Kulturbeutel aus dem Koffer und wendet sich zum Gehen. „Bin gleich wieder da, dann kannst du ins Bad."

Es wundert mich ein wenig, dass sie so wortkarg ist, aber ich schiebe den Gedanken beiseite. Meiner Meinung nach ist der Abend gut verlaufen, also sollte sie nicht eigentlich zufrieden sein? Vielleicht ist ihr der Tag einfach zu anstrengend gewesen, immerhin sind wir lange Auto gefahren und es ist mittlerweile sehr spät. Als sie wieder zurückkommt, gekleidet in Shorts und ein Trägertop, ihre gewechselten Klamotten vom Tag an die Brust gedrückt, meidet sie meinen Blick. „Du kannst", sagt sie knapp und wendet mir den Rücken zu.

Schulterzuckend greife ich mir ebenfalls mein Zeug und verschwinde im Badezimmer. Von unten höre ich Jennas Eltern reden, Jason scheint auch dabei zu sein. Nachdem ich die Tür hinter mir geschlossen habe, bin ich kurz versucht, mein Handy hervorzuholen und meine Mails zu checken. Doch ich halte mich selbst zurück, immerhin habe ich offiziell Urlaub.

Fünf Minuten später stehe ich wieder in Jennas Zimmer. Überraschenderweise ist die Lampe bereits gelöscht, nur durch ihr Dachfenster dringt ein wenig Licht zu uns hinein. Jenna liegt in ihrem Bett, die Decke bis an den Haaransatz gezogen. Erst will ich einen Scherz darüber machen, dass sie doch nicht wirklich schon schlafen kann. Schließlich lasse ich es jedoch – vielleicht ist sie einfach nur fertig und möchte ihre Ruhe.

Ich hingegen bin aufgekratzt. Hier mit Jenna zu sein, bei ihren Eltern, in ihrem gewohnten Metier, das ist für mich viel aufregender als erwartet. Dann auch noch die Tatsache, dass wir in demselben Zimmer schlafen. Keine Ahnung, wie ich ein Auge zukriegen soll, wenn sie direkt nebendran liegt und schläft. Vielleicht kann ich ihre Vorbehalte mir gegenüber aus dem Weg schaffen, sodass wir eine Chance als echtes Paar haben.

Morgen werde ich mit ihr, ihrem Bruder und eventuell zukünftigem Schwager in den Wald zum Baumfällen gehen. Nachmittags dann mit ihrer Mutter zum

Shoppen. Und die eigentliche Feier kommt ja erst noch. Obwohl ich erst unsicher gewesen bin, ob ich sie wirklich begleiten sollte, ist es jetzt gar nicht so schlimm.

Eine Weile sehe ich mir auf dem Smartphone noch die Website von Flourish Bay an, auf der Suche nach einer Idee, was ich von meiner Seite als Unternehmung vorschlagen könnte. Irgendwann werde ich dann doch müde und drehe mich zur Seite, um mein Handy wegzulegen. Dummerweise rutscht es mir aus der Hand und landet mit einem lauten Geräusch auf dem Boden.

„Shit“, zische ich und überhöre dabei beinahe das laute, erschrockene Einatmen, das von Jennas Bett zu hören ist.

„Bist du wach?“ Mit weit aufgerissenen Augen starre ich zu ihrem Bett herüber und versuche, in den Schatten ihres Zimmers etwas zu erkennen. Nach ein paar Sekunden ertönt ein leises Brummen, das wohl eine Zustimmung sein soll. „Sorry, falls ich dich geweckt habe.“

Diesmal kommt keine Antwort, sie bewegt sich nur leicht.

„Gute Nacht“, flüstere ich und bin mir dabei nicht einmal sicher, ob sie es hört. Als ich mich gerade umdrehen will, um mir eine gemütliche Schlafposition zu suchen, höre ich ein unverkennbares Schluchzen. Wie eingefroren lausche ich. Weint sie etwa? Es dauert eine Weile, dann folgt ein gedämpftes Schniefen, vermutlich durch ihr Kissen unterdrückt. Langsam richte ich mich in eine sitzende Position auf.

„Komm ja nicht rüber“, sagt sie auf einmal, fast schon in aggressivem Ton. „Es ist nicht wegen dir.“

Na toll, soll mich das etwa beruhigen? Ihre Worte ignorierend stehe ich trotzdem auf und gehe barfuß zu ihr herüber. „Kann ich ... irgendetwas für dich tun? Brauchst du was? Oder willst du über etwas reden?“

Resigniert seufzend dreht sie sich auf den Rücken. „Geh wieder zurück. Ich versuche jetzt leiser zu sein.“

Die Decke hat sie bis an die Achseln hochgezogen, aber die dünnen Träger ihres Hemdchens, das sie zum Schlafen trägt, regen meine Fantasie an.

„Leiser? Mensch, Jenna, sag mir doch einfach, was los ist?“ Noch nie habe ich sie weinen gesehen, dabei sind wir durchaus in emotionale Situationen geraten. Mir zieht es die Brust zusammen bei dem Gedanken, dass ich ihr nicht helfen kann, ich nicht helfen darf. Bemüht, nicht zu laut zu sprechen, beuge ich mich näher zu ihr herab. „Wie soll ich denn deinen Freund spielen, wenn du so traurig bist und ich dich nicht einmal aufbauen kann?“

Zwischen ihren Schluchzern bahnt sich ein Lachen an die Oberfläche. „Ich hoffe doch nicht, dass das jetzt zum Dauerzustand wird.“

Vorsichtig setze ich mich an den Rand ihrer Matratze. Sie scheucht mich nicht weg, also rutsche ich noch ein wenig näher an sie heran. „Lass mich dir helfen.“

Jenna sieht mich noch immer nicht an, aber das Schluchzen verstummt. „Ich weiß ehrlich gesagt auch nicht so recht, wo das auf einmal hergekommen ist, aber es hat sich schon vorhin beim Abendessen angebahnt. Vielleicht ist es nur der Druck, von allem. Das Café, dann die Konkurrenz mit ihren miesen Versuchen, mich zu vertreiben, das ständig besorgte Gequatsche meiner Familie, das war mir irgendwie heute zu viel. Oder ich bin erleichtert, dass es heute so gut geklappt hat.“

„Dann bist du also auch zufrieden mit meiner Performance?" Ich wage ein weiteres Stück in ihre Richtung und lehne mich nach hinten, bis ich die Ellenbogen auf dem Bett abstützen kann. „Ich habe mir wirklich Mühe gegeben."

Wieder schafft sie ein tapferes Lachen. „Das habe ich gemerkt, vielen Dank. Mich stört es nur so, dass ihnen nicht mal bewusst ist, was für ein schreckliches Gefühl mir Mum und Lana mit diesem Gerede geben, dass ich in New York nicht allein zurechtkommen kann. Nicht ohne einen Mann an meiner Seite."

Mit einer kleinen Bewegung dreht sie sich zu mir um, stützt sich auf ihrem Ellenbogen ab. „Und jetzt, da ich vermeintlich jemanden habe, ernte ich trotzdem unzufriedene Sprüche von Jason, und ich will gar nicht daran denken, was passiert, wenn Lana morgen dabei ist. Ich meine, wie weit musste es denn bitte schon kommen? Zwischendurch ist es mir so vorgekommen, als würde mein Bruder täglich Fotos von mir in der Umkleide präsentieren, um jemanden zu finden, der an mit interessiert ist."

„Wir können auch unseren Plan über den Haufen werfen und ich stelle mich als Tyrann dar. Schwer wird das nicht, deine Schwester sieht mich ja angeblich ohnehin schon so."

Jenna lacht, und ich freue mich innerlich, denn das ist mein Ziel gewesen. Sie wirkt schon viel entspannter. „Das ist auch so ein Punkt. Ja, du bist früher ein ziemlicher Arsch gewesen und hast sie schlecht behandelt. Ganz ehrlich, sogar ich habe von dieser Erniedrigung auf dem Spielplatz Albträume gehabt, dabei bin ich nicht mal das Opfer gewesen."

„Spielplatz?“ Fieberhaft durchforste ich mein Gedächtnis, bis ein junges Gesicht auftaucht. Es gehört zu einem Mädchen, das unter einer Rutsche kauert und mich panisch anstarrt. Ich habe es verdrängt, oder vielleicht ist es nicht relevant genug für mich gewesen, aber dass Jenna mich so gesehen hat, macht etwas mit mir. „Oh.“

„Ja, oh. Gerade in den letzten Wochen habe ich mich oft gefragt, warum du eigentlich so gewesen bist. Das ist doch bestimmt nicht nur aus Langeweile gewesen, oder?“

Zögernd mahle ich meine Zähne aufeinander. Was soll ich darauf antworten? Dass es bei mir zu Hause die Hölle und Gewalt für mich als Kind das einzige Ventil gewesen ist, das mir ein wenig Befreiung verschafft hat? „Das ist ein schwieriges Thema für mich“, sage ich schließlich.

„Das kann ich mir vorstellen. Und das ist mittlerweile ja auch egal, vorbei. Aber glaubt sie wirklich, ich wäre mit dir zusammen, wenn du noch immer so bist? Was hält sie denn von mir? Und überhaupt, ich habe damals auch nichts einzuwenden gehabt, als sie mit dem besten Freund unseres Bruders ins Bett gegangen ist.“ Obwohl ich es will, kann ich mich kaum auf ihre Worte konzentrieren. Mein Hirn ist bei dem Satz hängen geblieben, den sie so formuliert hat, als wären wir wirklich ein Paar, als wäre das hier nicht nur ein Spiel.

„Es tut mir leid, dass das so viel Druck für dich bedeutet. Lass Lana ruhig fies zu mir sein, mir macht das nichts aus, wirklich. Ich bin Anwalt, ich kann über solchen Sachen stehen.“

Nun schnaubt sie verächtlich. „Das kann es ja auch nicht sein. Sie soll sich einfach zusammenreißen." Endlich hebt sie den Blick, sieht mir tief in die Augen. Das Licht des Mondes, das durch das Dachfenster hereinscheint, strahlt sie regelrecht an. „Ich habe schließlich auch erkannt, dass du mittlerweile ganz anders bist."

16

Jenna

Ich wache von Gerumpel im Flur auf, und als ich die Augen öffne, ist es bereits hell im Zimmer. Sofort muss ich an früher denken, als ich auch im Sommer stets ohne zugezogene Vorhänge geschlafen habe. Das Tageslicht hat auf mich einfach die beste Weckfunktion.

Da mir bewusst ist, dass ich nicht arbeiten muss und das Ausschlafen ausnutzen sollte, drehe ich mich zur Seite, vielleicht kann ich ja noch einmal einschlafen. Doch als ich bemerke, dass jemand neben mir liegt, erstarre ich. Mein mentaler Breakdown der letzten Nacht kommt mir wieder in den Sinn. Ich weiß nicht genau, was überhaupt der Auslöser gewesen ist, aber auf einmal habe ich nicht mehr aufhören können zu weinen. Und das heißt schon was, ich bin normalerweise diejenige aus unserer Familie, die am wenigsten Gefühle zeigt. Mum nennt mich sogar manchmal Eisklotz, wenn wir diskutieren und ich einfach nichts an mich heranlasse.

Aber vergangene Nacht habe ich es einfach nicht zurückhalten können. Und das Verwunderlichste an der ganzen Situation ist, dass ich Damon mein Herz ausgeschüttet habe. Ich habe es zugelassen, dass er sich neben mich in mein Bett legt – und da ist er noch immer. Wir sind anscheinend beide eingeschlafen, bevor er die Gelegenheit gehabt hat, wieder zurück in seinen Bereich zu gehen. Seltsamerweise stört es mich nicht einmal.

Gerade will ich mich möglichst geräuschlos aus dem Bett erheben, als er sich bewegt und ebenfalls die Augen aufschlägt. Blitzschnell springe ich aus dem Bett, als würde er dann vielleicht nicht bemerken, dass wir die Nacht nebeneinander verbracht haben, was natürlich sinnlos ist. Verschlafen blinzelt er. In dem Moment, in dem er mich sieht, breitet sich ein Lächeln auf seinem Gesicht aus. „Guten Morgen." Er räkelt sich … und erstarrt. Als hätte er sich verbrannt, fährt er hoch und steht mir gegenüber, auf der anderen Seite des Bettes.

„Was ist passiert?"

„Nichts", sage ich ruhig. Irgendwie süß, wie erschrocken er zwischen mir und dem Bett hin- und herschaut. Doch dann erregt ein Detail meine Aufmerksamkeit. „Moment, du hattest die ganze Nacht keine Hose an?" Schockiert deute ich auf seine Boxershorts. Abgesehen davon trägt er nur ein schlichtes graues T-Shirt.

„Ähm, natürlich nicht. So schlafe ich immer." Er zupf an dem Saum der Shorts und deutet dann auf mich. „Du trägst aber auch nicht viel mehr."

Damit hat er leider recht. Schnell verschränke ich die Arme vor der Brust. „Wie auch immer, mach dir keine Gedanken. Es ist nichts passiert."

Damon nickt. „Ich weiß. Aber ich möchte, dass du weißt, dass das keine Absicht war. Ich wollte dich nicht belästigen oder so was in der Art."

Seine Klarstellung ist wirklich niedlich. Vor allem bestätigt es, was ich letzte Nacht zu ihm gesagt habe: Er hat sich geändert, und ich nehme es durchaus wahr.

Schnell fische ich warme Klamotten aus meinem Koffer und verschwinde im Bad. Als ich wieder zurückkomme, ist Damon ebenfalls angezogen. Er trägt Jeans … und ein weißes Hemd.

„Willst du das zu dem Ausflug in den Wald anziehen?", frage ich vorsichtig. „Es ist ziemlich kalt, vor allem wenn der Wind fies durch die Bäume weht. Und nicht, dass du dir das teure Hemd ruinierst, wenn du schwer am Schaffen bist."

Alarmiert sieht er an sich herab, bevor sein Blick zu seiner Tasche wandert. „Aber ich habe fast nichts anderes dabei."

„Nicht mal einen Pullover oder eine Weste oder so was?" Langsam gehe ich einen Schritt auf ihn zu und versuche, ebenfalls in sein Gepäck zu spähen.

„Nein. Ich … habe nicht wirklich damit gerechnet, dass wir lange Spaziergänge machen."

Nachdenklich streiche ich mir über das Kinn. „Tja, sieht so aus, als hättest du zwei Optionen. Entweder du sagst das Baumfällen ab oder du fragst meinen Bruder, ob er dir was leihen kann. Ich weiß, dass er hier noch alte Sachen von sich hat."

An Damons Miene kann ich erkennen, dass er von beiden Optionen wenig begeistert ist. „Deinen Dad nach Klamotten zu fragen, ist keine Option?"

Unwillkürlich muss ich lachen. „Im Prinzip schon, aber mit Jasons Sachen bist du besser beraten. Es hört sich auf jeden Fall so an, als würdest du nach wie vor gern mitgehen."

Langsam nickend hebt Damon den Blick. „Ich werde keinen Rückzieher machen."

Das Klingeln an der Haustür dringt zu uns nach oben. Vermutlich Josh.

„Okay", flüstere ich schnell, als könnte uns der Rest der Familie jetzt schon hören. „Ich kann meinen Bruder für dich fragen, das hier soll ja schließlich keine Tortur für dich werden." Schon bin ich an der Tür und drehe den Knauf. „Und jetzt los, damit wir uns noch schnell einen Snack für nachher vorbereiten können."

Schnellen Schrittes gehe ich die Treppe hinunter, doch als ich sehe, wer im Flur steht, bremse ich ruckartig ab. Neben Josh, Jasons bestem Freund, steht Lana. Lächelnd sieht sie zu mir herauf, doch als ihr Blick an mir vorbei auf Damon landet, gefriert ihr Gesichtsausdruck.

„Hallo, ihr beiden", begrüßt uns Josh, und ich eile auf Lana und ihn zu, um sie zu drücken. Die Miene meiner Schwester entspannt sich kurzzeitig, als wir uns umarmen, dann wandert ihre Hand wie automatisch zu Josh und krallt sich dort an dem offenen Reißverschluss seiner Jacke fest. In ihren Augen erkenne ich eine Mischung aus Abscheu und Angst.

„Hi, Lana, Josh." Unschlüssig steht Damon noch immer auf der Treppe. Er wirkt ebenfalls, als wäre ihm die

Situation unangenehm, und ich kann es ihm gut nachfühlen. Immerhin macht er alles richtig und bewahrt ein wenig Distanz.

Josh räuspert sich, woraufhin Lana aus ihrer Starre erwacht. „Ähm, hallo“, bringt sie mit Mühe heraus und wendet den Blick von Damon ab.

„Was machst du denn schon hier?“, frage ich sie, um die Aufmerksamkeit von diesem kühlen Aufeinandertreffen zu lenken. „Ich dachte, du kommst erst nachher beim Schlittschuhlaufen mit.“

Endlich ist meine Schwester wieder ganz die Alte. Voller Vorfreude sieht sie uns an. „Nun ja, ich habe gestern mehr als gedacht für heute vorbereiten können, den Rest macht mein Hilfskoch fertig. Den Mittagstisch schafft mein Servicepersonal mittlerweile selbst, und für abends haben wir nur ein paar Cateringaufträge.“

„Dann bist du gar nicht beim Essen dabei?“, fragt Jason, der nun ebenfalls die Treppe runterkommt. Es wird kurz seltsam, als er sich an Damon vorbeischiebt, der noch immer im unteren Drittel verweilt und uns beobachtet, die Hände in den Hosentaschen.

„Doch, aber vielleicht werde ich etwas später kommen“, fährt Lana fort und umarmt unseren ältesten Bruder. „Ich muss auch beim Schlittschuhlaufen etwas früher weg, das wird ohnehin schon eine ziemliche Hetzerei. Aber gemeinsam mit Josh und meinen Angestellten werden wir das schon rechtzeitig schaffen.“

Schritt für Schritt lässt Damon die letzten Stufen hinter sich, und bei seinem Anblick fällt mir auf, dass ich ja noch etwas für ihn fragen wollte. „Du, Jason? Du hast doch hier noch einen ganzen Schrank voller Klamotten, oder?“

Fragend sieht er mich an. „Ja. Wieso?“

„Cool, dann kannst du Damon doch bestimmt einen warmen Pulli leihen, oder? Er hat schließlich nicht damit gerechnet, dass wir in den Wald gehen, und deswegen keine passende Kleidung dabei.“

Mein Bruder erstarrt, sein Blick huscht zwischen mir und Lana hin und her, landet schließlich auf Damon.

„Aber natürlich kann er das“, ertönt Mums Stimme. Sie kommt in den Flur, wischt sich die Hände an einem Küchentuch ab und begrüßt ihre älteste Tochter und ihren Freund. „Schön, dass ihr da seid. Heute wird ein ereignisreicher Tag. Ich habe euch ein paar Snacks vorbereitet, also packt euch schnell eure Lunchtüten.“

Damon

„Hier, da müsste was für dich dabei sein.“ Jason brummelt die Worte kaum verständlich vor sich hin und legt mir einen kleinen Stapel an Sweatshirts auf den Esstisch, gibt sie mir nicht in die Hand.

„Vielen Dank, Jason.“ Er haut schnell wieder ab, bevor ich mir die Kleidung genauer ansehen kann. Ich entscheide mich für einen Pullover aus Strick, ziehe ihn direkt über und nehme die anderen beiden Teile mit in die Küche.

Jennas Mutter dreht sich zu mir um und schenkt mir ein Lächeln. „Du kannst sie ruhig behalten, vielleicht ergibt es sich später noch einmal, dass du einen davon brauchst.“

„Aber wir haben doch nachher eine Mission in der Mall, da kann ich mir etwas kaufen." Bemüht um einen charmanten Tonfall lege ich den Kopf schief.

„Stimmt, ja", erwidert Jennas Mutter und lacht auf. Im Hintergrund kann ich sehen, wie Lana die Augen verdreht. Jenna steht neben ihr und sieht ziemlich gequält aus.

Als sie die Küche verlässt, um die Klamotten wegzuräumen, bin ich mit den beiden Schwestern allein. Da ich, wie auch vorhin schon, nicht weiß, was ich mit meinen Händen anstellen soll, stecke ich sie in die Hosentaschen.

Tapfer lächelnd winkt Jenna mich herbei. „Schatz, komm her, ich packe uns was für später ein."

Lana äfft ihr *Schatz* nach, dreht sich dabei weg und verlässt die Küche ebenfalls. Kaum ist sie weg, stöhnt Jenna auf.

„Argh, gibt es ein anderes Wort hierfür als unangenehm? Es tut mir so leid, wirklich."

„Schon okay. Ich habe es mir schlimmer vorgestellt." Das ist nicht einmal gelogen. Gemeinsam packen wir Äpfel, Sandwiches und Müsliriegel in einen Korb, in dem bereits eine Thermoskanne und fünf Becher stehen.

„Lana kommt auch mit in den Wald?", frage ich vorsichtig. „Oder bleibt sie hier bei euren Eltern?"

„Sie geht mit", klärt mich Jenna auf und seufzt. „Aber das wird schon. Ich bleibe einfach die ganze Zeit in deiner Nähe."

Im ersten Moment will ich ihr widersprechen, aber insgeheim freue ich mich darauf, sie bei mir zu haben. Vorhin auf der Treppe habe ich mich mehr als fehl am

Platz gefühlt, das ist ein schreckliches Gefühl gewesen. Natürlich weiß ich, dass sich Lana damals in meiner Gegenwart ebenfalls entsetzlich gefühlt haben muss. Dafür ist sie sogar fast schon freundlich gewesen.

Die Küchentür schwingt auf, und Josh steckt den Kopf durch den Spalt. „Seid ihr so weit? Wir nehmen meinen Pickup."

Fünf Minuten später sitzen wir in dem geräumigen Fünfsitzer und biegen aus der Einfahrt der Mitchells heraus.

„Josh, ich habe gehört, du bist der neue Chief der Feuerwache", sage ich, bemüht darum, die Stimmung im Auto von Anfang an hochzuhalten. Lana sitzt auf dem Beifahrersitz, in der hinteren Reihe sitzt Jenna zwischen mir und ihrem Bruder Jason.

„Noch nicht ganz", gibt Josh zu und wirft mir einen flüchtigen Blick über die Schulter zu. „Aber es dauert nicht mehr lange, bis der aktuelle Chief offiziell verabschiedet wird."

Stolz streckt Lana ihre Hand nach Joshs aus, die auf dem Schaltknüppel zwischen ihnen ruht. „Tragt euch das Datum schon mal ein, ich bin sauer, wenn ihr zu dieser Gelegenheit nicht erscheint."

Zwar vermute ich, dass sie nur ihre Geschwister gemeint hat, trotzdem hole ich mein Handy hervor und rufe die Kalender-App auf. „Klar, gern. Wann ist das genau?" Wenn ich hier schon den treusorgenden Freund spiele, dann aber richtig.

Lanas Mund klappt auf, ihr Blick huscht nur für den Bruchteil einer Sekunde zu mir, bevor sie sich wieder nach vorne dreht.

„Am ersten Freitag im April", antwortet Josh an ihrer statt. „Direkt vor dem Frühlingsfest. Es ist nichts Besonderes, aber ich würde mich wirklich freuen, wenn ihr dabei wärt."

Tatsächlich scrolle ich in dem Kalender bis zu besagtem Datum und rufe mir den Tag auf. Ich blocke ihn im Handykalender und sperre das Display wieder, als mir auffällt, dass mich Jenna von der Seite anstarrt. Fassungslos zieht sie die Augenbrauen zusammen und verfolgt meine Bewegungen, als ich das Handy wieder in meiner Jackentasche verstaue.

„Ich erwarte eh noch eine wichtige Mail bezüglich der Terminbestätigung mit Black Coffee, da hat es sich gerade angeboten, das schnell einzutragen."

Jason wechselt das Thema und Josh und Lana springen sofort darauf an. Wortlos wendet Jenna den Blick von mir ab und lehnt den Hinterkopf gegen die Kopfstütze.

Es sollte mich nicht wundern, dass sie so seltsam reagiert. Der Plan ist, dass sie bis zu der Verkündung der neuen Partner meine Freundin spielt, das ist Ende Januar. Wieso also sollte ich mir einen Termin im April eintragen, wenn wir unsere Scharade bis dahin gar nicht mehr aufrechterhalten müssen? Vermutlich hat sie jetzt schon genug von mir und will in der Zeit ihren Eltern nur beweisen, dass es gar keinen Mann an ihrer Seite braucht, der sie in New York beschützt.

Als wir den Wald erreichen und auf einen Parkplatz in unmittelbarer Nähe einbiegen, wird schnell klar, dass wir bei Weitem nicht die Einzigen sind, die ihren Weihnachtsbaum selbst schlagen. Mit Mühe kann Josh seinen Pick-up in eine freie Lücke quetschen.

„Alles klar“, sagt er, als er den Motor ausgestellt hat. „Es ist viel los, also beeilen wir uns, damit wir ein etwas abgelegeneres Stück erreichen und noch die freie Wahl bei den Bäumen dort haben.“

Die Mitchell-Geschwister nicken unisono, dann setzen sich alle in Bewegung. Ohne viele Worte zu verlieren, bekommt jeder etwas in die Hand gedrückt. Jason trägt eine Axt, Lana den Korb mit dem Proviant, Jenna nimmt einen altmodischen Holzschlitten und Josh schnappt sich eine Säge. Jetzt liegt nur noch ein langes, zusammengerolltes Seil auf der Ladefläche. Unschlüssig betrachte ich es, mir sehr wohl darüber bewusst, dass die anderen mich anstarren. Handwerklich bin ich nicht wirklich erfahren, und ich habe auch nie einen Baum selbst im Wald geschlagen. Wofür brauchen wir das?

„Nimmst du das Seil?“, fragt Josh und legt die Hand bereits an die Klappe, um die Ladefläche zu schließen.

„Oder sind dir deine Anwaltshände zu weich dafür?“ Mit grimmigem Ausdruck steht Jason da, die Arme um den Stiel der Axt verschränkt. Er sieht richtig bedrohlich aus, wie ein Massenmörder kurz vor der Tat.

„Klar.“

„Super.“ Josh wirft die Klappe zu und geht voran. „Hier lang, ich weiß, wo es die schönsten Bäume gibt.“

Jason und Lana folgen ihm. „Warum ist er überhaupt mitgegangen, wenn er keine handwerkliche Arbeit gewohnt ist“, raunt Lana ihrem Bruder zu und wirft mir einen feindseligen Blick zu. Mit Mühe halt ich mich selbst davon ab, die Augen zu verdrehen.

„Sorry, aber wofür braucht man überhaupt so ein langes Seil?", frage ich Jenna, um mich selbst von den nervigen Kommentaren abzulenken. „Ich dachte, wir tragen das Ding dann einfach."

„Die ganze Strecke bis zum Auto?" Mit aufgerissenen Augen starrt sie mich an. „Keine Chance. Selbst zu fünft wäre das für uns unfassbar umständlich und anstrengend. Das Seil brauchen wir, um die Tanne zu verzurren und, wenn nötig, auf dem Schlitten festzubinden. Damit bringen wir den Baum dann zum Auto zurück."

Stumm frage ich mich, wie weit wir wohl laufen werden, doch entscheide mich dafür, es einfach auf mich zukommen zu lassen. Als uns Lana einen betont beiläufigen Blick über ihre Schulter zuwirft, realisiere ich, wie harmonisch Jenna und ich aussehen müssen. Wie ein wahrhaftig verliebtes Paar ziehen wir den Schlitten gemeinsam und reden über die Natur. Und es ist wirklich schön hier, vor allem der wunderbar glitzernde Schnee überall.

Da ich zu Beginn unserer Wanderung nicht auf die Uhr gesehen habe, kann ich nur raten, wie lange wir brauchen, doch es ist mit Sicherheit fast eine Stunde. Immerhin hat Josh recht behalten, die Bäume hier sind wunderschön und außer uns ist niemand zu sehen.

„So, liebe Mitchells", setzt Josh an und macht eine ausladende Geste mit seinem Arm, in dem er nicht die Säge hält. „Tobt euch aus."

Als hätte er damit einen Schalter umgelegt, schwärmen die drei Geschwister aus und begutachten die umstehenden Bäume ganz genau. Hin und wieder rufen sie sich etwas zu, erfragen die Meinung der anderen.

Ich halte mich vornehm zurück. Als ich ein Kind gewesen bin, haben wir stets einen kleinen Plastikbaum gehabt, der von Jahr zu Jahr mehr seiner Kunstnadeln verloren hat. Aus diesem Grund lege ich nicht viel Wert auf einen echten Baum. Außerdem scheint Jennas Familie in Sachen Familienfeste sehr eigen zu sein, da mische ich mich lieber nicht ein.

„Der hier ist super", ruft Jenna nach einer Weile. Ihre Geschwister recken die Hälse und machen sich dann mit misstrauischem Blick auf den Weg zu ihr. Sie kommen neben einer akkurat geraden Tanne zum Stehen, die schön dichte Zweige hat und ein kleines Stückchen größer ist als Jason.

Die drei diskutieren eine Weile, aber schließlich entscheiden sie sich tatsächlich für Jennas Wahl. Sofort machen sich Josh und Jason ans Werk und beratschlagen, von welcher Seite sie den Baum ansägen müssen, damit er in die richtige Richtung fällt. Die beiden Schwestern stehen ein Stück entfernt und machen den Eindruck, als würden sie bereits darüber nachdenken, wie der Baum am besten geschmückt werden soll.

Da wir nur eine Axt und eine Säge dabeihaben, fühle ich mich ein wenig fehl am Platze. Trotzdem versuche ich, in der Nähe des Baumes zu bleiben, falls ich gerufen werde, um etwas zu helfen. Nach einer Weile macht sich Jason an einer Seite mit der Axt zu schaffen. Dann tritt er beiseite und Josh setzt die Säge an. Desinteressiert sehe ich ihnen dabei zu, innerlich schweifen meine Gedanken ab.

Wie zur Hölle kann ich Lana davon überzeugen, dass ich eine gute Wahl für ihre Schwester bin? Oder alternativ, wie kann ich dafür sorgen, dass sie Jenna als starke Persönlichkeit ansehen, die sich durchaus auch allein in New York durchschlagen kann? Soll ich von dem Café schwärmen? Von ihrer Stärke, alles ausdiskutieren zu wollen? Oder soll ich mich wie der Arsch benehmen, den Lana in mir sieht, und ihr somit klarmachen, dass ihre Schwester ohne Kerl viel besser dran ist?

Ein schrilles Klingeln ertönt, und ich kann es im ersten Moment nicht zuordnen. Erst nach ein paar Sekunden realisiere ich, dass es mein Handy ist. Hektisch ziehe ich es aus meiner Hosentasche und schaue auf das Display. Wendy.

Schnell wende ich mich ab und nehme das Gespräch an. Sie klingt ein wenig träge, und ich will sie gerade unterbrechen und fragen, wann sie endlich auf den Punkt kommt, als ich ein weiteres Geräusch neben Wendys Stimme wahrnehme.

„Baum fällt!"

„Damon!"

Ist das Jenna? Ich drehe mich um und sehe die zum Weihnachtsbaum auserkorene Tanne auf mich zurasen. Reflexartig springe ich zur Seite, schaffe es aber nicht aus der Reichweite der Äste. Sie treffen mich härter, als ich erwartet hätte, und bringen mich zu Fall. Ich lande schmerzhaft auf den Knien, mein Smartphone gleitet mir aus der Hand.

„Hilfe, Damon." Kaum habe ich richtig kapiert, was genau passiert ist, stürmt bereits Jenna auf mich zu. Sie wirft sich neben mir in den Schnee und dreht mich zur Seite.

„O mein Gott, Damon, hörst du mich?" Ernsthaft besorgt sieht sie mich an, sucht mich offenbar nach sichtbaren Verletzungen ab. Hinter ihr erscheinen die Gesichter von Lana, Jason und Josh, die ebenfalls ziemlich erschrocken aussehen. Ich horche in mich hinein. Außer einem ungewohnten Druck und einem Stechen in den Knien spüre ich keinen Schmerz. Allerdings fährt mir zusätzlich ein fieses Brennen quer über den Rücken.

„Sag doch was!", fordert mich Jenna auf und legt ihre Hände besorgt an meine Wangen. Hat sie schon immer so tiefbraune Augen gehabt? Sie sind wunderschön.

„Hallo", sage ich sinnloserweise, aber das scheint ihr schon auszureichen. Ohne Vorwarnung beugt sie sich zu mir herunter und umarmt mich.

„Gott sei Dank."

„Hast du uns nicht gehört?", fragt mich Josh und geht neben uns in die Knie.

„Oder mitbekommen, dass wir den Baum in diese Richtung fallen lassen wollen?" Jasons geschockter Gesichtsausdruck wird schon wieder genervt.

Zwar würde ich mich gern aufrappeln oder zumindest über eine Antwort nachdenken, aber Jennas Nähe bringt mich ganz aus dem Konzept. Wie von selbst wandert meine Hand zu ihrem Kopf und streicht ihr durch die Haare. Viel zu früh löst sie sich von mir, nimmt meine Hand in ihre.

„Kannst du aufstehen?", will sie wissen.

„Ich versuche es mal." Langsam stemme ich meinen Oberkörper in die Höhe und stelle die Knie auf. Die Bewegung schmerzt, und ich zucke heftig zusammen.

„Was ist?“, fragt Jenna sofort. „Hast du dir etwas gebrochen?“

„Ich glaube nicht“, antworte ich wahrheitsgemäß und bewege mich probehalber. „Meine Knie tun weh, aber ich glaube, ansonsten war es nur ein Schock.“

Erst jetzt fällt mir ein, dass ich eben noch telefoniert habe – so ist das ganze Desaster ja erst entstanden. Panisch suche ich zwischen den Zweigen nach meinem Handy und finde es schließlich auch. Allerdings ist es von dem Schnee ganz feucht und über das Display zieht sich nun ein breiter Riss, ausgehend von einem Punkt, der wie ein Steinschlag in einer Windschutzscheibe aussieht. Wendy ist nicht mehr am Telefon.

„Wenn du kannst, dann rutsch bitte kurz zur Seite, damit wir den Baum zusammenbinden können.“ Josh macht eine leicht scheuchende Handbewegung, sieht aber neben Jenna noch am besorgtesten aus.

Langsam rappele ich mich auf, Jenna stützt mich dabei durchgehend. Es tut weh, aber ich kann laufen.

„Du hast mir einen ganz schönen Schrecken eingejagt“, flüstert sie. „Du solltest natürlich bei der ganzen Aktion nicht dein Leben aufs Spiel setzen.“

„Alles gut.“ *Mach ich doch gern*, hätte als Ergänzung gepasst, aber das kann ich natürlich nicht sagen. Ich darf auf keinen Fall zu dick auftragen, das könnte leicht nach hinten losgehen oder irgendwie gruselig wirken.

Erst als wir fast an Joshs Pick-up angekommen sind, schießt mir eine Frage durch den Kopf. War Jenna eigentlich ernsthaft besorgt, oder war das auch nur Show?

17

Jenna

Nach dem Schock mit dem Baum lasse ich Damon nicht aus den Augen, bleibe immer in seiner Nähe. Meine Knie sind noch ganz zittrig von dem Schrecken, den mir dieser Vorfall eingejagt hat, und mir wird ganz anders, wenn ich daran denke, was alles hätte passieren können. Natürlich nur, weil ich ihn ja noch brauche. Nicht auszudenken, wenn mein Anwalt während seines Urlaubs mit seiner Fake-Freundin erschlagen werden würde. Denn nur aus diesem Grund bin ich um ihn besorgt, das ist ja wohl klar.

Zu Hause wird unsere Tanne von Mum überschwänglich gelobt. Trotzdem ist die Stimmung gedämpft. Obwohl wir uns nicht abgestimmt haben, spricht niemand den Vorfall mit Damon an, nicht einmal er selbst. An Mums Blick kann ich erkennen, dass sie misstrauisch ist, aber sie fragt uns immerhin nicht aus.

Nach dem Mittagessen entschuldigt sich Damon nach oben, er müsse noch etwas erledigen. Zuerst überlege ich, ob er sich vielleicht wirklich Arbeit mitgenommen hat, doch nach einer Weile folge ich ihm unauffällig.

Als ich ins Zimmer komme, steht er ohne Jeans vor meinem Spiegel über meinem Schminktisch. Gerade zieht er sich sein T-Shirt hoch, das er offenbar unter Hemd und Pullover getragen hat.

„Shit", rufe ich und schließe schnell die Tür hinter mir.

„Ist es das, wonach es aussieht?" Mit einem schwachen Lächeln dreht er sich zu mir um.

„Das wird mit Sicherheit blau." Mit wenigen Schritten bin ich bei ihm und streiche über den rot-blauen Striemen, der sich quer über seinen unteren Rücken zieht. Erst nach ein paar Sekunden merke ich, dass er sich unter meiner Bewegung gar nicht mehr bewegt, kein bisschen. Ich lasse von ihm ab, woraufhin er sein T-Shirt loslässt. „Tut es sehr weh?"

„Nur, wenn ich bestimmte Bewegungen mache", gibt er zu. „Aber die kann ich ja einfach vermeiden."

„Dann bleib lieber hier, anstatt mit Mum durch die Mall zu tingeln", schlage ich vor. „Sie wird es dir sicher nachsehen. Behaupte einfach, du musst etwas für einen Fall erledigen, dagegen wird sie nichts sagen."

Entschieden schüttelt er den Kopf. „Wenn, dann würde ich lieber sagen, dass ich mit dir aufs Eis will."

Mein Herz macht einen seltsamen Sprung bei der Vorstellung, mit ihm gemeinsam über die Schlittschuhbahn zu fahren, Hand in Hand, um den Schein zu wahren.

„Aber es geht schon", fährt er fort, und mein Tagtraum fällt in sich zusammen. „Ich muss ja nur laufen."

„Und vermutlich die Taschen von Mum tragen“, werfe ich ein. „Zumindest, wenn du den Eindruck aufrechterhalten möchtest, den sie aktuell von dir hat. Sie ist echt begeistert von dir, weißt du?“

„Wirklich?“ Für einen Moment sieht Damon ernsthaft erfreut darüber aus. Was ich mir natürlich nur einbilden muss. Wieso sollte er Wert darauf legen, was meine Mum von ihm hält?

Immerhin ruht er sich tatsächlich eine ganze Stunde aus und kommt um kurz vor drei frisch umgezogen die Stufen herunter, während ich gerade in dem Wandschrank unter der Treppe nach meinen Schlittschuhen suche. Verwundert hebe ich den Kopf. Wenn ich nicht gezielt darauf achten würde, wäre mir kaum aufgefallen, dass er kurz zusammenzuckt, als er sich am Absatz umdreht.

„Da bist du“, sagt er und streicht sein Hemd glatt. „Du warst auf einmal weg.“

„Ja, du sahst so aus, als würdest du schlafen, da wollte ich dir deine Ruhe lassen.“ Dass er dabei wieder auf *seiner* Couch gelegen und mich das seltsamerweise gestört hat, füge ich natürlich nicht hinzu. „Und wie gesagt, es wäre echt kein Problem, wenn du Mum einfach absagst.“

Als hätte sie mich gehört, kommt meine Mutter genau in diesem Moment von der Küche in den Flur. „Ach, Damon. Du bist schon startbereit, wie ich sehe.“ Sie tritt an die Garderobe und nimmt ihren Mantel vom Haken. „Von mir aus können wir auch gleich los, dann haben wir mehr Zeit, bis wir uns mit dem Rest wieder hier treffen.“

„Klar." Damon zieht seinen Autoschlüssel hervor und winkt ihr damit zu. „Ich fahre."

Und wieder einmal liegt eine Verabschiedung vor uns. Eine vor Publikum. Obwohl ich mir nicht sicher bin, wie sehr Mum darauf achtet, sollte ich ihm einen Abschiedskuss geben. Das sollte kein Problem sein, wir haben uns mittlerweile schon öfter geküsst. Aber als ich dieses Mal an ihn herantrete und den Hals recke, um ihn zu erreichen, ist es irgendwie anders. Ich drücke meine Lippen auf seine, und wir verfallen in eine Starre. Nach einem kurzen Moment legt Damon eine Hand an meine Taille und zieht mich an sich. Wir vertiefen den Kuss, geben uns einen weiteren, und noch einen. Als ich seinen Bauch berühre und bis zu seinem Rücken wandere, zuckt er erneut zusammen.

Erschrocken lasse ich von ihm ab und mustere ihn prüfend. Ich will mich bereits entschuldigen, als er mich anlächelt.

„Viel Spaß auf dem Eis", haucht er. Er sieht irgendwie traurig aus, und ich kann nicht sagen, ob es wegen seiner Verletzung ist oder weil er sich mit mir durch Küsse wie diese quälen muss.

„Schon gut, ihr beiden", ertönt Mums Stimme. „Ihr seht euch doch nachher wieder."

Als hätte er sie nicht gehört, sieht Damon mich weiterhin an. „Mein Handy muss noch trocknen, ich lasse es hier und bin somit nicht erreichbar." Ohne meine Reaktion abzuwarten, hebt er den Blick und sieht Mum an. „Vielen Dank übrigens für die Entfeuchter, Norah. Die Dinger sind echt toll."

„Nicht wahr?" Mums Miene hellt sich auf. „Habe ich mal in einem Reel gesehen." Unsicher huscht ihr Blick zu mir. „So heißen diese kurzen Videos doch, oder?"

„Stimmt schon, Mum. Viel Spaß euch, versucht, nicht zu eskalieren."

„Wie bitte? Ich höre dich nicht!" Fröhlich winkend geht sie aus dem Haus. Damon folgt ihr, nachdem er mir ein letztes Zwinkern zugeworfen hat.

***

Als wir vier Geschwister gemeinsam mit Dad die Eisfläche, die kurz vor Weihnachten traditionell auf dem Festplatz von Flourish Bay errichtet wird, erreichen, komme ich mir vor, als hätte mich jemand zurück in meine Kindheit versetzt – und das ist wunderbar. Während Dad zu der Dame herübergeht, die im Namen der Stadt Spenden anstatt eines festen Eintrittspreises entgegennimmt, ziehen wir unsere Schuhe an.

„Wie geht es Damon?", fragt Jason und wirkt aufrichtig interessiert. „Sah echt übel aus heute Vormittag."

„Wieso, was ist passiert?", will Liam wissen. „Habe ich was verpasst?"

„Damon wurde fast von einem Baum erschlagen", petzt Lana. Dabei sieht sie aber gar nicht so gehässig aus, wie ich erwartet hätte. „Das war echt knapp."

„Er hat sich ein wenig ausgeruht, seine Knie tun weh", berichte ich. „Und auf dem Rücken hat er eine ziemliche Schramme, das wird ganz sicher blau."

„Was hat er auch da zu telefonieren, wo wir gerade einen Baum fällen?" Würde sich Jason nicht so wütend anhören, könnte man fast meinen, er gäbe sich die Schuld an dem Vorfall.

„Frag mich nicht", erwidere ich einen Deut zu zickig. Schwungvoll stehe ich auf und prüfe, ob die Schlittschuhe fest genug gebunden sind. „Aber auch so seid ihr ihn ja zumindest jetzt für ein paar Stunden los, also genießt die Zeit."

Ohne eine Reaktion abzuwarten, stakse ich zum Eingang der Eisfläche und stoße mich ab, sobald ich eine Kufe auf das Eis gesetzt habe.

Obwohl ich nur ein Mal im Jahr Schlittschuh laufe, genau zu dieser Gelegenheit, brauche ich nie lange, um mich wieder einzufinden und wie damals als Jugendliche über die Fläche zu fegen, auf der wir während der Schulzeit deutlich häufiger zu finden gewesen sind. Auch wenn das hier ein Familiending ist, nutzen wir die Zeit nie, um uns über bestimmte Themen zu unterhalten oder so. Wir kabbeln uns, jagen uns, versuchen jeweils bessere Kunststücke als die anderen hinzubekommen. Aber heute fahre ich einfach nur meine Runden, nehme dabei kaum etwas um mich herum wahr. Dabei denke ich zurück an den Kuss im Flur. Er ist so ganz anders gewesen als all die bisherigen Küsse, die wir geteilt haben, selbst die auf der After-Work-Party. Sonst habe ich zwar auch ein Kribbeln im Bauch gehabt, es ist allerdings kaum von der Aufregung zu unterscheiden gewesen, die ich vermutlich gefühlt habe, weil wir jeden Augenblick enttarnt werden könnten. Heute sind Gefühle mit dabei gewesen, richtige Gefühle. Ihn zu sehen, wie er unter den Ästen des Baumes begraben gewesen ist, hat mir das Blut in den Adern gefrieren lassen. Ich bin sehr froh, dass ihm nichts passiert ist. Und vor allem bin ich ihm dankbar, dass er all die fiesen Seitenhiebe von Lana und Jason einfach wegsteckt. Dann auch noch sein Vorschlag, mit Mum in die Mall zu gehen ... Er macht das einfach wunderbar.

„Jenna?“ Lanas Stimme holt mich aus meinen Gedanken. Meine Schwester müht sich ab, zu mir aufzuschließen. „Warte kurz, bitte.“ Als sie bei mir ankommt, stolpert sie und strauchelt, fällt mir in die Arme, die ich reflexartig nach ihr ausstrecke. „Puh, sorry. Und danke.“

„Was gibt es denn?“ Ich helfe ihr, sich wieder aufzurichten.

Lana sieht ein wenig betrübt aus, ringt die Hände und kann meinem Blick erst nicht standhalten. „Ich glaube, ich muss mich bei dir entschuldigen. Die Art, wie ich zu Damon bin, ist echt übertrieben.“

Ich winke ab und bedeute ihr, mit mir gemeinsam eine Runde zu skaten. „Du hast deine Gründe. Ich bin mir nicht sicher, wie ich mich verhalten würde, wenn es umgekehrt wäre. Und er ist sich zumindest bewusst, es ein bisschen verdient zu haben, nach damals.“

„Ja, er ist früher ein echter Tyrann gewesen. Aber das bedeutet ja nicht, dass ich euch als Paar dafür bestrafen muss. Vor allem, da ich so sehr gewollt habe, dass du nicht mehr single bist.“

Genau die Gedanken, die mir auch bereits gekommen sind. Man merkt einfach immer wieder, dass wir Schwestern sind, auch wenn wir uns sonst sehr unterscheiden.

„Es ist schön, dass du so selbstreflektiert bist, danke.“ Eine halbe Runde schweigen wir, dann ergreife ich wieder das Wort. „Und du musst dich ja nicht mit ihm anfreunden. Ihr werdet euch, wenn überhaupt, ein paar Mal im Jahr sehen." Ein düsterer Gedanke überkommt mich, den ich Lana natürlich nicht mitteilen kann. In ein paar Wochen wird alles vorbei sein und es wird erneutes Chaos geben. Hoffentlich fängt die ganze Kuppelei dann nicht wieder von vorne an. Doch am meisten bedrückt mich, dass ich Damon dann eventuell nie wiedersehen werde.

„Na, ich weiß nicht." Zweifelnd sieht Lana mich von der Seite an. „Ihm scheint es schon sehr ernst zu sein, das hätte ich niemals erwartet. Vor allem … Also, bei den Blicken, die ihr euch zuwerft, kann man ohne Zweifel erkennen, wie verliebt ihr seid."

„Wirklich?" Irritiert blinzele ich sie an. Sie hat uns bisher noch kaum zusammen erlebt. Auch bei dem ungewöhnlichen Kuss vorhin ist sie nicht dabei gewesen.

„Ja." Sie nickt demonstrativ. „Bei Damon habe ich den ganzen Vormittag das Gefühl gehabt, als wollte er durchgehend den Überblick behalten, damit er dir stets zur Seite stehen kann. Egal, ob du auf dem Schnee ausgerutscht wärst, dir der Schlitten entglitten wäre oder du gestolpert wärst, er wäre mit Sicherheit dagewesen. Und umgekehrt habe ich dich noch nie so besorgt um einen anderen Menschen gesehen. Und das als deine Schwester zu sagen, heißt schon etwas."

Nachdenklich sehe ich sie an und werde langsamer. Sie muss es ernst meinen, denn was hätte gerade sie für einen Vorteil davon, so etwas zu sagen.

Glücklicherweise bemerkt Lana nicht, wie verwirrt ich bin, denn sie redet einfach weiter. „Auch wenn ich mich wirklich nicht darum reiße, unnötig viel Zeit mit ihm zu verbringen, bin ich auf die Bescherung gespannt. Meinst du, er wollte deswegen in die Mall, weil er dir noch ein Geschenk kaufen will?“

„Was? Oh, nein. Wir haben ausgemacht, dass wir uns nichts schenken.“

Meine Schwester zieht eine Augenbraue nach oben. „Und du glaubst, er hält sich daran? Also bei Josh und mir klappt das nie.“

Panisch reiße ich die Augen auf. „Was? Das heißt, ich sollte für den Fall der Fälle auch ein Notfallgeschenk für ihn in petto haben?“

„Besser wäre es.“

Lana macht einen Schlenker und fährt von mir weg. Mein erster Impuls ist, an die Seite zu fahren und Damon zu schreiben, dass es wirklich übertrieben wäre, wenn er mir ein Pseudogeschenk kauft. Doch bevor ich diese Idee in die Tat umsetzen kann, fällt mir ein, dass er sein Handy gar nicht dabeihat, er hat mich extra noch einmal daran erinnert. Schade, ich hätte ihm gern geschrieben oder zumindest kurz nachgehört, ob alles okay ist.

Nach einer weiteren halben Stunde erscheint Josh am Rande der Bahn und winkt Lana zu, die daraufhin zum Ausgang fährt. Verwundert sehe ich auf die Uhr. Wow, schon gleich fünf Uhr. Auch wir müssen bald los, um Mum bei den Vorbereitungen zu helfen.

Ich will gerade auf Dad zulaufen, um ihn zu fragen, ob wir gehen, als er grinst und jemandem am Rand winkt. „Das gibt's ja nicht, jetzt fahren schon beide meiner Töchter lieber mit ihren Partnern als mit ihrem alten Vater.“

Verwundert folge ich seinem Blick. Tatsächlich, dort ist Damon. Er hat die Ellenbogen aufgestützt, ich kann seinen Blick nicht deuten. Wie lange er da wohl schon steht?

Dad fährt zum Ausstieg der Eisfläche und ruft auf dem Weg dorthin Liam zu sich, der widerwillig hinterherschliddert. Während ich noch nachdenke, warum Damon hier ist, fahre ich ganz langsam ebenfalls vom Eis. Ich ziehe meine normalen Schuhe an, und tausend Gedanken rasen durch meinen Kopf. Ernsthaft, warum ist Damon hier? Sollte er nicht mit Mum in der Mall sein? Selbst wenn sie schon fertig sind, wäre es dann nicht besser, wenn er sich ein wenig Ruhe nach dem anstrengenden Vormittag gönnt?

„Darf ich dir die abnehmen?" Als seine Stimme auf einmal direkt hinter mir ertönt, zucke ich heftig zusammen. Erschrocken drehe ich mich um. „Oh, sorry, ich dachte, du hättest gesehen, dass ich rüberkomme."

Als ich nichts erwidere, streckt er die Hand nach meinen Schlittschuhen aus. „Ich kann die gerne tragen. Mein Auto steht ein bisschen weiter entfernt, ich habe keinen näheren Parkplatz gefunden." Ein Lächeln huscht über sein Gesicht. „Wer hätte ahnen können, dass im Zentrum von Flourish Bay an diesem besonderen Nachmittag so viele Menschen sein würden."

Endlich schaffe ich es, sein Lächeln zu erwidern. Wortlos reiche ich ihm meine Schlittschuhe und winke Dad und Liam hinterher, die sich bereits auf den Weg zum Auto machen. „Wir sehen uns zu Hause!", ruft Dad noch, und schon sind die beiden weg.

Abwartend sieht mich Damon an. Ich stehe immer noch mit hängenden Armen in dem Bereich neben der

Eisbahn, in dem man sich umzieht. Der Platz leert sich bereits, vermutlich beginnen überall allmählich die großen Familienfeierlichkeiten. Eine ungeahnte Aufregung sammelt sich in meiner Brust, die ich sonst nur aus Kindertagen kenne, wenn ich abends nicht einschlafen konnte, weil ich unbedingt schon Geschenke auspacken wollte.

„Alles okay?" Besorgt sieht Damon mich an. „Ist was passiert?"

„Wie? Nein, alles in Ordnung." Langsam setze ich mich in Bewegung und deute an ihm herab. „Und wie geht's dir? Ist es schlimmer geworden, nachdem du jetzt durch die Mall gelaufen bist?" ‚Wie war es mit Mum', ergänze ich in Gedanken. Zu gern wüsste ich, worüber die beiden die ganze Zeit geredet haben.

Ein Schmunzeln tritt auf sein Gesicht. „Es war sehr nett. Deine Mum ist toll."

„Wirklich?" Was zur Hölle haben sie denn gemacht? Ist das derselbe Damon, der ständig Sprüche klopft, um mich zu ärgern? Und er hatte Spaß beim Shoppen mit der Mutter seiner Fake-Freundin?

Offensichtlich starre ich ihn ziemlich perplex an, denn er wird auf einmal ernst. „Findest du das etwa nicht? Ich hatte den Eindruck, dass ihr ein recht gutes Mutter-Tochter-Verhältnis habt."

„Doch, doch, das haben wir", erwidere ich schnell. „Ich konnte nur nicht einschätzen, ob Mum dich vielleicht ausgefragt hat oder so. Manchmal kann sie da echt penetrant sein."

Wieder erscheint ein wissendes Lächeln auf seiner Miene, aber er nickt nur in Richtung Parkplatz.

„Komm, wir fahren zurück. Ich habe versprochen, dass ich in der Küche helfe.“

18

Damon

Zu gern wüsste ich, was Jenna von meiner Shoppingtour mit ihrer Mum erwartet hat. Bei ihren vielen Rückfragen scheint sie mit einer Katastrophe gerechnet zu haben. Dabei ist es wirklich amüsant und auch sehr interessant gewesen, denn Norah hat so einige lustige Geschichten erzählt, die die besondere Beziehung zwischen Jenna und ihren Geschwistern noch einmal untermauert haben.

Generell ist die Stimmung deutlich entspannter seit meinem Unfall mit dem Baum. Natürlich wissen Jennas Eltern nichts davon, aber zumindest Jason und Lana machen keine herausfordernden Sprüche mehr. Vielleicht wird das ja sogar ein ganz netter Abend.

Als wir Jennas Elternhaus betreten, riecht es schon wunderbar nach Essen. Gemeinsam gehen wir in das Wohnzimmer, wo Jason und ihr Dad bereits mit dem Schmücken des Baumes beschäftigt sind. Mit einem Winken lasse ich Jenna zurück und gehe weiter in die

Küche, bemerke aber durchaus ihren misstrauischen Blick.

„Ach, da seid ihr ja schon", begrüßt mich Norah, als ich durch die offene Tür trete.

„Eben angekommen. Was gibt es zu tun?"

„Die wichtigsten Sachen sind fertig und müssen nur noch ein wenig vor sich hin köcheln. Aber wenn du möchtest, kannst du Karotten schneiden und den Salat waschen."

„Wird gemacht." Ich salutiere mit zwei Fingern und suche die genannten Zutaten zusammen. Während wir wieder ins lockere Plaudern geraten, wandern meine Gedanken zu Jenna zurück. Hat sie befürchtet, dass ich mich bei der Shoppingtour mit ihrer Mutter verplappern könnte? Oder dass ich sie beleidige? Der Gedanke versetzt mir einen Stich in die Magengegend. Zwar weiß ich, dass sie vergangenheitsbedingt keine gute Meinung von mir hat, aber sie hat selbst bestätigt, dass sie mich bisher anders erlebt. Das zu hören, hat mich sehr erleichtert, obwohl ich dahingehend überhaupt keine Zweifel gehabt habe. Viele meiner Eigenarten als Jugendlicher habe ich schnell abgelegt, sobald ich allein gelebt und gearbeitet habe, und darauf bin ich sehr stolz. Und überhaupt, glaubt sie wirklich, dass ich sie vor meinen Chefs und Kollegen großes Theater spielen lasse, aber selbst eine grottenschlechte Vorstellung gebe?

Seltsamerweise muss ich mich gar nicht wirklich verstellen, auch vorhin in der Mall nicht. Norah Mitchell ist eine Frohnatur, und es macht Spaß, sich mit ihr zu unterhalten. Auch wenn wir nicht viel übereinander wissen, hat sie es mir einfach gemacht, Themen zu finden, über die wir reden können. Irgendwie möchte ich auf einmal, dass sie mich als den perfekten Schwiegersohn sieht. Allerdings nicht, um Jenna zu helfen, sondern wegen mir. Ich möchte, dass sie eine gute Meinung von mir hat.

„Du wolltest mir noch von deinem Praktikum während des Studiums erzählen", erinnert mich Jennas Mutter, als ich gerade dabei bin, den Salat zu waschen. „Diese schrullige Mandantin, die euch auf die Palme gebracht hat."

„Oh, genau." Sofort habe ich wieder das Bild der alten Dame vor dem geistigen Auge. „Wir haben ihren Fall übernommen, in dem es hauptsächlich darum ging, dass ihr Nachbar so laut Musik hört. Es gab ständig Konflikte und da beide nicht zur Miete dort wohnten, mussten sie es unter sich klären. Die Dame sah genau so aus, wie man schrullige Omis in Komödien immer darstellt. Klein, mit leicht gebückter Haltung, einem Faible für Blumenkleidchen und einem Gehstock. Noch dazu wurde sie immer von ihrem Dackel begleitet. Und sobald wir das Vieh in der Kanzlei hatten, wussten wir alle, warum der Nachbar so oft laute Musik hört."

Erwartungsfreudig sieht Norah mich an. „Wieso denn?"

„Die Töle hat in einer Tour gekläfft", fahre ich fort und rupfe den Salat in grobe Stücke, damit er besser in die Schleuder passt. „Ich hatte wirklich keine Ahnung, dass Hunde eine solche Ausdauer haben, aber es war furchtbar. Und das Schlimmste war, dass es der Mandantin nicht einmal auffiel. Mein Vorgesetzter hat mehrmals den Faden verloren und mitten im Satz aufgehört zu reden, weil er durch das Bellen abgelenkt war, aber die Frau hat ihn stets nur verärgert angesehen und den Kopf geschüttelt."

Aus dem Augenwinkel sehe ich eine Bewegung, und auch Norah wendet sich zur Wohnzimmertür. Jenna steht im Rahmen und blickt zwischen uns hin und her.

„Schätzchen, hallo. Damon erzählt mir gerade ein paar lustige Anekdoten aus seiner langjährigen Erfahrung als Anwalt. Bei euch wird es abends vermutlich nie langweilig bei seinem Erzähltalent, habe ich recht?"

Jennas Miene lässt keine Emotion erraten. „Ehrlich gesagt kenne ich nur wenige Geschichten von seiner Arbeit. Zumindest keine lustigen." Herausfordernd funkelt sie mich an. „Aber ich würde sie gern auch hören."

Ihre Anwesenheit bringt mich komplett aus dem Konzept. In den letzten Wochen habe ich zwar genügend Gelegenheit gehabt, mich an sie zu gewöhnen, aber hier, in ihrem Umfeld, ist sie ganz anders. Noch selbstbewusster, stärker, durchsetzungsfähiger. Und das wird es mir umso schwerer machen, wenn wir unsere Vereinbarung im Januar offiziell beenden, wenn ich hoffentlich befördert werde.

Mit von der Kälte noch immer leicht geröteten Wangen tritt sie einen Schritt näher und stemmt sich mit der Hüfte gegen die Kücheninsel. „Erzähl doch mal, was gibt es sonst noch für lustige Geschichten."

„So lustig ist es im Steuerrecht gar nicht", versuche ich auszuweichen, denn viele Vorkommnisse, die ich kurios finde, wirken auf Nicht-Juristen eher absurd.

„Die Geschichte mit dem Hund ist während meines ersten Praktikums passiert, also vor ewigen Zeiten."

„Aber im Kontext der Steuern gibt es doch bestimmt so einige Skandale, oder?", hakt nun Norah ein. „Habt ihr auch Prominente unter euren Mandanten?"

„Das schon, aber ich darf keine Namen nennen, wir unterliegen der Schweigepflicht. Vielleicht kann ich eine Anekdote teilen, ohne die Person kenntlich zu machen." Fieberhaft denke ich über einen interessanten Fall nach, der sowohl Norah als auch Jenna gefallen könnte.

Für die nächste halbe Stunde erzähle ich von gesammelten Kuriositäten, nicht nur aus dem Steuerrecht, sondern auch aus anderen Bereichen, die ich von Kollegen mitbekommen habe. Obwohl Jenna zu Beginn irgendwie grummelig gewirkt hat, lacht sie jetzt gemeinsam mit ihrer Mutter lauthals über absurde Klagen von Kunden, die Produkte zweckentfremden, sich dabei verletzen und dafür auch noch Millionenbeträge gezahlt bekommen.

Gut gelaunt decken wir den Tisch und Norah scheucht uns aus der Küche, um den Rest der Familie zusammenzutrommeln. Lana und Josh kommen pünktlich, als das Essen serviert wird, und es ist ziemlich heimelig, als wir alle am Tisch sitzen, während im Hintergrund rockige Weihnachtslieder spielen. Vor allem ist es viele Jahre her, dass ich ein harmonisches Familienfest gefeiert habe, ich kann mich kaum daran erinnern. Und obwohl es nicht meine eigene Familie ist, fühle ich mich willkommen. Sogar Lana ringt sich ein Lächeln mir gegenüber ab, als wir mit unseren Gläsern anstoßen. Aber die Hauptperson für mich ist natürlich

Jenna. Sie ist ungewöhnlich ruhig, fast schon angespannt.

Das Essen schmeckt köstlich, und das scheint jeder am Tisch so zu sehen, denn die Gespräche, die aufkommen, dauern immer nur wenige Minuten, ansonsten hört man nur das Klappern von Besteck und Geschirr. Mir fällt auf, dass Jenna hin und wieder beiläufig zum Weihnachtsbaum herübersieht. Wenn ich Norah richtig verstanden habe, zelebriert die Familie es noch ganz traditionell. Die Geschenke werden erst am frühen Morgen hingelegt, obwohl selbst Liam schon lange durchschaut hat, dass Santa nicht wirklich durch den Kamin kommt und Päckchen für alle Hausbewohner hinterlegt. Mein Präsent für Jenna habe ich noch in meiner Jackentasche. Ich kann absolut nicht einschätzen, wie sie darauf reagieren wird. Wenn nicht Norah Mitchell beim Kauf dabei gewesen wäre, würde ich mich vielleicht gar nicht trauen, es ihrer Tochter zu geben.

Als alle Teller leer sind und sogar Liam und Jason, die sich offensichtlich bezüglich des Nachnehmens gegenseitig gebattelt haben, weiteres Essen ablehnen, wird der Tisch abgeräumt und Liam präsentiert ein Brettspiel, das er von Freunden empfohlen bekommen hat und mit uns spielen möchte.

„Sorry, aber Damon und ich müssten uns jetzt entschuldigen." Jenna fasst mich am Unterarm und zieht mich leicht in Richtung Flur, ohne jemandem von uns in die Augen zu sehen.

„Müssen wir das?", frage ich verwirrt, folge ihr aber trotzdem.

„Wir gehen noch mal kurz raus, spazieren", ruft Jenna über ihre Schulter, und ich habe keine andere Wahl, als den anderen entschuldigend zuzuwinken.

Vor der Eingangstür angelangt zieht sie sich ihren Mantel an, ohne eine Erklärung.

„Spazieren?", frage ich vorsichtig. „Stimmt das, oder war das ein Vorwand?"

„Ein Vorwand? Wofür?" Sie bindet sich gerade einen Schal um und sieht sich suchend nach ihren Winterstiefeln um.

„Keine Ahnung. Hätte ja sein können, dass du keine Lust auf noch einen Spieleabend mit mir hast oder so."

Bei meinen Worten hält sie in der Bewegung inne und sieht mich mit zusammengezogenen Augenbrauen an. „Wie bitte? Nein. So schlimm spielst du nun auch wieder nicht." Dieser Satz wiederum lässt mich aufhorchen. Ob ihr die Zweideutigkeit bewusst ist? Immerhin habe ich nicht nur mit ihrer Familie *Mensch ärgere dich nicht* gespielt, sondern spiele hier die ganze Zeit eine Rolle, selbst wenn ich mich kaum noch verstellen muss.

Mittlerweile ist sie schon fertig angezogen und hat den Hausschlüssel in der Hand, während ich noch nicht mal in den Schuhen stehe. „Du solltest vielleicht die Wanderstiefel von heute Morgen anziehen, anstatt deine Businesstreter, wir laufen teilweise querfeldein."

„Querfeld- ... sag mal, hast du mal nach draußen geguckt? Es ist stockdunkel."

„Ich weiß schon, was ich tue", sagt sie entschieden, öffnet die Tür und geht raus.

Hastig beeile ich mich mit dem Schnüren meiner Wanderstiefel, ziehe neben Mantel und Schal noch eine Mütze an und trete ebenfalls auf die Veranda. Es ist eisig kalt.

„Bereit?", ruft Jenna, die bereits auf dem Gehweg vor dem weißen Lattenzaun steht. „Es ist nicht weit."

„Das beantwortet meine erste Frage", setze ich an und steige die Stufen der Veranda herunter. „Hätte ja sein können, dass wir irgendwohin in die Wildnis fahren und du mich dort aussetzt."

Jenna lacht herzlich auf und sieht dabei im Schein der Straßenlaternen ganz anders aus als sonst. „Nein, eher im Gegenteil. Du hast doch gesagt, dass du hier in Flourish Bay keine besonderen Orte kennst, die du gern mal wiedersehen willst. Also dachte ich mir, dass ich dir mal einen meiner Lieblingsorte zeige."

„Du meinst, damit ich auch in Zukunft mit dir hierherkomme und den trauten Familienkreis störe?" Nachdem wir ein paar Grundstücke passiert haben, biegt Jenna nach links in einen schmalen Gang ein, der zwischen zwei Gärten entlangführt. Hier ist der Weg nicht mehr beleuchtet, aber immerhin ist der Boden noch eben.

„Fühlst du dich denn wie ein Störenfried? Bisher hatte ich eigentlich den Eindruck, dass es ganz gut läuft."

„Allmählich wird es besser, ich hatte es mir vor allem mit Lana schlimmer vorgestellt."

„Allerdings." Der Gang wird unwegsamer und wir holen unsere Smartphones hervor, um mit den integrierten Taschenlampen für Licht zu sorgen. „Achtung, da kommen jetzt ein paar Äste, die tief hängen. Danach kann man wieder aufrecht gehen."

Je weiter wir gehen, desto kälter kommt es mir vor. Zu dumm, dass ich keine Handschuhe dabei habe, meine Finger sind schon richtig taub. Aber Lana hat recht, nach ein paar wild wuchernden Ästen wird es wieder so licht, dass die Strahlen des Mondes ihren Weg bis zu uns finden und die vereisten Äste und Gräser wunderschön glitzern lassen. Die Handylichter machen wir wieder aus.

„Also bist du zufrieden damit, wie es läuft?", versuche ich, ein Gespräch in Gang zu bringen. Am liebsten würde ich ihre Hand nehmen, aber hier in der Abgeschiedenheit gibt es keinen Anlass dazu. Wobei ... wäre vielleicht das ein guter Zeitpunkt, um ihr zu sagen, dass ich mehr für sie empfinde?

„Dass meine Eltern dich mögen werden, habe ich erwartet. Jason ist schnell aufgetaut und bei Lana bin ich wirklich selbst überrascht." Sie wirft mir einen Blick zu, den ich nicht deuten kann. „Ich glaube, sie nehmen uns den Beziehungskram wirklich ab."

„Und trotzdem hast du dich dazu entschieden, mit mir allein zu sein, anstatt sie weiter von unseren unschlagbaren Pärchenqualitäten zu überzeugen?"

Eigentlich wollte ich ein Kichern, zumindest aber ein Lächeln mit dieser Frage erzielen, aber Jenna sieht nur nachdenklich geradeaus. „Da vorne ist ein kleiner See."

Angestrengt kneife ich die Augen zusammen. „Ah, ich erinnere mich. Das ist doch dieser Tümpel, an dem in der Highschoolzeit manchmal Mutproben stattgefunden haben. Wer traut sich, von einem höheren Ast ins Wasser zu springen, wer schwimmt einmal quer bis zum anderen Ufer und solche Sachen."

„Tümpel." Empört schüttelt Jenna den Kopf, kann sich jedoch ein Schmunzeln nicht verkneifen. „Hier ist es wunderschön. Und der Abend ist perfekt."

Wenige Schritte später bestätigt der Anblick ihre Worte. Die Wasseroberfläche wirft das Mondlicht malerisch zurück, der Rasen rund um das Ufer sieht fast wie Schnee aus, so weiß gefroren ist er, und die Silhouetten der umstehenden Bäume geben dem Ganzen zusätzlich einen leicht gespenstischen Touch.

„Und? Hab ich zu viel versprochen?" Grinsend geht sie voran und folgt einem kleinen Trampelpfad, der sich offensichtlich um den See windet. Schnell ziehe ich mein Handy hervor und mache ein Foto von ihr. Hoffentlich kann man dieses Bild trotz der Dunkelheit später gut erkennen. „Kommst du? Oder ist dir die kleine Runde schon zu viel, Großstadt-Boy?"

Das lasse ich mir nicht unterstellen, und so schließe ich in wenigen Schritten zu ihr auf. Beiläufig mustere ich ihren mir zugewandten Arm, der ganz tief in der Manteltasche steckt. Hätte sie ihn ganz normal hängen lassen, hätte ich vielleicht einen Versuch gewagt, ihre Hand zu halten.

Mit klopfendem Herzen hebe ich den Kopf. Ich muss ehrlich zu ihr sein, und diese Situation ist tatsächlich die perfekte Gelegenheit. Hier sind wir ungestört, es ist romantisch und wenn es schiefgeht, dann … tja, was dann? Was sollte schon schiefgehen? Das Schlimmste, was passieren kann, ist, dass es für sie nach wie vor nur Fake ist. Und damit werde ich leben müssen. Doch genau genommen gehe ich davon ohnehin schon aus, also was würde sich ändern?

„Ich bin schon lange nicht mehr hier gewesen", bricht Jenna die Stille der Nacht. „Fast habe ich vergessen, wie schön es hier ist. Gerade im Winter, wenn hier kaum jemand ist."

Wie immer fallen mir sofort Sprüche ein, mit denen ich sie aufziehen könnte, aber ich atme die kühle Winterluft ein und nehme alles in mir auf. „Du hast recht, es ist wirklich sehr schön hier. Danke, dass du es mir gezeigt hast."

„Da wir gerade unter uns sind", setzt sie an und wirkt auf einmal nervös, „wann genau wirst du erfahren, ob du Juniorpartner geworden bist oder nicht?"

„Das wird wirklich erst bei der Partnerfeier verkündet. Sobald der genaue Tag feststeht, sage ich dir Bescheid." Bei jedem unserer Schritte knirscht es unter unseren Schuhen, und ich bin tatsächlich froh, dass ich meine Wanderstiefel angezogen habe.

„Genau deswegen frage ich", erwidert Jenna. „Diese Feier ist ja im Prinzip das Enddatum für unsere falsche Beziehung, deswegen wäre es ganz hilfreich, den genauen Tag zu wissen. Damit es absehbar wird."

Absehbar. Mit einem Mal schnürt es mir die Brust zu. Will sie, dass es möglichst bald zu Ende geht? Oder könnte sie sich vielleicht ebenfalls vorstellen, die Beziehung noch zu verlängern, sie real werden zu lassen? Gedankenverloren werde ich langsamer und falle ein Stück zurück.

„Was das angeht, würde ich ohnehin gern mit dir reden." Gerade will ich wieder an ihre Seite eilen, als ich mit dem linken Fuß auf einer kleinen, angefrorenen Pfütze ausrutsche und das Gleichgewicht verliere. Bevor ich es verhindern kann, kippe ich nach vorne über und lande unsanft auf dem Gesicht. Noch dazu rutschen meine Beine die Böschung des Sees hinab, kurz darauf spüre ich nasse Kälte an meinen Füßen.

„Damon!" Entsetzt kommt Jenna auf mich zu „Wie ist das denn passiert?"

„Keine Ahnung." Peinlich berührt drehe ich mich auf den Rücken und ziehe meine Stiefel aus dem See. Immerhin sind nur die Füße nass geworden.

„O Gott, du blutest!"

Kaum hat Jenna das gesagt, spüre ich auch schon ein warmes Rinnsal aus meinem Nasenloch fließen. „Shit!"

„Warte, ich habe ein Taschentuch." Sie kramt etwas in ihrer Manteltasche, und ich will gerade protestieren, als sie den linken Arm neben meinem Kopf am Boden abstützt, um mit ihrer rechten Hand das Blut wegzutupfen. Das allein wäre nicht das Problem, allerdings liegt sie nun halb auf mir und ich spüre die Wärme ihres Körpers. Ich kann nicht anders, als meine Hände an ihre Taille zu legen. Automatisch wandere ich weiter an ihre Hüfte, merke, wie sich meine Atmung beschleunigt, wie mein Herz zu rasen beginnt. Weiß sie denn gar nicht, was sie mit mir macht?

„Geht es?" Ihre Frage bringt mich wieder zur Vernunft, und ich sehe ihr in die Augen.

„Wie? Ähm, ja, es geht schon."

Sie nimmt das Taschentuch von meiner Nase und sieht mich schweigend an. Mit dem Handrücken streicht sie mir sanft über die Wange, mit dem Daumen fährt sie über meine Unterlippe. „Komm, wir gehen zurück." In ihrer Stimme schwingt Sorge mit, und ich lasse mich von ihr auf die Beine ziehen, darauf bedacht, nicht noch einmal die rutschige Pfütze zu erwischen.

„Sorry, echt. Das habe ich mir irgendwie anders vorgestellt." Kurz überlege ich, ob ich ihr doch noch meine Gefühle gestehen soll, aber der Moment ist nicht mehr so perfekt, wie er eben gewesen ist. Toll gemacht, Damon.

19

Jenna

Damon nach dem Vorfall mit dem Baum erneut am Boden zu sehen, versetzt mich regelrecht in Panik. Er ist doch sonst nicht so unbedacht. Abgesehen von der blutenden Nase scheint es ihm gut zu gehen, trotzdem halte ich seinen Arm fest, falls ihm plötzlich schwindelig wird.

„Es tut mir wirklich leid, Jenna. Ich muss nur kurz meine Schuhe wechseln, dann können wir noch mal herkommen."

„Deine Schuhe? Wieso, was ist mit denen?" Prüfend werfe ich einen Blick auf seine Füße.

„Die sind eben kurz ins Wasser getaucht, aber kein Problem, es ist nur ein bisschen kalt."

„Um Himmels willen, Damon. Dann müssen wir mal einen Zahn zulegen. Nicht, dass du noch Erfrierungen bekommst." Besorgt ziehe ich ihn ein wenig zügiger hinter mir her. „Wir sind gleich da, da vorne sieht man schon das Haus."

Obwohl wir viel zu laut durch die Tür poltern, kommt niemand zu uns in den Flur. Allerdings höre ich Stimmen im Wohnzimmer, sie sind also noch am Spielen. Wie ein Teenie, der zu spät nach Hause kommt, ziehe ich Damon so leise wie möglich die nassen Schuhe aus und schleiche mit ihm nach oben.

„Direkt ins Bad", murmele ich. Im Licht des Spiegelschrankes können wir gemeinsam einen genauen Blick auf seine Verletzung werfen.

„Sieht nicht besonders schlimm aus", befindet Damon und betrachtet sich von verschiedenen Seiten. „Hat schon wieder aufgehört zu bluten."

„Zeig mal her." Vorsichtig greife ich nach seinem Kinn. „Du könntest recht haben."

Er macht einen Schritt rückwärts und strauchelt kurz. Sofort bin ich wieder an seiner Seite und stütze ihn.

„Hilfe, du bist ganz eisig." Ohne nachzudenken, trete ich näher an ihn heran und rubbele mit meinen Händen über seine Arme. „Wir müssen dich irgendwie aufwärmen."

In meinem Kopf taucht das Bild einer Methode auf, wie uns beiden sehr schnell ganz heiß werden würde. Obwohl er meine Gedanken nicht lesen kann, sehe ich ertappt zu ihm auf und stelle fest, dass er mich mustert. Unsere Gesichter sind sich ganz nahe, ich kann mich einfach nicht von ihm zurückziehen.

„Ich bin froh, dass dir nichts passiert ist." Meine Aufwärmbewegungen werden langsamer, dafür wandern meine Hände auf seine Brust, fahren den definierten Körper entlang. Sein Herz rast förmlich.

„Vielleicht hätte ich mich noch ein wenig tollpatschiger anstellen sollen, wenn ich dafür so von dir umsorgt werde."

„Kein Problem, ich kümmere mich gern um dich." Wie bitte? Was rede ich denn da? O Gott, dieser Mann verwirrt mich. Ich muss hier raus, sonst kann ich für nichts mehr garantieren.

„Ich nehme einfach eine heiße Dusche", verkündet er. Leider befeuert das meine Gedanken nur noch mehr, und ich mache einen Schritt zurück, damit meine geröteten Wangen mich nicht verraten.

„Gute Idee. Ich warte in meinem Zimmer." Bevor er etwas erwidern kann, bin ich auch schon aus dem Badezimmer geschlüpft und schließe die Tür hinter mir.

Seufzend lasse ich mich auf mein Bett fallen und rolle mich auf den Rücken. Mein Vorhaben mit dem romantischen Spaziergang am See ist gehörig schiefgegangen. In einer Mischung aus schlechtem Gewissen, falls er mir heute in der Mall tatsächlich ein Weihnachtsgeschenk gekauft hat, und Mitleid, weil er anscheinend so gut wie keine positiven Erinnerungen an Flourish Bay hat, habe ich mir etwas überlegt. Diese kleine Runde sollte ihn einfach mal von all dem Stress der Kanzlei und dem Erfolgsdruck ablenken. Im Optimalfall hätte er gleich einen persönlichen Lieblingsplatz für weitere Besuche in unserer Heimatstadt gehabt und es hätte ihm vielleicht einen Anlass dazu gegeben, auch ohne mich hin und wieder zurückzukehren. Aber schon wieder endet er verletzt auf dem Boden.

Angestrengt lausche ich darauf, ob das Wasser noch läuft.

Na toll, jetzt stelle ich ihn mir auch noch nackt in der Dusche meiner Eltern vor. In seinen Hemden sieht er immer sehr dünn aus, aber heute Vormittag bei der Begutachtung seiner Blessuren ist mir aufgefallen, dass er gut trainiert ist. Unwillkürlich rufe ich mir seine Brustmuskulatur ins Gedächtnis, dazu sein leichtes Sixpack.

Bevor er gestürzt ist, hat er mir irgendetwas sagen wollen. War es etwas Wichtiges? Etwas, das uns betrifft? Oder nur meinen Fall?

Ich muss eine ganze Weile so liegen und vor mich hinträumen, denn irgendwann höre ich Schritte und ein zaghaftes Klopfen.

„Ja?"

Damon streckt den Kopf durch den Türspalt. „Sorry, ich habe meine Klamotten hier." Er tritt ein, nur ein Handtuch um die Hüften geschlungen, und ich starre ihm unverhohlen hinterher. Bei genauerer Betrachtung wirkt er fast wie ein Unterwäschemodel, zumindest aber stelle ich Vergleiche zu Joshs Feuerwehrkollegen auf den Werbeplakaten her, die Lana vor ein paar Monaten hat machen lassen.

Er geht zu seiner Sporttasche, bückt sich und kramt nach frischen Klamotten. Oh, wenn jetzt doch nur das Handtuch verrutschen würde. Mit einem unterdrückten Quietschen drücke ich mir die Hände vor das Gesicht. Hilfe, Jenna – was ist nur los mit dir? Die Zeit, in der er duschen gewesen ist, hätte ich eigentlich nutzen sollen, um an etwas anderes zu denken. Stattdessen habe ich mich selbst ganz wuschig gemacht, und das nur bei dem Gedanken an ihn.

„Wie bitte?" Damon richtet sich auf und dreht sich zu mir um.

Ruckartig stehe ich auf. „Äh ... ich habe nichts gesagt."

„Ach so. Ich dachte, ich hätte ein Geräusch gehört."

„Wie geht es deiner Nase jetzt nach dem Duschen?", frage ich, wieder besorgt, und gehe zu ihm. „Nicht, dass es durch das heiße Wasser wieder blutet."

„Nein, alles in Ordnung." Damons Brustkorb hebt und senkt sich schnell, sein Blick zuckt zu meinen Lippen.

„Du wolltest mir vorhin etwas sagen. Hatte es noch etwas mit dem Ende unserer vermeintlichen Beziehung zu tun?" Meine Stimme ist kaum lauter als ein Flüstern. Er steht vor mir, praktisch nackt, und ich kann mich einfach nicht von ihm entfernen. Langsam strecke ich die Hand aus, er hält sie sanft auf, bevor ich ihn berühre.

„Jenna, ich ... kann noch nicht über das Ende nachdenken. Es ist ein wenig verwirrend, dass –"

„Es muss nicht verwirrend sein", unterbreche ich ihn. „Wir sind beide erwachsen, wir wissen, worauf wir uns einlassen."

Sein Mund öffnet sich, und er möchte etwas sagen, doch ich überbrücke die verbliebene Distanz zwischen uns und küsse ihn. Er nimmt die Einladung sofort an, schlingt einen Arm um meine Schultern, den anderen um meine Hüfte. Im Gegensatz zu der Situation neulich im Club werden wir dieses Mal gleich leidenschaftlicher und meine Atmung beschleunigt sich. Die Schmetterlinge in meinem Bauch flattern aufgeregt.

Als ich bereits merke, wie feucht ich werde, löst Damon sich von mir und dreht mich so um, dass er mich von hinten umarmen kann. Seine harte Brust drückt sich an meinen Rücken, die rechte Hand bahnt sich einen Weg unter mein Top. Schwer atmend verteilt er

Küsse auf meinem Hals, während er mit der linken Hand langsam zu meinem Hosenbund wandert und mich vor Erregung erzittern lässt.

„Eigentlich würde ich mir gern Zeit mit dir lassen", raunt er zwischen zwei Küssen, „aber ich befürchte, das wird nichts."

Tatsächlich spüre ich schon seine Härte an meinem Po, er ist definitiv bereit. Mein Puls rast, und ich vergesse für einen Moment vollkommen, dass wir hier mitten in meinem Kinderzimmer stehen, der Rest meiner Familie nur ein Stockwerk von uns entfernt.

„Aber was ist mit Verhütung? Ich habe an nichts gedacht, weil ich nicht damit gerechnet habe, dass wir uns in ... nun ja, in diese Richtung entwickeln."

„Ich habe was dabei." Er lässt von mir ab und mir ist sofort kalt. Kurz muss ich an seine Andeutung von damals denken, dass er viele Sexualpartnerinnen hat, doch ich schiebe den Gedanken beiseite. Es ist nichts gegen ein wenig Spaß auszusetzen. Hinter mir höre ich es knistern und meine Knie werden weich. Genau so lange, wie ich nicht mehr geknutscht habe, hatte ich auch keinen Sex mehr, eine gefühlte Ewigkeit. Zu wissen, dass es gleich so weit sein wird, ich ihn gleich in mir spüren werde, macht mich nervös, doch lässt mich zeitgleich vor lauter Vorfreude zittern. Noch vor Kurzem hätte ich nie damit gerechnet, dass ich mit Damon so intim werden würde, geschweige denn, dass ich es wollen würde.

Als Damon wieder hinter mich tritt, atmet er noch schwerer als zuvor.

„Alles okay?", frage ich, als er erneut beginnt, meinen Hals zu küssen.

„Ja", versichert er mir. „Es ist nur … Ich freue mich schon so lange hierauf."

Er hat schon länger hierauf gewartet? Auf Sex mit mir? Bevor ich genauer darüber nachdenken kann, was das genau bedeutet, schiebt er seine Hand zwischen meine Haut und den Bund meiner Hose. Immer weiter wandert er, bis er spürt, wie feucht ich schon bin. Unweigerlich entweicht mir ein leises Stöhnen.

„Du willst es auch", knurrt er erregt.

Vor lauter Aufregung kann ich nicht heraushören, ob es eine Frage oder eine Feststellung ist, aber auch ich taste nun nach hinten, zwischen unsere Körper. Das Handtuch um seine Hüften ist weg, als ich ihn berühre, entfährt ihm ein leises Stöhnen. O Gott, er will mich tatsächlich.

„Darf ich dich ausziehen?"

„Ja", hauche ich und helfe ihm dabei, indem ich meinen Pullover ausziehe, danach das T-Shirt darunter und den BH. Währenddessen öffnet er Knopf und Reißverschluss meiner Jeans und lässt sie an meinen Beinen hinabrutschen. Begleitet von kleinen Küssen an der Seite meines Bauchs entlang, schiebt er auch meinen Slip nach unten.

„Wir müssen uns beeilen", flüstere ich. „Ich weiß nicht, wie lange die anderen noch spielen."

„Na und?" Er richtet sich auf, seine Hände verlassen dabei für keine Sekunde meinen Körper. „Sie werden ja wohl nicht einfach hier reinmarschieren."

„Aber vielleicht könnten sie uns hören."

Mit einem Kuss bringt er mich innerlich zum Beben. „Dann werde ich dich ganz leise kommen lassen." Bestimmt, aber sanft dreht er mich zu sich um und drückt mich nach unten, bis ich mich rücklings auf das Gestell seines provisorischen Betts gleiten lasse. Ohne Umschweife küsst er meinen Hals, wandert über mein Schlüsselbein bis hin zu meinen Brüsten und verschafft mir damit eine angenehme Gänsehaut.

„Du bist so schön", raunt er. Sein heißer Atem kitzelt, gleichzeitig zittere ich, vor lauter Vorfreude darauf, was er als Nächstes mit mir machen wird. Mit dem Mund kümmert er sich um meine rechte Brust, liebkost sie, während seine Hand meinen Bauch hinab bis zu meinen Beinen wandert.

„Damon", hauche ich und kralle mich in seine Schulter. Quälend langsam schiebt er einen Finger in mich, lässt mich aufstöhnen. Mit dem Daumen kreist er zusätzlich um meinen Kitzler und sorgt dafür, dass ich mich hilflos, wenn auch sehnsüchtig, unter ihm räkele.

„Du bist so verdammt bereit."

Schon allein beim Klang seiner rauen Stimme läuft mir ein wohliger Schauer über den ganzen Körper. Er gleitet mit seiner Erektion an mir entlang, und ich kann es kaum erwarten, ihn in mir zu spüren. „Worauf wartest du noch?"

„Bist du dir sicher?", raunt er an meinem Ohr. Mit einer Hand streicht er über mein Bein und winkelt es leicht an, mit der anderen hat er meine Brust umfasst. Sein warmer Atem an meinem Nacken gibt mir das Gefühl von Geborgenheit, und wieder einmal ist er für mich der Anker, der mir Halt gibt. Halt in dieser Flut der Gefühle, die ich selbst nicht wirklich verstehe.

„Ganz sicher."

Endlich dringt er in mich ein. Bei dem Gefühl schnappe ich nach Luft, und auch er verharrt für einen Augenblick. „Fuck, Jenna."

Als hätte ich es geahnt, höre ich in diesem Moment Schritte auf der Treppe, und wir erstarren. Als es wieder leise wird, muss ich kichern.

„Fast, als wären wir Teenies", brummt Damon und beginnt, sich in mir zu bewegen. Die langsamen Stöße sind fast schon eine Qual, ich will mehr! Gerade setze ich dazu an, zu intervenieren, als er seine Hand an meine Klitoris legt und mich zusätzlich befriedigt. Leidenschaftlich bedeckt er meinen Hals mit Küssen, während er sich mit der anderen Hand neben mir abstützt.

Einen Vorteil hat seine wenig enthaltsame Lebensweise: Er weiß definitiv, was er tun muss, um mich zum Höhepunkt zu bringen. Mit gezielten Bewegungen treibt er mich ihm entgegen, bis ich nicht mehr stillhalten kann. Noch dazu seine Bewegungen in mir, und ich kann nicht mehr klar denken. Hilflos richte ich mich auf und wölbe meinen Rücken ins Hohlkreuz.

„Damon, ich bin gleich so weit."

„Das ist gut." Ich kann das Lächeln auf seinen Lippen regelrecht hören. „Langsam kann ich mich nämlich nicht mehr zurückhalten."

Als mich der Orgasmus überrollt, drücke ich meine Schenkel gegen Damons Hüfte. Um nicht zu schreien, presse ich den Mund gegen meinen Oberarm und genieße das wohlige Pulsieren.

Damon stößt nur noch ein paar Mal zu, bevor sich sein ganzer Körper verkrampft und er mit unterdrücktem Keuchen ebenfalls kommt. Nach ein paar Sekunden lässt er locker, beugt sich jedoch noch einmal zu meinem Ohr, bevor er sich aus mir zieht.

„Keine Sorge, wenn wir zu Hause sind, kannst du so laut schreien, wie du willst."

Damon

Noch in der Dusche habe ich nicht damit gerechnet, dass wir so weit gehen werden. Aber nachdem ich Blut geleckt habe, kann ich mich einfach nicht zurückhalten. Auch Jenna scheint nicht schlafen zu wollen, denn wir verbringen noch die halbe Nacht damit, uns gegenseitig zu erkunden, zu verwöhnen und kommen zu lassen. Es ist unwirklich, und ich kann nicht einschätzen, wie es ab morgen zwischen uns sein wird, aber spätestens als sie mich zu dem intensivsten Orgasmus reitet, an den ich mich erinnere, kann ich mir nicht mehr vorstellen, sie nur noch als meine Fake-Freundin zu haben. Ich möchte sie voll und ganz für mich. Jetzt muss ich nur noch herausfinden, ob es ihr genauso geht.

„Bescherung!", ruft Liams Stimme durch das Haus und weckt uns viel zu früh auf. Trotzdem bin ich sofort hellwach. Jennas verschlafener Ausdruck ist so niedlich, und ich wünsche mir, dass wir von nun an jeden Tag gemeinsam aufwachen.

„Guten Morgen", flüstere ich und drücke ihr einen Kuss auf die Stirn.

„Hi", haucht sie zurück und schmiegt sich an mich. Da sie komplett nackt ist, reagiert mein Körper sofort mit einer beachtlichen Erektion. Schrill quietscht Jenna auf und reißt die Augen auf. „Jetzt geht es nicht, wir müssen runtergehen."

Wie sie mich ansieht, beruhigt mich. Obwohl ich sie extra gefragt habe, bin ich mir nicht sicher gewesen, ob es nicht ein Fehler ist, mit ihr zu schlafen. Aber wenn sie etwas bereuen würde, sähe sie jetzt nicht so zufrieden aus, oder? Ihr Blick sagt zwar eindeutig *jetzt nicht*, aber gleichzeitig auch *später wieder*.

„Habe ich befürchtet", entgegne ich mit übertriebener Enttäuschung. „Aber Bescherung ist immerhin ein akzeptabler Grund." In gemütlichem Tempo ziehen wir uns an, und ich achte darauf, dass das Geschenk, das ich für sie gekauft habe, ein unauffälliges Versteck unter meinem Pullover findet. Hand in Hand gehen wir die Treppe hinunter. In der Rechten trägt sie eine große Papiertüte mit Paketen.

„Merry Christmas!", schallt es uns entgegen, als wir das Wohnzimmer betreten. Jennas Eltern und Geschwister inklusive Josh sind bereits da, aber noch hat niemand mit dem Auspacken der Geschenke begonnen.

„Schön, dann können wir starten. Kekse?" Norah hält uns einen Servierteller mit Plätzchen entgegen, und wir nehmen brav jeweils einen. Dann quetschen wir uns auf den letzten verbleibenden Platz, einen Sessel, wobei ich Jenna mehr auf den Schoß nehme, als dass sie wirklich neben mir sitzt. Aber auf diese Weise ist es viel besser. Ich möchte sie nie wieder loslassen.

Jeff Mitchell räuspert sich. „Da Josh bereits seit seiner Jugend oft bei uns Weihnachten verbracht hat, nur für dich als Erklärung, Damon: Bei uns ist es mittlerweile Tradition, dass wir Lose ziehen. Darauf stehen Namen und diese Person darf dann als Erste ihre Geschenke an die anderen verteilen. Dann das nächste Los und so weiter.“

„Aber Dad, ihr habt doch nicht etwa Damons Namen mit in die Losbox geworfen?“, fragt Jenna. „Er kennt euch doch noch gar nicht so lange, da muss er euch doch nichts schenken.“

„Ist schon in Ordnung“, springe ich ihrem Vater bei. „Vielleicht habe ich ja trotzdem was zu verschenken.“ Norah wirft mir einen bedeutungsschweren Blick zu, während Jenna mich wortlos anstarrt.

„Los, wer ist der Erste?“ Ungeduldig klopft sich Liam auf die Oberschenkel.

„Also, mal sehen.“ Theatralisch wühlt Jeff in der Schüssel und zieht schließlich einen der klein zusammengefalteten Zettel heraus. Mit verschwörerischer Miene glättet er das Papier und liest dann deutlich vor: „Zuerst darf verteilen ... Norah.“

Begeistert springt Jennas Mum auf und eilt zu dem Baum, unter dem alle ihre Geschenke abgelegt haben. Alle, abgesehen von mir.

„Hier haben wir ein Geschenk für Liam, eines für Jason, eines für Lana und natürlich auch für dich Josh.“ Nacheinander händigt sie die Präsente aus und bleibt dann vor uns stehen. „Jenna, hier ist deines. Und für dich habe ich nur eine Kleinigkeit, Damon. Von Jeff und mir gemeinsam. Beim nächsten Mal, wenn ich besser weiß, was du magst, habe ich bestimmt eine bessere

Idee." Sie überreicht mir einen kleinen Umschlag, bevor sie sich lächelnd abwendet, ein kleines Päckchen unter dem Baum hervorholt und auf ihren Mann zusteuert.

Mit einem mulmigen Gefühl öffne ich den Umschlag. Es ist ein handgeschriebener Gutschein für ein Ligaspiel von Jasons Mannschaft, mit Jenna und ihren Eltern. Und das nennt sie eine Kleinigkeit?

„Was hast du bekommen?", fragt Jenna und reckt den Hals, um die Schrift auf der Karte zu erkennen.

„Wir besuchen gemeinsam mit deinen Eltern ein Footballspiel deines Bruders. Und du?"

Ihr Blick flackert kurz seltsam auf, dann zeigt sie mir den Inhalt ihres Päckchens. „Spezielle Ausstechförmchen. Ich hatte keine Ahnung, dass Mum sich noch daran erinnert, ich habe es nur ein Mal in ihrer Gegenwart erwähnt."

„Als Nächstes ist Lana an der Reihe", verkündet Jennas Dad und hält uns zum Beweis den Zettel mit dem entsprechenden Namen hin.

Lana hat erwartungsgemäß kein Geschenk für mich, aber das ist vollkommen in Ordnung. Ich bin nicht hier, um Geschenke abzustauben.

Jeff zieht einen weiteren Namen „Damon. Aber wie Jenna schon gesagt hat, musst du dich nicht gezwungen fühlen, etwas zu verschenken. Wir wollten dich nur nicht außen vor lassen."

„Damon und ich haben ausgemacht, dass wir uns nichts schenken", platzt es aus Jenna heraus. „Also zieh ruhig den nächsten Zettel, Dad."

„Ehrlich gesagt", setze ich an und lehne mich nach vorne, bis ich unter meinem Pullover das flache Päckchen hervorholen kann, „hat mich da doch tatsächlich etwas beim Sitzen gestört." Ich halte Jenna die kleine Schachtel entgegen. „Merry Christmas."

Leider reagiert sie nicht so, wie ich es mir erhofft habe. Sie wird bleich und starrt das Geschenk an, ohne es entgegenzunehmen. Die anderen um uns herum fahren mit dem Bescherungsprozedere fort, lassen uns unseren privaten Moment, und so sind wir mehr oder weniger ungestört. Nach ein paar Sekunden, die sich für mich viel zu lange ziehen, sieht sie mir schließlich in die Augen und seufzt.

„Um ehrlich zu sein, habe ich nicht erwartet, dass du ein Geschenk für mich hast", flüstert sie. „Erst als du unbedingt mit Mum shoppen gehen wolltest, bin ich misstrauisch geworden. Der Spaziergang gestern sollte eine Art Entschädigung sein, also wie ein Geschenkersatz." Sie deutet auf meine Nase. „Aber das ist ja gründlich schiefgegangen."

Ihr schlechtes Gewissen ist irgendwie rührend. „Das ist doch kein Problem. Und es war sehr schön gestern." Ich beuge mich zu ihr vor, bis ich fast ihr Ohr berühre. „Und erst recht die Nacht danach."

Sie wird rot und nimmt endlich die Schachtel aus meiner Hand. „Danke, das wäre echt nicht nötig gewesen." Während sie die dezente Schleife löst, den Deckel öffnet und das Mini-Kissen, das als Puffer dient, herausnimmt, streiche ich ihr sanft über den Rücken. Wird es ihr gefallen?

„Na, hatte ich doch recht?" Lana kommt auf ihre Schwester zu und kniet sich neben den Sessel. „Männer halten sich nie an dieses ‚wir schenken uns nichts‘-Vorhaben.“ Dann drückt sie sich näher an Jennas Schulter. „Was ist es denn?“

„Ein Armband.“ Sie klingt fast schon ehrfürchtig, als sie das silberne Schmuckstück aus der Packung nimmt und in die Höhe hält.

„Genau genommen kannst du es auch als Fußkettchen nehmen oder zu einer Halskette erweitern“, erkläre ich und zeige ihr die separate Kette, die noch eine Lage darunter platziert ist. „Ich dachte mir, dass dich ein Armband vielleicht bei deiner Arbeit stören könnte, sich im Teig verfängt oder so was. Deswegen die Multifunktionalität.“

„Sind das etwa kleine Macarons als Anhänger?“, ruft Lana begeistert. „Wie niedlich ist das denn?“ Sie steht auf und macht Anstalten, zu Josh zurückzugehen. „Gut gemacht, Tanner.“

Jenna sagt gar nichts, sondern betrachtet den Schmuck. Dann lässt sie ihn wieder in die Schachtel sinken und wirft sich in meine Arme. Hungrig suche ich nach ihrem Mund und küsse sie, als hätte ich nicht die halbe Nacht damit verbracht, alles von ihr zu kosten.

„Vielen Dank“, flüstert sie, als sie sich von mir löst. „Die Kette ist wirklich wunderschön.“

Du bist wunderschön, würde ich am liebsten antworten, aber sogar ich merke, dass das ein wenig zu dick aufgetragen wäre, direkt neben ihrer Familie, harmonisch am Weihnachtsbaum sitzend. Okay, wir haben miteinander geschlafen, aber was bedeutet das schon? Ich könnte noch einen Versuch wagen, ihr meine Gefühle zu gestehen, aber die Situation fühlt sich nicht richtig an. Es sind zu viele Leute im Raum, und sie einfach wieder in ihr Zimmer zu ziehen, ist auch keine Option.

Es wird sich schon erneut eine Gelegenheit bieten, das hoffe ich sehr. Und dann muss ich endlich herausfinden, wie sie über uns denkt.

20

Jenna

Der Abschied von Flourish Bay fällt mir schwer. Obwohl ich mir zuvor viele Gedanken gemacht habe, wie es laufen wird, ist es ein wunderschönes Weihnachtsfest gewesen. Sowohl meine Eltern als auch meine Geschwister haben uns die Sache mit der Beziehung abgenommen. Abgesehen von Jasons anfänglichem Misstrauen sind nicht einmal mehr Fragen über unser gemeinsames Leben aufgekommen.

Allerdings bin ich selbst sehr ins Grübeln geraten. Ich bin mir nicht mehr sicher, was ich über Damon denken soll, seit er sich wie der perfekte Schwiegersohn verhält. Spätestens nach unserer gemeinsamen Nacht herrscht bei mir totales Gefühlschaos. Obwohl ich ihn nun besser kenne, kann ich nicht einschätzen, ob es für ihn ein normaler One-Night-Stand, es vielleicht sogar die ganze Zeit sein Ziel gewesen ist, oder ob ihm doch mehr an mir liegt.

Auf der Fahrt zurück nach New York spiele ich gedankenverloren an der Kette, die er mir geschenkt hat. Er hat recht, beim Teigkneten wird sie vermutlich hinderlich sein, deswegen habe ich die Gelegenheit meines freien Tags genutzt und sie wenigstens heute als Armkettchen angezogen.

Vor der Auszeit haben wir nicht ausreichend miteinander gesprochen, weil wir uns nichts zu sagen gehabt haben. Und jetzt reden wir auch nicht miteinander, weil wir ständig übereinander herfallen. Im Auto geht das zwar nicht, aber selbst hier herrscht Schweigen. Wir beide hängen unseren eigenen Gedanken nach.

„Hat sich schon jemand von der Kanzlei bei dir gemeldet, wegen des Caterings?" Er wirft mir einen Seitenblick zu, konzentriert sich aber sofort wieder auf die Straße. Schneller als gedacht schlängeln wir uns bereits durch den Verkehr nach New York rein. „Wenn ich es richtig verstanden habe, wollten sie doch ein paar Snacks für die Silvesterparty bei dir bestellen."

„Das haben sie bereits getan, ziemlich zeitig nach dem Brunch sogar. Es wird auf der Feier neben Cupcakes auch meine Macarons geben." Verträumt drehe ich erneut den silbernen Anhänger meiner Kette in der Hand. „Wäre super, wenn deinen Kollegen und vor allem den Chefs mein Essen schmeckt, dann könnte daraus wirklich was Großes werden."

„Vor allem, wenn die Konkurrenz gegenüber auch noch weg ist. Es wird alles gut, du wirst sehen." Seine rechte Hand löst sich vom Lenkrad und legt sich auf meinen Oberschenkel. Erst bin ich überrascht, dann lege ich beide Hände um seine und er drückt sie sanft.

„Es war schön mit deiner Familie. Generell war es mal eine nette Abwechslung, Weihnachten nicht allein zu feiern."

Unweigerlich wandern meine Gedanken in die Zukunft und sehen uns fortan bei vielen weiteren Familienfesten nebeneinandersitzen. Aber das wird nicht passieren. Wir sind nur zum Schein zusammen, im Januar wird alles vorbei sein. Warum also macht es mich traurig, wenn ich an meinen nächsten Besuch in Flourish Bay denke? Ich werde vermutlich ohne ihn dort sein und meiner Familie erklären müssen, dass es zwischen uns nicht gepasst hat. Oder muss es vielleicht gar nicht so laufen? Haben wir auch in Wirklichkeit eine Chance als Paar?

Ich hebe den Blick und ziehe verwirrt die Brauen zusammen. „Hey, warum fährst du direkt nach Hause? Wir müssen doch noch das Auto wegbringen."

„Das mache ich später. Ich muss noch ... was erledigen, deswegen setze ich dich schon mal bei der Wohnung ab."

Sofort brodelt es in mir. Er muss was erledigen? Das sagt er immer, wenn er weggeht, ohne zu erwähnen, wohin. Hat er denn nach wie vor das Bedürfnis, sich mit anderen Frauen zu treffen, nachdem wir miteinander geschlafen haben? Oder warum macht er so ein Geheimnis darum?

„Ist das jetzt dein Ernst?", frage ich aggressiver als nötig. „Du sagst mir noch immer nicht, wo du hingehst?"

„Jenna, bitte." Er stöhnt auf, legt den Kopf dabei schief, offenbar schon auf der Suche nach einem freien Platz, an dem er mich aussteigen lassen kann.

„Was, bitte? Dir kann es ja auch egal sein, du wirst ja nicht im Dunkeln gelassen. Du hast bekommen, was du willst, jetzt kannst du dich wieder zurückziehen.“

Viel zu ruckartig lenkt Damon den Wagen in eine Lücke am Straßenrand und tritt auf die Bremse. „Ich ziehe mich zurück? Wer hat denn hier bitte eine Damon-freie Zone errichtet? Und das auch noch in meiner eigenen Wohnung.“

„Es ist mir einfach nicht verständlich, wie du deine eigene Mission so gefährden kannst. Wir sind gerade so überzeugend wie nie, nicht einmal meine dich hassende Schwester hat uns enttarnt. Und du kannst es nach der letzten Nacht noch immer nicht lassen, dich zum Ficken mit anderen Frauen zu treffen?“

Erschrocken klappt Damon der Mund auf und er zuckt zurück. „Zum ... Ich gehe nicht zum Vögeln weg. Für was für ein Ekel hältst du mich?“

Irritiert blinzele ich. „Aber ... was tust du denn sonst so Geheimnisvolles?“

Damon ringt sichtlich mit sich. Er rauft sich mit einer Hand die Haare, seufzt und sieht aus dem Fenster. Dann nickt er entschlossen und schlägt das Lenkrad voll ein. „Na gut, ich zeige es dir.“

Schweigend verbringen wir die nächste halbe Stunde, die er dazu braucht, sich weiter durch den Rushhour-Verkehr der Stadt zu quälen. Am liebsten würde ich ihn berühren, ihm meine Hand auf den Arm legen, ihm einen Kuss geben, irgendetwas, um ihm zu zeigen, dass es mir leidtut, dass ich ihm Unrecht getan habe. Aber ich traue mich nicht.

Als wir schließlich auf einen Parkplatz neben einem alten, aber hübschen Gebäude fahren, sehe ich mich neugierig um. ,*Seniorenresidenz*' steht auf einem Schild, und ich bekomme langsam eine Ahnung, worum es hier eigentlich geht. Noch immer schweigend steigt er aus und schlägt die Autotür zu. Zögernd verlasse auch ich das Auto und beobachte ihn, wie er ernst auf das Gebäude starrt.

„Ich hatte nie so eine Vorbildfamilie, wie ihr es seid. Bei uns gab es ständig Streit, knallende Türen, und kurz bevor mein Vater uns verließ, wurde ich von ihm sogar geschlagen. Meine Mutter konnte froh sein, dass sie ihn los war, stattdessen hat sie sich im Alkohol ertränkt – und meine Jugend gleich mit."

Betreten folge ich seinem Blick. Zwar habe ich die ganze Zeit schon mehr über seine Familie erfahren wollen, aber jetzt, da er endlich darüber spricht, habe ich das Gefühl, als würde ich ihm unnötig Schmerz zufügen, als würde er sich meinetwegen diese grausamen Erinnerungen ins Gedächtnis rufen. „Soll das bedeuten, deine Mutter wohnt hier in diesem Heim?"

„Nicht meine Mutter, sondern meine Grandma Gertie." Mit festen Schritten geht er auf das Gebäude zu, und ich halte mit ihm mit. „Sie ist immer für mich da gewesen, hat aber leider zu weit weg gewohnt. Seit ich in New York bin, kümmere ich mich um sie. Vor einem Jahr wurde bei ihr Demenz diagnostiziert, es ist jetzt zu gefährlich, sie allein wohnen zu lassen."

Als wir an der Eingangstür angelangen, hält er sie mir auf und wartet, bis ich in das Foyer vorgegangen bin. Ehrlich gesagt habe ich keine Ahnung, was ich ihm sagen soll, vor allem nicht nach meiner schlimmen Unterstellung. Also bleibe ich lieber stumm.

„Meistens erkennt sie mich nicht, aber ich versuche, sie so oft wie möglich zu besuchen. Manchmal, wenn sie mich zuordnen kann, bleibe ich länger, im Normalfall schaue ich aber nur, ob alles in Ordnung ist. Auf jeden Fall ist es wie eine Art Glücksspiel, und ich weiß nie, wie sehr mich diese Besuche mitnehmen oder wie viel Zeit sie in Anspruch nehmen, deswegen rede ich nicht darüber."

„Du stellst dir dafür Terminerinnerungen im Kalender ein?"

„Genau. Vor allem unter der Woche habe ich so viel um die Ohren, da schaffe ich es nicht. Jetzt an Weihnachten habe ich ihr sogar ein kleines Geschenk mitgebracht. Ich hoffe, sie ist heute gut drauf und nimmt es an." Wir sind an einer offenen Tür innerhalb eines spärlich beleuchteten Flurs angekommen. Fragend dreht er sich zu mir um. „Möchtest du sie kennenlernen?"

„Sehr gern."

„Dann komm." Er geht voran, klopft an den Türrahmen und tritt vorsichtig ein. „Granny? Besuch."

In dem Raum sitzt eine Frau mit weißer Dauerwelle in einem Ohrensessel, über ihren Beinen liegt eine hübsche Häkeldecke. Das Zimmer ist für ein Pflegeheim sehr wohnlich eingerichtet, zudem stehen überall kleine Porzellanfiguren als Deko.

Damons Grandma hebt den Blick und sieht ängstlich zwischen uns hin und her. „Hallo? Wer sind Sie?"

„Ich bin es, Grandma, Damon, dein Enkel." Langsam tritt er neben sie, und es ist traurig, mitanzusehen, wie die alte Frau ihn einfach nicht erkennt. Immer wieder huscht ihr Blick über sein Gesicht, aber es tritt keine Erkenntnis in ihre Miene. Dann richtet sie ihre Aufmerksamkeit auf mich.

„Und wer sind Sie? Sind Sie auch mit mir verwandt?"

„Oh, nein, Ma'am", antworte ich und wage einen Schritt in den Raum hinein. „Mein Name ist Jenna, ich bin die Freundin Ihres Enkels Damon."

„Mein Enkel", murmelt sie und mustert ihn erneut. „Ich habe einen Enkel?"

„Ja, Granny. Und sieh mal, ich habe dir etwas mitgebracht. Heute ist Weihnachten, deswegen … Merry Christmas!" Er holt eine durchsichtige Tüte mit Plätzchen aus seiner Manteltasche, die mir sehr bekannt vorkommt. Weihnachtsgebäck aus dem Café Mitchell. Er muss sie gekauft haben, bevor wir nach Flourish Bay gefahren sind. „Ein kleines Geschenk für dich. Und ob du es glaubst oder nicht, Jenna hat diese Plätzchen selbst gemacht. Sie ist so gut, dass sie sogar ein eigenes Café hat. Hier in New York."

Staunend nimmt Granny die Tüte entgegen. „Weihnachten? Heute?" Eine Weile studiert sie die Plätzchen, dann erhellt sich ihr Gesichtsausdruck. „Weihnachten, wie schön. Und ich bekomme Besuch von meinem Enkel und seiner Freundin." Jetzt strahlt sie uns an, als hätte sie nie angezweifelt, uns zu kennen. „Damon, setz dich doch und stell mir deine Jenna genauer vor."

Sichtlich erleichtert winkt mich Damon zu sich, und wir ziehen uns Stühle an den Sessel heran. Man merkt seiner Grandma die Gedächtnislücken deutlich an, aber heute scheint ein guter Tag zu sein. Fast eine Stunde sitzen wir zusammen, und Gertie und ich lernen uns kennen, während Damon uns zufrieden beobachtet und nur hin und wieder eine Frage oder eine Ergänzung einstreut.

„Und du hast wirklich ein eigenes Café, mein Kind?" Begeistert beugt sich Damons Granny zu mir vor, während Damon nach einer umgefallenen Porzellanfigur auf einem Sideboard schaut. „Könnt ihr mir das nächste Mal noch mehr Gebäck mitbringen?"

„Na klar, ich bringe dir morgen noch viel mehr mit", ruft er begeistert.

„Und ich kann gern wieder mitkommen, wenn es für Sie in Ordnung ist."

Die alte Frau nickt abwesend und lässt den Blick durch ihr Zimmer schweifen. Für einen Moment scheint sie ins Leere zu starren, bevor sie blinzelt. „Entschuldigung – was machen Sie denn da?"

Alarmiert dreht Damon sich um. „Granny?"

„Wer sind Sie? Und warum sind Sie in meiner Wohnung?"

Nein, bitte nicht jetzt! Es ist gerade so harmonisch. Doch an Grannys ängstlichem Ausdruck kann ich erkennen, dass die Stimmung kippt, ihre Erinnerungen an mich und an das nette Gespräch eben mit Jenna schwinden.

Beschwichtigend hebe ich die Hände. „Es ist alles in Ordnung, Ma'am, ich hole schnell einen Pfleger." Ich kann den panischen Blick meiner Großmutter nicht ignorieren, und es bricht mir wie jedes Mal das Herz, dass ich sie nicht einfach in den Arm nehmen und warten kann, bis sie mich wieder erkennt. Mittlerweile kenne ich diese Krankheit schon zur Genüge, das würde alles nur schlimmer machen.

Jenna hingegen hat so eine Situation vermutlich noch nie erlebt. Zögernd steht sie von ihrem Stuhl auf und nimmt ihren Mantel. „Tschüss, bis zum nächsten Mal", sagt sie noch, doch ich greife im Vorbeigehen nach ihrer Hand und ziehe sie mit mir aus dem Zimmer. Krampfhaft versuche ich, die Tränen zurückzuhalten. Wir hatten ein paar friedliche Minuten Weihnachten mit ihr, ich sollte dankbar dafür sein. Wie immer nach so einem Umschwung gehe ich im Schwesternzimmer vorbei und sage Bescheid, dass sie nach Granny schauen sollen. Es wird schon gut werden, das nächste Mal wage ich einen neuen Versuch.

Als wir das Pflegeheim verlassen, tobt trotzdem ein Sturm in mir. Was habe ich mir nur dabei gedacht, Jenna mit hierherzunehmen? Dieser Ort ist für mich so wichtig, und doch ist die Beziehung zu Granny so unfassbar instabil. Noch dazu kann es eine Belastung sein, wenn man noch nie einen Menschen mit Demenz erlebt hat.

„Tut mir leid, falls dich das da drinnen schockiert hat. Ich hätte dich nicht mitnehmen sollen."

Ich stürme voran, direkt auf mein Auto zu, Jenna eilt mir hinterher. „Doch, es macht mir nichts aus, wirklich. Danke, dass du es mir anvertraut hast."

„Anvertraut." Trocken lache ich auf. „Meinen zerrütteten Scherbenhaufen einer Familie. Tolles Weihnachtsfest! Ich hätte dir einfach deine Erinnerungen lassen sollen, die von einem riesigen, selbst gefällten Baum, Schlittschuhlaufen, Spazieren am See und Geschenkeverteilen mit der Familie." An meinem Auto angelangt drehe ich mich um und deute auf die Seniorenresidenz. „Aber ich habe es verdient. Der einzige Mensch, der mich liebt, kann sich nur partiell an mich erinnern. Meine Mum hat keinen Kontakt mehr zu mir, und ob mein Dad überhaupt noch lebt, wissen wir seit Jahren schon nicht mehr."

„Damon, hör auf damit."

„Wieso? Es geschieht mir recht! Ich bin ein schlechter Mensch, das hast du selbst gesagt. Und es stimmt, ich habe meine eigene Frustration an anderen ausgelassen. Manchmal wollte ich richtig, dass sie genau diese Art Schmerz spüren, den ich zu Hause Tag für Tag ertragen musste. Ich habe es nie geschafft, dieser Spirale aus Gewalt zu entkommen."

Jenna wirft sich gegen mich, ihre flachen Hände liegen beruhigend auf meiner Brust. „Das stimmt nicht, und das weißt du. Du hast dich verändert, das hast du in den letzten Wochen mehr als bewiesen."

„Und was bringt das? Ich lüge meine Vorgesetzten an, damit sie mich befördern. Und das nur, damit ich noch mehr Arbeit als jetzt schon habe. Vielleicht hätte ich mich wie meine Mum auch einfach ins Koma saufen sollen, anstatt mich täglich kaputt zu schuften. Wäre definitiv einfacher."

„Aber das bist nicht du!" Jenna packt den Saum meines Mantels und rüttelt an mir. „Du bist ein toller

Mensch, deine Granny kann stolz auf dich sein, und wenn sie nicht krank wäre, dann würde sie dir das auch jedes verdammte Mal sagen, wenn du sie besuchst." Ich will mich von ihr abwenden, damit sie nicht sieht, dass ich schon wieder mit den Tränen kämpfe, aber sie hält mich fest. „Sieh dir doch an, was aus dir geworden ist. Geprügelt und verlassen, ein verhasster Tyrann auf der Highschool. Und was hast du aus deinem Leben gemacht? Du hast dich aufgerappelt, bist Anwalt geworden und stehst kurz davor, in Rekordzeit Juniorpartner zu werden. Wie viele Menschen schaffen das, kannst du mir das mal verraten?"

Langsam bekomme ich meine Atmung unter Kontrolle. „Du musst das nicht sagen." Meine Arme entkrampfen sich und ich lege meine Hände auf ihre Taille.

„Doch, das muss ich. Weil es so ist. Du bist ein toller Kerl, Damon Tanner." Und dann küsst sie mich. Im ersten Moment bin ich viel zu aufgewühlt, um den Kuss zu erwidern, aber bei der Wärme ihrer weichen Lippen lösen sich all der Frust und die Trauer über die Krankheit meiner Großmutter, der Tragik meiner Familie. Der Parkplatz ist zum Glück so abgelegen, dass hier kaum jemand vorbeikommt. In einer fließenden Bewegung drehe ich mich mit Jenna um und drücke sie gegen das Auto. Suchend schiebe ich meine Zunge in ihren Mund, unsere Atmung geht deutlich schneller. Als ich gerade unter ihren Mantel greifen will, hält sie mich zurück. „Und jetzt sag mir, dass du mir glaubst." Mit ihren großen Augen starrt sie mich an, vollkommen ernst.

„Ja", sage ich, noch viel zu verwirrt von dem unglaublichen Kuss.

„Was ja?“, hakt sie fordernd nach.

„Ja, ich glaube dir.“

„Du glaubst mir, dass du ein toller Kerl bist“, stellt Jenna klar.

Ihr entschlossener Ausdruck, ihre Stärke, sie haut mich einfach um. Kraftlos lasse ich meine Stirn gegen ihre sinken. Bin ich vielleicht nur wegen ihr zu einem tollen Kerl geworden? Kann ich das nur, wenn sie in meiner Nähe ist? „Was machst du nur mit mir?“

„Ich sage dir die Dinge, die du hören musst, um dein volles Potenzial auszuschöpfen?“

„O nein.“ Ich sehe sie an, als hätte ich eine Wette verloren.

„Was? Wieso o nein?“

„Du hast jetzt nicht ernsthaft Potenz gesagt, während ich versuche, nicht hart zu werden, oder?“

„Potenz? Ich habe Potenzial gesagt“, insistiert Jenna empört, lacht dabei jedoch auf.

„Zu spät.“ Mit einem Griff an ihr vorbei öffne ich die Hintertür des Mietwagens. „Steig ein.“

„Auf die Rückbank? Willst du beim Fahren vorne deine Ruhe vor mir haben, oder wie?“

„Niemand hat etwas von Fahren gesagt.“ Langsam beuge ich mich vor und flüstere ihr ins Ohr. „Vielmehr will ich ausprobieren, wie sich dieses Auto in der Kategorie *Komfort beim spontanen Sex* eignet.“

21

Damon

Nachdem ich mir erst nicht sicher gewesen bin, ob es eine gute Idee ist, Gertie Jenna vorzustellen, bin ich jetzt sehr froh, es getan zu haben. Zum ersten Mal seit Langem habe ich nicht tagelang damit zu schaffen, dass meine Grandma mich nicht mehr in jeder Situation erkennt, und es ist Jenna zu verdanken, dass ich mich nicht mehr endlos selbst fertigmache.

Seit wir aus Flourish Bay zurück sind, ist die Beziehung zwischen uns tatsächlich anders. Wir haben jeden Tag Sex, und die Initiative geht nicht nur von mir aus. Nur hat Jenna die Regel für sich selbst aufgestellt, dass sie trotzdem in ihrem eigenen Bett schlafen will, das heißt, mein Wunsch, sie jeden Tag neben mir aufwachen zu sehen, erfüllt sich bisher leider nicht.

Bis zum Tag der großen Feier auf dem Empire State Building. Viel zu früh bin ich fertig umgezogen und werfe einen Blick in das Wohnzimmer. Jenna muss bis nachmittags noch im Café arbeiten, aber wenn sie zurückkommt, wartet eine Überraschung auf sie. Sorgfältig platziere ich das Paket auf ihrer Seite des Esstisches und setze mich auf das Sofa.

Nach einer gefühlten Ewigkeit öffnet sich die Tür, und ich springe von den Polstern auf.

„Hi, Damon", ruft sie und zieht ihren Mantel aus. „Sorry, es hat etwas länger gedauert."

„Kein Problem." Da ich es nicht erwarten kann, ihre Reaktion zu sehen, deute ich direkt zum Esstisch. „Ich habe noch etwas für dich."

Erstaunt weiten sich ihre Augen. „Ein Geschenk? Wofür?"

Weil du der wichtigste Teil meines Lebens geworden bist? Weil ich mich nicht traue, dir zu sagen, was ich fühle, also versuche ich es mit Gesten? Tausend solcher Antworten liegen mir auf der Zunge, doch ich zucke nur mit den Schultern und wähle eine unverfängliche Entgegnung. „Heute ist ein besonderer Tag, da habe ich mir gedacht, vielleicht hast du Lust auf was Neues."

Mit strahlenden Augen geht sie zum Tisch und öffnet den Deckel. „Ein ... ein Satinkleid?"

„Es ist ein Abendkleid, ja. Ich bin in den Laden gegangen, in dem wir schon mal gewesen sind. Die Verkäuferin konnte sich noch gut an uns erinnern und wusste deine Größe."

Die Idee, ihr etwas zu kaufen, ist mir spontan gekommen. Auf dem Rückweg von einem Termin bin ich an der Boutique vorbeigelaufen und habe dieses elegante Stück an einer Schaufensterpuppe gesehen. Das dunkle Rot habe ich mir wunderbar an Jennas Körper vorgestellt, und auch jetzt kann ich es kaum erwarten, bis der lange Stoff ihre unglaublichen Kurven umspielt, der tiefe Rückenausschnitt nicht nur meine Blicke auf sich ziehen wird.

„Die Farbe ist wunderschön", schwärmt sie und holt das Kleid aus der Verpackung heraus. „Es ist mir schon beim letzten Mal aufgefallen. Woher wusstest du, dass ich es mag?"

Wow, ein Glückstreffer. „Anhand der Kleidung, die du sonst immer trägst. So unaufmerksam, wie ich erscheine, bin ich nämlich gar nicht." Ich mache eine scheuchende Bewegung in Richtung ihres Zimmers. „Los, probier es an."

„Danke, Damon." Freudestrahlend folgt sie meiner Aufforderung und tritt keine fünf Minuten später vor die Tür. Sie sieht absolut umwerfend aus. „Nimmst du mich so mit?", fragt sie, wobei ich vermute, dass es nur rhetorisch gemeint ist. Niemand hätte sie in diesem Aufzug nicht gern an seiner Seite.

„Auf jeden Fall", stammele ich.

„Super. Dann schminke ich mich noch schnell und bin bereit. Diesmal glühe ich auch lieber nicht vor, schließlich muss ich als offizielle Catering-Anbieterin einen professionellen Eindruck erwecken."

Stolz sehe ich ihr hinterher. Zwar ist es einerseits wichtig, mich mit Jenna vor Mr. Kennedy und Mr. Crawford zu zeigen, andererseits möchte ich diesen Abend nutzen, um ihr zu sagen, was ich ihr schon lange hätte beichten sollen. Ein neues Jahr beginnt, warum nicht gemeinsam als Paar starten und dafür diese ganze Scharade beenden?

Als wir eine halbe Stunde später vor dem Empire State Building aus dem Taxi steigen, fühlt es sich ganz natürlich an, nach ihrer Hand zu greifen. Ehrfürchtig sieht sie die Fassade hinauf.

„Wow, das Gebäude ist so beeindruckend. Ich war noch nie ganz oben.“

„Und dann heute direkt für Silvester, das kann man ja gar nicht mehr toppen.“ Vorsichtig ziehe ich sie weiter. „Komm schnell rein, es ist kalt.“

„Ich muss noch schauen, ob der Lieferdienst alle Waren unversehrt hergebracht hat. Wenn nicht, muss ich mir beim nächsten Mal überlegen, wie ich es selbst schaffe.“

Glücklicherweise hat alles geklappt und das Serviceteam der Location hat sowohl die Cupcakes als auch die Macarons ausgelegt. Jenna geht trotzdem zu dem Buffet herüber, rückt hier und da noch ein Tablett zurecht, kommt dann aber zufrieden nickend zu mir zurück.

„Es ist lustig, dich im pompösen Abendkleid am Buffet herumfuhrwerken zu sehen.“ Besitzergreifend ziehe ich sie in meine Arme. „Aber ich habe dich lieber bei mir als mit Schürze in der Küche.“

„Oh, da hinten ist Wendy, ich sage mal schnell Hallo.“

Sie entzieht sich mir, und ich fühle mich seltsam ohne sie, kalt und fast schon fehl am Platz. Allerdings nutze ich die Chance und mische mich unter die Kollegen, fachbezogene Gespräche wären Jenna gegenüber ohnehin unhöflich. Hin und wieder sehe ich mich nach ihr um, aber sie beweist eine ziemliche Ausdauer dabei, sich mit Wendy und den anderen Assistentinnen zu unterhalten. Fast schon argwöhnisch beobachte ich, wie sie lachen und sich offenbar köstlich amüsieren.

Zwischendurch werden die Hauptgänge serviert, und Jenna leistet mir an dem uns zugewiesenen Tisch Gesellschaft. Wir sitzen bei Kollegen, mit denen ich normalerweise nicht viel zu tun habe, und es entstehen wirklich angenehme Gespräche, vielleicht gerade weil wir wenig über die Arbeit sprechen. Jenna ist im Small Talk super, und einmal mehr wünsche ich mir, dass ich sie auch langfristig an meiner Seite haben könnte.

Als die Tische abgeräumt sind, wird die Tanzfläche offiziell eröffnet, und um weiteren oberflächlichen Gesprächen zu entgehen, und auch, um Jenna für mich allein zu haben, ziehe ich sie auf das Parkett. Hier ist die Musik verständlicherweise ganz anders als bei der After-Work-Party, auf der wir zusammen gewesen sind, aber immerhin habe ich so die Möglichkeit, bei ruhigen Klängen ihre Nähe zu genießen. Gerade überlege ich, sie schon jetzt zu fragen, ob wir auch nach meiner Beförderung ein Paar bleiben sollen, als Mr. Kennedy mit einer Gabel gegen sein Champagnerglas schlägt.

„Werte Gäste, wir begeben uns nun auf die Dachterrasse, es ist bald Mitternacht."

Aufgeregtes Gemurmel breitet sich aus, und ich beeile mich, Jennas und meinen Mantel zu holen, damit wir möglichst früh draußen sind und einen guten Platz bekommen. Es wird viel geschoben und gedrängelt, doch irgendwie schaffe ich es, für Jenna und mich ein Fleckchen in einer Ecke zu ergattern, in der wir nicht nur einen wunderbaren Ausblick haben, sondern auch ein wenig ungestört sind. Die perfekte Voraussetzung für das persönliche Gespräch, das ich geplant habe.

„Wow, die Aussicht ist wirklich atemberaubend", raunt Jenna und lehnt sich gegen die Abgrenzung. „Alles sieht so winzig aus von hier oben. Da fühlt man sich irgendwie erhaben."

„Sieh mal, dort hinten ist das Haus, in dem wir wohnen", sage ich und beuge mich ein wenig nach unten, um meine Wange an ihre zu legen. „Und da hinten, dieses große Gebäude, das ein wenig aus dem Block heraussticht, ist ganz in der Nähe deines Cafés."

„Das stimmt. Und ich glaube, dort hinten –"

„Zehn – neun – acht ...", setzt jemand an, und sofort stimmen alle mit ein, inklusive Jenna und mir. Bin ich mir neulich noch verwundbar und wertlos vorgekommen, so fühle ich mich jetzt unbezwingbar. Überglücklich halte ich die Frau in meinen Armen, die ich ... ja, liebe.

„... zwei – eins – happy New Year!"

Alle rufen durcheinander, doch ich habe nur Augen für Jenna. Ihre strahlenden Augen und das aufrichtige Lächeln umgeben mich mit einer Ruhe, einer Leichtigkeit, wie ich sie noch nie in meinem Leben gespürt habe.

„Frohes neues Jahr", hauche ich, während weiter entfernt bereits die ersten Raketen des offiziellen Feuerwerks abgeschossen werden.

„Dir auch ein frohes neues Jahr." Zaghaft küsst sie mich, und ich kann mich kaum zurückhalten, nicht einfach immer weiterzumachen. Als wir uns voneinander lösen, sieht sie mir in die Augen, wobei ihre auffällig glitzern. „Ich drücke dir die Daumen, dass es für dich mit der Beförderung klappt."

„Alles Gute!", ruft jemand und reicht uns Champagnergläser.

„Was das betrifft", setze ich an, nehme die Gläser entgegen und warte, bis die Person verschwunden ist, „ich habe ehrlich gesagt schon eine Weile vor, mit dir zu reden, denn –"

„Miss Mitchell?" Eine junge Frau des Serviceteams steht auf einmal neben uns und sieht verlegen zwischen uns hin und her. „Entschuldigen Sie, aber mir wurde gesagt, dass Sie für die Cupcakes zuständig sind. Wir haben da ein kleines Problem."

Sofort ist Jenna im Geschäftsmodus. „Ja, natürlich, ich komme mal schnell mit." Fragend deutet sie auf die Gläser in meiner Hand. „Können wir das gleich nachholen? Bin sofort wieder da."

Innerlich steigt Wut in mir auf, denn der perfekte Moment ist hiermit vorüber. Trotzdem nicke ich und lächele tapfer. „Na klar. Bis gleich."

„Danke." Zum Abschied streicht sie mir über den Oberarm und folgt der Frau vom Servicepersonal.

Resignierend seufzend wende ich mich wieder der Aussicht zu und betrachte das Feuerwerk der Stadt, während mich lautes Geplapper umgibt. Ich versuche, mich innerlich zu beruhigen, mir einzureden, dass ich sie nachher ebenso gut fragen kann. Alles kein Problem.

„Damon?"

Verwundert drehe ich mich um, denn das ist nicht Jennas Stimme. Stattdessen stehe ich Tina Thompson gegenüber. In ihrem körperbetonten Mantel sieht sie elegant wie immer aus und ihre Haare scheinen frisch gefärbt zu sein.

„Happy New Year", sagt sie und hält mir ihr Champagnerglas hin.

Freundlich nickend stoße ich mit einem der beiden Gläser an und wir trinken einen Schluck.

„Da ich Sie gerade allein erwische, ich hätte da ein Anliegen." Auffordernd nickt sie in Richtung der Tür nach drinnen. „Könnte ich Sie kurz entführen?"

Unschlüssig sehe ich zwischen ihr und der Menschenmenge hin und her, in der Jenna eben verschwunden ist. „Ich weiß nicht, ich warte hier auf meine Freundin", setze ich zu einer Erklärung an und halte zur Verdeutlichung das zweite, unangetastete Glas nach oben.

„Ich verstehe." Tina wirkt enttäuscht. „Aber es dauert wirklich nicht lange."

Zähneknirschend sehe ich sie an. Sie ist immerhin eine der Seniorpartnerinnen, ich sollte ihr nicht grundlos absagen. Meine große Beichte hat sich ohnehin verschoben, was spricht dagegen, einfach noch ein wenig länger zu warten? Außerdem habe ich keine Ahnung, wie lange Jenna weg sein wird.

„In Ordnung, ich denke, ein paar Minuten werden gehen."

Mrs. Thompson murmelt etwas, das ich nicht verstehe, und geht dann voran. Ich folge ihr, noch immer die Champagnergläser in den Händen. Ein seltsames Gefühl überkommt mich. Was will sie bitte besprechen? Und auch noch heute? Im Prinzip ist das hier eine private Veranstaltung, wieso sollte sie heute über einen Fall sprechen wollen?

Im Gebäude geht sie an den anderen Gästen vorbei, und zwar so schnell, dass ich nicht einmal nach Jenna suchen kann. Unbemerkt von allen anderen schlüpft sie durch eine Tür in ein Zimmer, das sich nach meinem Eintreten als eine Art Abstellraum entpuppt. Auf dem Boden stehen Kisten und ein paar Metalldeckel, vielleicht vom Buffet, lehnen daran.

„Okay, Tina. Worum geht es?"

Ohne zu antworten, geht sie ein paar Schritte weiter in den Raum hinein. Eine dezente Beleuchtung hinter hohen Schränken sorgt dafür, dass das Zimmer nicht in kompletter Dunkelheit versinkt, auch durch das einzige Fenster dringt ein wenig Licht der Stadt.

Fast schon ruckartig dreht sich Tina um und kommt wieder auf mich zu. „Ich habe Sie in letzter Zeit beobachtet", sagt sie und mustert mich. „Sie haben sich ganz schön gemacht. Interessanter Fall übrigens mit Black Coffee, ich bin sehr gespannt, wie die Verhandlungen dazu ausgehen."

„Danke." Verwirrt sehe ich sie an, während sie immer näher kommt. „Ich werde Ihnen davon berichten."

Ungefragt nimmt sie mir die Gläser aus der Hand und stellt sie auf den Boden. Ich bin viel zu perplex, um sie davon abzuhalten. „Ein Vögelchen hat mir gezwitschert, dass Sie Juniorpartner werden wollen. Die Chancen stehen nicht schlecht, würde ich sagen. Aber in dem Zusammenhang habe ich mich an unser gemeinsames Mittagessen erinnert."

Mist. Meine Schnapsidee, mich bei ihr hochzuschlafen. „Das war nett, ja", murmele ich geistesabwesend.

„Wissen Sie, Damon, Feiern wie diese langweilen mich schnell. Vor allem, wenn nicht die richtigen Gäste für mich dabei sind. Aber wir gemeinsam könnten zwei Fliegen mit einer Klappe schlagen. Sie bringen mir ein wenig Abwechslung, dafür lege ich ein besonders gutes Wort bei Kennedy und Crawford ein. Wäre das was?"

Ihre Worte lassen mich erstarren. Macht sie mir gerade ernsthaft das Angebot, das ich glaube?

„Tina, ich bin mir nicht sicher, ob ich weiß, was Sie meinen, aber ich bin in Begleitung hier und –" Mein fragwürdiger Plan von damals kommt mir jetzt unglaublich dumm vor. Trotzdem ist sie noch eine sehr einflussreiche Seniorpartnerin der Kanzlei. Wie kann ich ihr eine Abfuhr erteilen, ohne sie komplett vor den Kopf zu stoßen und dadurch zu verärgern?

„Deswegen sind wir ja auch hier. Keiner wird unsere Abwesenheit bemerken." Mit einem weiteren Schritt steht sie direkt vor mir und greift an meinen Gürtel. Bevor ich reagieren kann, hat sie ihn geöffnet, reißt den Hosenknopf auf. Sie geht auf die Knie und zerrt an meinem Hosensaum.

Ein mechanisches Geräusch lässt mich zusammenzucken. Die Tür hinter mir wird geöffnet. Die Stimme, die folgt, lässt mir das Blut in den Adern gefrieren. Jenna.

„Damon?"

Jenna

Wie angewurzelt bleibe ich stehen und bin nicht mehr in der Lage, mich zu bewegen. Der Anblick, wie Damon mit dem Rücken zu mir steht, eine rothaarige Frau vor ihm kniend und an seiner Hose zu Gange, zieht mir regelrecht den Boden unter den Füßen weg. Doch am schlimmsten ist der Blick, den er mir über die Schulter zuwirft. Schuldbewusst und ertappt. Er will etwas sagen, doch ich schüttele den Kopf, hebe abwehrend die Hände und finde die Kraft, kehrtzumachen und aus dem Zimmer zu rennen.

„Jenna!", ruft er, doch ich bleibe nicht stehen. So gut es mir in den hohen Absätzen möglich ist, renne ich durch den Flur und eile die Treppe hinunter, anstatt auf den Fahrstuhl zu warten. Irgendwo weit hinter mir höre ich eine Tür ins Schloss fallen, doch ich bin schon um die Ecke gebogen. Tränen verschleiern mir die Sicht, bis ich fast nur noch stolpere. Zitternd drücke ich die Tür zum nächsten Stockwerk auf und lehne mich gegen die Wand des Flurs. Keuchend versuche ich, mich zu beruhigen, bis mir einfällt, dass ich jetzt irgendwie von hier weg muss.

Das kann alles nicht wahr sein! Gerade habe ich darüber nachgedacht, ob ich ihm wirklich von Anfang an Unrecht getan habe, ob ich ihm sagen soll, dass ich den Deal nicht mehr brauche und weiter Zeit mit ihm verbringen will. Aber diese Gedanken sind jetzt wie weggewischt. Ich war so dumm!

Das Wichtigste zuerst: Ich brauche einen Platz zum Schlafen. Hastig klappe ich meine Clutch auf, hole mein Handy heraus und wähle Jasons Nummer.

„Jenna?", fragt er etwas verschlafen, als er das Gespräch annimmt.

„Jason, bist du in der Stadt?", schluchze ich ohne weitere Begrüßung los. „Ich brauche deine Hilfe."

„Was? Ich meine, ja, ich bin gerade von einer Feier mit Teamkollegen nach Hause gekommen. Was ist denn passiert?"

„Kann nicht reden“, presse ich heraus. „Kannst du mir deine Adresse geben? Ich nehme mir ein Taxi zu dir.“

„Ich habe nichts getrunken“, sagt er und weiß gar nicht, wie viel mir diese Worte in diesem Moment bedeuten. „Ich hole dich ab. Wo bist du?“

Schnell sage ich ihm, wo ich bin, dann verabreden wir uns am Hintereingang, weil dort die Wahrscheinlichkeit geringer ist, dass Damon auf mich warten könnte. Um nicht unnötig lange in der Kälte zu stehen, lungere ich noch eine Weile im Treppenhaus herum. Meinen Mantel oben bei der Feier zu holen, ist mir zu riskant, und ich will auf keinen Fall Damon über den Weg laufen. Schon jetzt weiß ich, dass ich das Bild von dieser Frau vor ihm auf den Knien nie wieder aus dem Kopf bekommen werde, genauso wenig wie seinen ertappten Gesichtsausdruck. Als Jason mir eine Nachricht schreibt, dass er da ist, schiebe ich die Tür nach draußen auf. Die kalte Luft tut mir im Gesicht weh, als ich die wenigen Stufen bis zu dem Parkplatz laufe. Geblendet von den Scheinwerfern des wartenden Autos bin ich mir erst unsicher, ob das wirklich Jasons Wagen ist. Doch als sich die Tür öffnet und er aussteigt, atme ich erleichtert auf und eile zur Beifahrerseite.

„Danke, du bist der Beste.“ Er will etwas erwidern, doch ich reiße schon die Autotür auf und lasse mich auf den Sitz fallen.

„Willst du mir jetzt vielleicht mal erzählen, was passiert ist?“, fragt er, doch ich schüttele vehement den Kopf, während mir schon wieder Tränen über das Gesicht laufen.

„Fahr bitte los. Ich erzähle dir dann alles." Hastig schnalle ich mich an, dann fällt mir etwas ein. „Ach ja, ich müsste bitte ein paar Tage bei dir schlafen."

***

„Dieses miese Arschloch", brummt Jason eine halbe Stunde später, als wir in seiner Wohnung sitzen und ich ihm die Grobfassung der jüngsten Ereignisse erzählt habe. „Ich drehe ihm den Hals um!"

„Nein, lass", erwidere ich schwach, während ich ins Leere starre. „Das bringt doch nichts. Und ich bin selbst dran schuld. Er hat sich all die Jahre nicht geändert, ich bin nur zu dumm gewesen, es einzusehen."

„Das ist Quatsch, und das weißt du auch." Er reckt sich nach der kleinen Piccolo-Flasche Sekt, die er extra für mich geöffnet hat, und befüllt mein Glas erneut. „Er ist ein Blender, ein Hochstapler. Wahrscheinlich wollte er dich einfach ins Bett bekommen. Vielleicht war es eine Art Spiel. Oder eine Wette? Keine Ahnung. Doch dann wurde ihm langweilig." Als er merkt, wie diese Vermutung bei mir ankommen könnte, hebt er schnell entschuldigend die Hände. „Ich meine nicht wegen dir. Aber was weiß ich, was in seinem kranken Hirn vorgeht. Vielleicht steht er auf irgendwelche Fetischsachen und hat alte Kontakte wieder aufleben lassen, was weiß ich."

Nachdenklich nicke ich und überlege für den Bruchteil einer Sekunde, ob ich ihm von der Fake-Beziehung erzählen soll, entscheide mich aber dagegen. Es würde vermutlich alles noch viel schlimmer machen, weil ich dann auch noch Schuldgefühle wegen der Lüge hätte.

Wenn ich bloß nicht so dumm gewesen wäre und mich selbst in Damon getäuscht hätte. Ich habe ihm diesen ganzen Beziehungskram voll und ganz abgenommen, spätestens als wir in Flourish Bay gewesen sind. Dabei ist alles nur Taktik gewesen, um an seine Beförderung zu gelangen.

Als ich ihn heute mit dieser anderen Frau gesehen habe, hat es wehgetan, so weh. Und am meisten hat die Erkenntnis geschmerzt, dass ich mit der Zeit richtige Gefühle für ihn entwickelt habe. Ich habe gewusst, was er für ein Kerl ist, und mich trotzdem in ihn verliebt. Urplötzlich hallt seine Stimme in meinem Kopf wider. ‚Keine Sorge, an Bettgefährtinnen mangelt es mir nicht.‘ Das heißt, für ihn ist die ganze Zeit klar gewesen, dass er mich nicht länger bei sich behalten will, zumindest nicht fürs Bett. An Weihnachten hat er bekommen, was ihm Spaß macht, sozusagen als Bonus. Jetzt kann er mich fallen lassen.

Mein Handy vibriert und ich hole es hervor. Damon ruft an. Offenbar hat er es schon mehrere Male versucht, ohne dass ich es gemerkt habe, aber ich werde den Teufel tun und rangehen.

„Du kannst so lange bleiben, wie du willst“, höre ich Jason sagen. „Es gibt ein kleines Zimmer, das ich als Abstellraum und Trainingsraum für Gewichte-Workout nutze, aber das kann ich dir freiräumen und eine Matratze kaufen. Außerdem bin ich oft weg, in der Zeit kannst du auch im Schlafzimmer schlafen.“

„Ich danke dir, aber ich werde mich gleich morgen um eine Wohnung kümmern. Ich will dir nicht länger als unbedingt notwendig zur Last fallen.“

Jason weiß genau, dass Widerworte keinen Sinn haben, das liegt bei uns in der Familie. Also nickt er und streckt sich. „Heute kannst du so oder so in meinem

Bett schlafen, da passen wir beide rein. Du kannst dich weiter über Damon aufregen und ich wirke hoffentlich nicht allzu unfreundlich, wenn ich halb im Schlaf bin."

„Ist schon in Ordnung", sage ich und verdrehe die Augen. „Ich glaube, ich muss meine Gedanken selbst erst einmal ordnen. Aber eine Vorwarnung noch." Ich nehme mir eines der Kissen und kralle mich darin fest, bei der Vorstellung, Damon schon bald gegenübertreten zu müssen. „Es gibt in ein paar Tagen diesen Termin mit den Anwälten von Black Coffee. Ich muss da hin, hat Damon gesagt, aber ich schaffe das nicht allein, nicht nach heute." Mit meinem besten Hundeblick sehe ich meinen Bruder an. „Würdest du mich bitte begleiten? Es ist vormittags, ich hoffe, da hast du noch keine Verpflichtungen, was das Training oder sonstige Auftritte betrifft."

„Klar, ich werde es mir einrichten. Schick mir einfach das genaue Datum und die Uhrzeit." Gähnend steht er auf und streckt sich erneut. „So, und jetzt komm. Ich suche dir ein T-Shirt heraus, dass du zum Schlafen anziehen kannst."

22

Damon

Es ist bereits nach drei Uhr, als ich meine Suche nach Jenna vorerst aufgebe. Die ganze Etage habe ich durchkämmt, ebenso die öffentlichen Bereiche, wobei ich mir diesbezüglich nicht mehr sicher bin, denn ich kann kaum klar denken.

Ich habe Wendy vorsichtig darum gebeten, auf der Damentoilette zu schauen, ob sich jemand auf einer der Kabinen versteckt, aber angeblich sind alle leer gewesen.

Natürlich hat Tina auch etwas zu der ganzen Situation zu sagen gehabt. Nach einem ‚*Sie kann doch ruhig mitmachen*‘ kam schließlich ein ‚*Ich habe Monogamie nie verstanden*‘. Vor ein paar Wochen hätte ich ihr zugestimmt. Aber heute könnte ich mich nicht elender fühlen. Ich habe sie verloren, das weiß ich. Dabei ist dieser Abend einfach perfekt gewesen.

Mittlerweile vermute ich, dass sie bei ihrem Bruder untergekommen ist. Oder ich hoffe es, besser gesagt. Wenn ich mir vorstelle, dass sie noch immer durch die

Stadt schlurft, auf der Suche nach einer Übernachtungsmöglichkeit, wird mir ganz schlecht.

Natürlich kann ich die ganze Nacht kaum schlafen. Wie paralysiert sitze ich in ihrem Zimmer auf dem Boden und male mir aus, wie es hätte sein können. Wie konnte ich nur so dumm sein und Tina nicht gleich aufhalten? Schon allein ihre Frage nach einem Gespräch unter vier Augen hätte mir komisch vorkommen müssen. Jetzt stehe ich vor den Scherben meines gebrochenen Herzens, und zwar nur wegen eines riesengroßen Missverständnisses. Wenn ich es ihr bloß in Ruhe erklären könnte.

Am nächsten Tag geht es mir, wenn das überhaupt möglich ist, noch beschissener. Es ist zwar Feiertag, aber ich weiß, dass Jennas Laden geöffnet hat. Unzählige Male überlege ich, ob ich bei ihr vorbeischauen soll, aber ich will ihr den Tag nicht noch mehr vermiesen, als ich es gestern Abend ohnehin schon getan habe. Vermutlich braucht sie erst einmal Zeit, bevor sie mich anhören kann, sonst mache ich alles noch viel schlimmer. Der Ausdruck in ihren Augen, der Schock, der ihren ganzen Körper erfasst hat, diesen Anblick werde ich nie vergessen.

Um mich abzulenken und vielleicht wieder einigermaßen klar denken zu können, setze ich mich an die Arbeit. Dieser Fall ist momentan das einzige Bindeglied zwischen Jenna und mir. Vielleicht hört sie mich an, wenn ich mich reinhänge, ihr zeige, wie wichtig sie mir ist, und den Prozess grandios gewinne.

Übermorgen habe ich den Termin mit Black Coffee und Jenna wird auch da sein. Zumindest ist es so abgesprochen gewesen und ich gehe davon aus, dass sich daran nichts ändern wird. Das Café ist ihr zu wichtig. Diese Verhandlung muss fehlerlos verlaufen, ich muss sie beeindrucken, sodass sie mir wenigstens kurz zuhört. Sobald ich die Sache mit Tina erklären kann, wird sie mir glauben. Oder?

Ich hänge mich so sehr rein, wie ich es für meine normalen Fälle nie tue. Vergessen ist der ganze Prestige-Aspekt, den ich sonst bei Pro-bono-Fällen als so wichtig erachte.

Als der erste Arbeitstag im neuen Jahr beginnt, bin ich noch vor allen anderen im Büro und arbeite weiter. Irgendwie habe ich das Gefühl, dass es ein entscheidendes Detail gibt, das die ganze Sache noch eindeutiger machen würde, eine Sache, die ich in der Hinterhand haben sollte, falls etwas nicht nach Plan läuft. Aber welches nur? Ich muss unbedingt noch mal in das Stadtarchiv, um mir die alten Baupläne des Gebäudes anzusehen.

„Mr. Tanner?", fragt Wendy mich, als ich aus meinem Büro und an ihr vorbeieile. „Alles in Ordnung?"

„Hm?" Abwesend bleibe ich stehen. Es geht mir total beschissen, aber das kann ich schlecht sagen. Außerdem will ich nicht, dass in der Kanzlei bekannt wird, dass es Probleme zwischen meiner vermeintlichen Freundin und mir gibt. „Ja, alles okay. Aber können Sie bitte alle Termine, die ich heute hätte, verschieben? Ich muss noch ein paar Recherchen vornehmen."

„Wegen des Falls mit Black Coffee, Sir?" Wendy sieht eindeutig irritiert aus. „Gibt es dabei Probleme?"

„Nein." Fahrig streiche ich mir durch die Haare. „Aber ich will lückenlos vorbereitet sein.

„Verstanden, Mr. Tanner. Ich werde sehen, was ich machen kann. Brauchen Sie sonst noch etwas von mir?“

Für einen Moment halte ich inne und überlege, ob ich Wendy zum Café Mitchell schicken soll. Sie hat sich mit Jenna gut verstanden, vielleicht kann sie mit ihr reden. Aber dann müsste ich ihr intime Details nennen, die sie nichts angehen. Und ich muss erst versuchen, persönlich mit Jenna zu sprechen.

„Vorerst nicht, vielen Dank.“

***

Über die Feiertage hat mir der von uns engagierte Privatdetektiv alle Informationen zu diesem Saboteur zukommen lassen. Nun haben wir den Beweis, dass er tatsächlich von der Black Coffee Group bezahlt wird, und es gibt sogar Fotos davon, wie er in der Nähe des Cafés herumlungert, sowie Bilder einer Überwachungskamera, wie er Ratten einfängt. Außerdem haben wir diesen Jeffrey gefunden, und er hat uns erlaubt, seine Aussage sogar per Video zu dokumentieren. Von dieser Seite aus dürfte es wasserdicht sein. Trotzdem will ich noch etwas in der Hinterhand haben, falls sie uns irgendetwas Unvorhergesehenes auftischen. Die größte Grauzone ist noch immer die Genehmigung der Renovierung, die Jenna in Zweifel gezogen hat, also muss ich in dieser Richtung nachforschen.

Im Stadtarchiv suche ich eine Weile in alten Plänen und Baugenehmigungen umher, lasse mir verschiedene Besitzurkunden zeigen. Schließlich überfliege ich noch einmal sämtliche Gesetze für alte Gebäude und da, endlich, stolpere ich über einen Paragraphen, der sich interessant anhört. Es geht um den Innenausbau, und ich bin mir relativ sicher, dass ich erst vor ein paar Tagen bei der Baustelle gegenüber von Jennas Café eine Baumaßnahme gesehen habe, die dem widersprechen würde. Aber um zu hundert Prozent sicher zu sein, muss ich noch einmal vorbeigehen und nachschauen. Wenn sie noch nicht fertig sind, mache ich Fotos und habe sichere Beweise.

Natürlich könnte ich für solche Dokumentationsarbeiten einen unserer Gehilfen schicken, vielleicht sogar Wendy. Aber heute möchte ich selbst gehen. Mir ist bewusst, dass es noch viel komplizierter werden könnte, wenn Jenna mich entdeckt. Nicht zuletzt ist es auch für meinen Gemütszustand nicht die beste Idee, sie zu sehen und den Schmerz über ihren Verlust wiederaufleben zu lassen. Andererseits zieht es mich zu ihr. Ich möchte sie sehen, will sicher sein, dass sie wohlauf ist, immerhin habe ich seit Neujahr kein Lebenszeichen von ihr erhalten.

Trotz der Zweifel mache ich mich persönlich auf den Weg zu der Ecke, an der Black Coffee die neue Filiale vorbereitet. Beiläufig blicke ich mehrmals zum Café Mitchell herüber, aber es ist immer nur Nancy, die hinter dem Tresen umhereilt. Ob es Jenna so schlecht geht, dass sie sich frei genommen hat? Oder muss sie sich mental für die Verhandlung morgen vorbereiten? Vielleicht sogar, weil es ihr schwerfallen wird, mich zu sehen?

Zwischendurch schaffe ich es sogar, mich ausreichend zu konzentrieren, sodass ich durch das nur dürftig abgeklebte Schaufenster in die entstehende Filiale schauen kann. Meine Erinnerung hat mich nicht im Stich gelassen. Ich schieße unauffällig ein paar Fotos mit dem Handy. Die muss ich dann nur noch aufbereiten und die entsprechenden Paragraphen parat haben – easy-peasy.

Als ich mich umdrehe und nach einem Taxi in der Nähe Ausschau halten will, fällt mein Blick erneut in Jennas Café und dieses Mal stockt mir der Atem. Sie ist da, steht in der Nähe des Fensters und serviert einer älteren Kundin gerade einen Kuchen. Ihr Lächeln wirkt aus der Ferne ungetrübt, ihre Körperhaltung selbstbewusst wie immer. Und auf einmal kommt mir der Gedanke, dass es ihr vielleicht gar nicht so schlecht geht wie mir. Vermutlich habe ich ihr sogar einen Gefallen getan und sie davor bewahrt, das Schauspiel weiterzuführen. Es kann gut sein, dass eine vorzeitige Trennung ihr ganz gelegen kommt. Die Feiertage sind rum, ihre Familie scheint überzeugt, also warum sollte sie sich jetzt noch reinhängen?

Bevor ich mich nicht mehr zurückhalten kann und doch zu ihr in den Laden gehe, laufe ich um die Ecke, immer weiter, bis ich schließlich ein freies Taxi entdecke.

Jetzt kommt alles auf morgen an.

***

Fast eine Stunde vor dem Verhandlungstermin bin ich bereits in dem Meetingraum und laufe an der Fensterfront auf und ab. Wendy sitzt an dem Konferenztisch neben meinen Unterlagen und scannt meine händischen Notizen ein, damit wir alles digital festgehalten haben. Um uns herum wirbelt noch das Serviceteam, stellt Getränke auf die Tische und legt Notizblöcke mit dem Logo der Kanzlei zurecht.

„Mr. Tanner?" Wendy legt ihr Handy beiseite und steht auf. „Brauchen Sie noch etwas? Sie wirken so angespannt."

Ich bleibe stehen und starre gedankenverloren aus dem Fenster auf die Stadt hinaus. „Dieser Fall ist mir nur sehr wichtig, das ist alles. Danke, Wendy."

„Wenn ich etwas tun kann, sagen Sie mir bitte Bescheid."

Ich bemerke, dass sie nun fast neben mir steht. Ihr Blick ist seltsam, als wisse sie mehr, als sie preisgibt. Hat Jenna vielleicht sogar mit ihr gesprochen?

„Es wird sich heute hoffentlich alles klären", sage ich tapfer und nicke, als würde ich fest daran glauben. In Wirklichkeit habe ich sehr große Zweifel daran und weiß noch immer nicht, ob ich alles kaputt gemacht habe.

Jenna

Vor lauter Aufregung wegen des Verhandlungstermins habe ich kaum geschlafen. Und das, obwohl Jason wirklich alles getan hat, um mich abzulenken. Er hat abends Sushi für uns bestellt und einen Actionfilm auf der Streaming-Plattform gekauft, den ich unbedingt sehen wollte. Außerdem hat er ein Bett besorgen lassen, das perfekt in sein zusätzliches Zimmer passt, das nun fast wie ein Gästezimmer wirkt.

Leider hat mich gerade dieses Zimmer an meine letzten Wochen bei Damon erinnert. Und ab da habe ich mir eingestanden, dass ich nicht wegen Black Coffee aufgeregt bin, sondern weil ich Damon wiedersehen werde. Einerseits habe ich die Befürchtung, dass mir bei seinem Anblick wieder die Tränen kommen. Andererseits will ich bei dem Termin unbedingt dabei sein, weil es mein Café betrifft. Wenn Damon wirklich nur mit mir gespielt hat, möchte ich wenigstens sicherstellen, dass er die Verhandlung anständig führt. Immerhin war das der Deal dafür, dass ich seine Freundin spiele.

Als das Glöckchen an der Eingangstür des Cafés klingelt, erwache ich wie aus einer Trance. Jason tritt ein, und sofort wird an den Tischen getuschelt und auf ihn gedeutet. Manche holen hastig ihr Smartphone hervor und machen Fotos von ihm. Doch er wirkt so, als würde er es gar nicht bemerken.

„Schon bereit?", fragt er und tritt zu mir an den Tresen. „Ich bin ein wenig früh."

Mit einem entschuldigenden Blick wende ich mich an Nancy. „Danke, dass du schon wieder hier die Stellung hältst. Du solltest mit deiner Chefin dringend über eine Gehaltserhöhung sprechen."

„Das mache ich doch gern, Miss Mitchell. Zeigen Sie denen, was eine Harke ist." Zum Glück kommt genau in diesem Moment ein Kunde in den Laden und schiebt sich mit ehrfürchtigem Blick an Jason vorbei, sodass Nancy nicht mehr sieht, wie ich mir Tränen der Rührung verkneifen muss. Schnell lege ich meine Schürze ab, schlüpfe in meinen Mantel und eile mitsamt meiner Handtasche an Jasons Seite nach draußen.

Auch auf der Fahrt zur Kanzlei versucht er, mich mit witzigen Anekdoten aus dem Leben eines Footballers abzulenken, aber es ist leider vergebens. Je näher wir dem Gebäude kommen, in dem Damon arbeitet, desto schneller pocht mein Herz. Ich kann Jason kaum folgen, immer wieder schweifen meine Gedanken zu den schönen Momenten, die ich mit Damon erlebt habe, und zu der Tatsache, wie sehr ich diese Zeit vermisse. Allerdings habe ich noch immer das Bild von ihm auf der Silvesterparty vor Augen, und es zieht mir nach wie vor den Boden unter den Füßen weg.

Als ich aus dem parkenden Auto steige, knickt mir kurz das Bein weg, weil meine Knie sich so weich anfühlen. Ich bin mir nicht sicher, ob Jason es bemerkt oder ob er nur nett sein will, aber er bietet mir dankenswerterweise seinen Arm an, damit ich mich bei ihm einhaken kann.

Im Aufzug schöpfe ich neue Kraft. Ich werde das schaffen! Damon kann mir nichts! Und den gegnerischen Anwälten werde ich selbstbewusst gegenübertreten, schließlich können sie ja nichts persönlich dafür, dass mir dieser Laden das Geschäft vermiesen könnte. Und selbst wenn sie die Sabotage herunterspielen – dafür werden sie schließlich bezahlt. Kaum haben sich die Aufzugtüren zur Seite geschoben, ziehe ich Jason regelrecht in den Flur. Keine Ahnung, ob ich es bloß schnell hinter mich bringen möchte oder ob ich ihn doch sehen möchte. Natürlich vermisse ich ihn. Und hat er mir nicht hinterhergerufen, als ich davongestürmt bin? Hat er mir etwas sagen wollen, etwas erklären? Vielleicht ist doch noch nicht alles verloren. Aber könnten wir nach solch einem Bruch überhaupt noch wie vorher weitermachen?

Eine Frau am Empfangstresen weist uns den Weg, und ich kann bereits von außen durch die teilweise durch Milchglas getrübten Glaswände erkennen, dass sich vier Männer und eine Frau in dem Raum befinden. Als Jason die Tür öffnet, fällt mein Blick als Erstes auf Damon. Wie eingefroren steht er da und sieht mich an. In seiner Miene erkenne ich keine Emotion. Was habe ich erwartet? Dass er gleich auf mich zustürmt? Mich direkt um ein Gespräch bittet? Das ist natürlich Schwachsinn. Er ist hier in seinem Arbeitsumfeld, sein Ziel ist es, befördert zu werden, wieso sollte er unseren Konflikt priorisieren?

„Guten Morgen, Jenna." Wendy steht direkt neben der Tür und scheint auf uns gewartet zu haben. Mit einem erleichterten, aber auch mitfühlenden Lächeln sieht sie mich an und streicht mir über den Arm. „Ich ... wünsche euch viel Erfolg. Für die Verhandlung, meine ich. Wenn etwas ist, ihr könnt euch jederzeit bei mir melden." Vermutlich meint sie nur Kaffee oder andere Getränke, aber ich bilde mir ein, dass sie speziell mir gegenüber mehr als das andeutet. Sehe ich wirklich so erbärmlich aus, dass man mit mir Mitleid haben muss? Hat sie mitbekommen, was bei der Feier passiert ist?

Aus dem Augenwinkel nehme ich eine Bewegung wahr und höre zeitgleich ein Räuspern. „Miss Mitchell?" Drei Männer stehen vor mir und stellen sich nacheinander vor. Es sind die Vertreter von Black

Coffee, aber ehrlich gesagt habe ich sie mir vollkommen anders vorgestellt. Vor allem sind sie wirklich freundlich, wirken sehr professionell.

„So, darf ich Sie alle bitten, Platz zu nehmen?“ Damons Stimme dröhnt durch den Raum, und ich setze mich mit gesenktem Blick neben Jason. Es ist wie im Film, die beiden Parteien sind durch ihre Sitzpositionen optisch voneinander getrennt. Die Black-Coffee-Anwälte sitzen an der dem Fenster zugewandten Seite des Tisches, meine Seite, angeführt von Damon, gegenüber. Nach einer kurzen Einleitung beginnt die eigentliche Verhandlung. Ich verstehe kaum ein Wort, ständig werden juristische Fachbegriffe oder irgendwelche Paragraphen genannt, mit denen ich nichts anfangen kann. Hin und wieder betrachte ich ihn von der Seite, wie er mit starker Mimik und gezielten Gesten seine Argumente untermalt. Er wirkt so souverän, ist völlig in seinem Element. Kein Wunder, dass er von seinen Kollegen als Überflieger bezeichnet wird. Selbst als der Ton etwas rauer wird, behält er die Fassung und bringt das Gespräch mit gut überlegten Worten wieder in die richtige Bahn.

Zwischendurch habe ich jedoch Zweifel, ob Damon wirklich weiß, was er da tut. Ist es nicht die Spezialität von Anwälten, so lange um das Thema herumzureden, bis am Ende niemand mehr darüber spricht, worum es eigentlich geht? Doch als er schließlich eine Akte aufschlägt, in der sich sowohl Kopien von Bauplänen als auch Schwarz-Weiß-Bilder von dem aufdringlichen Rattenmann befinden, verfinstern sich die Mienen der gegnerischen Anwälte.

„Ich habe zu dem aktuellen Zeitpunkt keine Informationen darüber vorliegen, wie es die durch Sie vertretene Firma geschafft hat, diese Vorgaben zu umgehen, aber wenn es nötig ist, werde ich noch weiter in diese Richtung recherchieren. Das kann ich durchaus nachholen, falls es Bedarf für einen Nachfolgetermin geben sollte." Herausfordernd reckt er das Kinn. „Haben Sie Fragen zu diesen Unterlagen? Wenn Sie weiter nach hinten blättern, finden Sie zusätzlich Bilder, die die nicht erlaubten Renovierungsarbeiten dokumentieren. Doch nicht zuletzt sollte vor allem das Videomaterial, das ich Ihnen vor diesem Termin zugesandt habe, erdrückend genug sein, um das Feld meiner Mandantin zu überlassen. Sie hat sich nichts zu Schulden kommen lassen und ist trotzdem von Black Coffee aufs Hinterhältigste attackiert worden."

Flüchtiges Gemurmel ertönt, während sich die drei Männer die Dokumente genauer ansehen. Das ist der Augenblick, in dem sich Damons und mein Blick das erste Mal heute treffen. Er sieht zufrieden aus, doch als er mir in die Augen sieht, wandern seine Mundwinkel nach unten und er wendet sich wieder seinen Notizen zu.

„Alles okay?", raunt mir Jason zu, der den Blickwechsel offenbar bemerkt hat. „Oder sollen wir gehen?"

Entschieden schüttele ich den Kopf. „Nein, alles in Ordnung."

Die Anwälte von Black Coffee bitten um eine halbe Stunde Pause, um sich intern zu beraten, und Wendy zeigt ihnen einen freien Raum auf dem gleichen Stockwerk. Jason bleibt an meiner Seite, wie eine Mauer zwischen Damon und mir. Einerseits kommt mir diese

Auszeit gelegen, gleichzeitig weiß ich nicht, was ich machen soll. Ich bin Damon so nahe, aber kann mich einfach nicht dazu durchringen, mit ihm zu sprechen. Die Stille im Raum, nur unterbrochen durch gelegentliches Räuspern oder Rascheln, ist bedrückend und erleichternd zugleich. Nachdem Damon eine Weile in seinen Unterlagen herumgeblättert und sich offenbar Notizen gemacht hat, steht er auf und verlässt den Raum.

„Wie lief es? Also, was hast du für ein Gefühl?" Mein Bruder ist normalerweise nicht der Typ, der sehr einfühlsam ist, wenn es um seine Geschwister geht. Aber er scheint zu spüren, dass es schwer für mich ist, in Damons Nähe zu sein.

„Ich habe keine Ahnung, worum es in diesen Dokumenten geht", gebe ich zu, „aber ich glaube, der Hauptpunkt ist ohnehin die aufgedeckte Sabotage. Die Stichworte *Unterlassungsklage* und *Schadensersatz* klingen doch schon mal ganz vielversprechend."

Jason nickt. „Auch ich hatte den Eindruck, dass Tanner tatsächlich genau weiß, was er tut."

Nachdenklich nickend sehe ich mich durch die Glaswände um, wo Damon hingegangen ist. Er steht bei einer Sitzgruppe neben dem Empfangstresen und starrt auf sein Handy. Eine Frau läuft vorbei, entdeckt ihn und hält inne. Sie ist schon etwas älter, macht aber einen sehr eleganten Eindruck. Ihre roten Haare fallen in wallenden Locken über ihre schlanken Schultern. Sie spricht Damon an und er dreht sich um. Erst hat er ein freundliches Lächeln auf dem Gesicht, dann huscht sein Blick zu mir und er wird bleich. Sichtlich erstarrt nickt er hin und wieder, während die Frau offenbar auf ihn einredet.

Und dann verstehe ich. Es ist ganz eindeutig ein roter Haarschopf gewesen, den ich hinter Damon in dieser Abstellkammer gesehen habe. Bei dem Samstagsbrunch haben wir gesehen, wie eine rothaarige Frau mit einem anderen Mann aus einem Gebüsch gekommen ist, da hat Damon auch ganz seltsam reagiert. Das ist die Frau, mit der er ein Verhältnis hat. Wer weiß, ob er wirklich jedes Mal bei seiner Granny oder ob das mit mir nur ein seltener Besuch als Alibi gewesen ist? Es kann doch durchaus sein, dass er bei dieser Kollegin gewesen ist, wenn er abends einfach spontan verschwunden ist.

Die beiden beenden ihr Gespräch, die Frau geht weiter. Damon findet meinen Blick und ... Shit, er kommt auf uns zu. Was soll ich tun?

„Alles okay?" Jason muss bemerkt haben, dass etwas nicht stimmt, denn er sieht mich besorgt an.

„Ich weiß nicht", stammele ich. „Vielleicht wäre es doch besser, wenn wir jetzt schon gehen. Immerhin haben wir den Hauptteil mitbekommen, der lief ja ganz gut. Die Kanzlei soll uns einfach informieren, wie der Fall ausgegangen ist."

Damon ist fast an der Tür des Konferenzraums, Panik steigt in mir auf.

„Äh, von mir aus, ja." Unschlüssig sieht sich Jason um. „Dann hole ich mal unsere Mäntel."

„Jenna." Damon platzt in den Raum herein und sieht mich mit weit aufgerissenen Augen an.

„Tut uns leid, Tanner", ruft Jason über seine Schulter. „Wir müssen jetzt schon gehen. Haltet uns einfach auf dem Laufenden."

„Was?" Entsetzt sieht Damon uns an. „Nein! Ich …
muss noch mit dir reden."

Es schmerzt, ihn anzusehen. Aber ich darf jetzt nicht
vor ihm weinen.

„Ich glaube, du solltest dich auf die Verhandlung konzentrieren", bekomme ich schließlich heraus. „Die
Black-Coffee-Anwälte müssten jeden Moment wieder
hier sein."

„Ja, aber …" Er bricht ab. Sein Ausdruck ist irgendwie
verzweifelt, aber was bitte will er mir schon sagen? Er
hat mich die ganze Zeit verarscht, hat nur mit meinen
Gefühlen gespielt. Und ich blöde Kuh habe mich auch
noch in ihn verliebt, dabei sollte alles nur Show sein.

„Du kannst dich auch ruhig bei mir melden, Tanner,
das ist vielleicht für alle Beteiligten am einfachsten."
Jason hält ihm einen kleinen Zettel mit einer Notiz hin,
offenbar seine Handynummer.

Damons Blick bleibt auf mich geheftet. „Bitte, Jenna,
gib mir nur fünf Minuten. Es gibt so viel zu sagen, ich
weiß gar nicht, wo ich anfangen soll."

In diesem Moment öffnet sich die Tür hinter uns. „So,
wir wären so weit", verkündet einer der Anwälte und
tritt mit seinen zwei Kollegen ein. „Können wir weitermachen?"

Ich höre, wie Jason uns entschuldigt, und es gibt ein
kurzes Abschiedsgemurmel. Noch immer sieht Damon
mich an, und ich frage mich, ob er mir etwas Persönli-
ches sagen will oder ob es ihm nur um den Fall geht. *Es
gibt so viel zu sagen?* Was sollte die Situation zwischen
uns noch retten können? Schließlich schiebt mich
mein Bruder sanft aus dem Konferenzsaal. Sobald die

Tür hinter uns geschlossen ist, fühlt es sich wie ein Abschied für immer an.

23

Damon

Die Verhandlungen sind vorbei und für uns ein voller Erfolg. Um höhere Kosten und mehr Ärger zu vermeiden, einigen sich die Black-Coffee-Anwälte darauf, die Immobilie aufzugeben. Es klingt zeitweise so, als ob es ohnehin größere Hürden als erwartet gegeben hätte und sie nicht mehr sonderlich an dem Objekt hängen würden. Dass der Fall mit den Ratten und der Ausnutzung eines Obdachlosen ans Licht kommt, wollen sie vermutlich ohnehin um jeden Preis verhindern – diesen Imageschaden würden sie nicht so leicht verkraften. Fast schon ohne Murren haben die Anwälte zugestimmt, Jenna eine beachtliche Summe zu zahlen, um die Aufwände zu entschädigen und sie zum Schweigen zu verpflichten. Aber obwohl es so ein eindeutiger Sieg für uns ist, fühle ich mich elend. Ausgerechnet heute, während Jenna im Haus war, musste mir Tina Thompson über den Weg laufen. Als wäre die Angelegenheit an sich nicht unangenehm genug, hat Jenna uns auch noch gesehen. Genau genommen die perfekte Situation, um alles aufzuklären, aber offenbar hat sie sich ihren Teil gedacht und sich bestätigt gefühlt – zumindest ihrem Blick nach zu schließen.

Wie benommen sitze ich noch immer in dem Konferenzsaal und realisiere erst, wo ich bin, als mich ein Klirren in die Realität zurückbefördert. Wendy steht am Tisch und räumt die benutzten Trinkgläser zusammen.

„Herzlichen Glückwunsch zum Ausgang der Verhandlung, Mr. Tanner", sagt sie und nickt mir anerkennend zu. „Das wird Mr. Crawford und Mr. Kennedy freuen."

„Danke, Wendy. Ja, es hat einiges an Recherche erfordert, aber das ist es mir wert gewesen." Allerdings nicht wegen des Ansehens innerhalb der Kanzlei, sondern allein wegen Jenna. Der Plan ist eigentlich gewesen, dass sie überglücklich ist, wenn ich ihren Fall so erfolgreich abschließe, sie mir dann zuhört und alles gut wird. Jetzt ist zwar ihr Konkurrenzproblem gelöst, und sie muss nicht ständig mit neuen Sabotagen rechnen, aber sie ist weg, aufgrund eines Missverständnisses, das sich vermutlich heute auch noch verhärtet hat.

„Die Recherche hätte ich für Sie übernehmen können, Mr. Tanner. Ich mache das gern, wirklich."

„Das ist nett, danke. Beim nächsten Mal werde ich sicherlich auf Sie zurückkommen."

„Wenn Sie mich als Juniorpartner noch behalten", sagt sie und kichert. „Nicht, dass Sie sich dann nach einer anderen Assistentin umsehen."

„Ich muss es erst wirklich zu diesem Titel schaffen", entgegne ich trocken.

Irritiert hebt Wendy eine Augenbraue und sieht mich an. „Wieso sollten Sie es nicht schaffen? Dieser Fall ist doch sozusagen die letzte Hürde gewesen, die noch gefehlt hat."

„Das kann sein, aber da gibt es noch immer den Aspekt der privaten Umstände." Okay, Damon, kann es noch kryptischer werden? Ungefragt setze ich zu einer Erklärung an. Ich möchte wissen, ob Wendy bereits Bescheid weiß, vielleicht kann sie mit Jenna reden. „Vermutlich haben Sie es bereits bemerkt oder sind anderweitig eingeweiht worden, aber die Beziehung zwischen Miss Mitchell und mir ist gerade etwas angespannt. Ich weiß nicht, inwiefern Gerüchte die Kanzleichefs beeinflussen."

Ich rede nicht weiter und hoffe, dass sie darauf anspringt, aber wie immer ist sie überaus korrekt und hält sich zurück. „Sie wissen, dass ich mich aus persönlichen Angelegenheiten raushalten muss, Mr. Tanner. Das kann mich meinen Job kosten."

„Schon, ja, Wendy, Sie haben ja recht. Ich dachte nur, weil Sie sich mit Jenna so gut verstanden haben, wüssten Sie vielleicht, was passiert ist."

„Es war nicht schwer, Ihre Laune und Jennas plötzliches Verschwinden auf der Party zu kombinieren. Heute war allerdings das erste Mal, dass ich sie wieder gesehen habe, ich bin wirklich nicht im Bilde. Und es geht mich wie gesagt auch nichts an."

Ein wenig zu ruckartig stehe ich auf und gehe auf sie zu. „Aber was wäre, wenn ich Sie ausdrücklich darum bitten würde, sich einzumischen? Es handelt sich hierbei um ein riesengroßes Missverständnis, aber sie will mich nicht anhören. Ich weiß nicht einmal, wo sie gerade wohnt. Alles ist so kompliziert, aber vielleicht wird Jenna auf Sie hören, Wendy."

„Sir, ich weiß nicht, ob das eine gute Idee ist. Ich würde Ihnen gern helfen, aber …"

„Dann machen wir es anders." Nachdenklich lege ich einen Finger an die Lippen und ordne die neuen Gedanken, die sich gerade in meinem Kopf bilden. „Als die Chefs Jenna kennengelernt und erfahren haben, dass sie ein Café hat, hat die Idee im Raum gestanden, dass sie für ein zukünftiges Event das Catering übernimmt." Voller Tatendrang hebe ich den Blick. „Sind Sie zufällig in die Organisation der Partnerfeier involviert?"

„Gemeinsam mit ein paar anderen Assistentinnen bin ich bei der Planung dabei, ja. Aber es ist alles schon sehr weit fortgeschritten, ich bin mir nicht sicher, inwiefern ich das noch beeinflussen kann."

„Okay, dann klären Sie das bitte ab. Wenn schon alles fix ist, dann gehen Sie bitte trotzdem in das Café Mitchell und … kaufen die gesamte Auslage leer."

Normalerweise zeigt Wendy nie, wenn sie mit einer Aufgabe meinerseits nicht einverstanden ist, aber dieses Mal hält sie ihre Irritation nicht zurück. „Die gesamte Auslage? Für … Sie allein?"

„Ja. Oder nein, für die Kaffeeküche. Für das ganze Gebäude, was weiß ich. Von mir aus verteile ich es abends an Bedürftige, aber sie soll sehen, dass mir etwas an ihr liegt." O Gott, ich muss auf sie wie ein Irrer wirken. Resigniert seufzend lasse ich mich auf einen Stuhl in der Nähe sinken. „Es tut mir leid, Sie dürfen natürlich auch ablehnen. Naheliegend wäre, dass ich Jenna einfach alles erkläre, in einem Brief, in einer langen Nachricht, keine Ahnung. Aber sie ist so verletzt, ich habe das Gefühl, dass ich etwas Besonderes machen muss, um eine zweite Chance zu bekommen. Um ihr zu zeigen, was sie mir bedeutet. Nur bin ich bei so was viel zu unkreativ.“

Wieder vertiefe ich mich in meine Gedanken. Wer hat eigentlich die Idee mit dieser Fake-Beziehung gehabt? Und warum habe ich nicht gemerkt, dass ich mich emotional viel zu sehr da reingehängt habe? Oder bin ich von Anfang an ein hoffnungsloser Fall gewesen?

„Es ist wirklich eine absolute Ausnahme, Mr. Tanner, und ich mache das auch nur, weil ich der Meinung bin, dass Sie und Jenna zusammengehören.“ Als sie meinen hoffnungsvollen Blick bemerkt, seufzt sie theatralisch. „Ich gehe morgen früh bei ihr vorbei und kaufe den Laden leer. Aber ich werde nicht versprechen, dass ich Jenna für Sie aushorche oder Ihnen Bericht erstatte. Je nachdem, wie es sich entwickelt und wie Jennas Befinden ist, entscheide ich anschließend, was ich Ihnen erzählen kann. Und ich bitte Sie, das auch zu akzeptieren.“

Noch nie hat meine Assistentin so mit mir geredet, aber ich nicke artig. Mir ist alles recht, solange es mir irgendwie eine Chance bei Jenna gewährt. „Vielen Dank, Wendy, ich lasse Ihnen freie Hand.“

Sie lässt mich allein, und ich sitze noch eine Weile regungslos in dem Konferenzsaal. Da ich mich heute ohnehin nicht mehr konzentrieren kann, beschließe ich, früh Feierabend zu machen und Gertie einen Besuch abzustatten.

Nur wenige Stunden, nachdem wir die Kanzlei verlassen haben, hat Jason eine kurze SMS bekommen, dass der Fall gewonnen sei und man mir per E-Mail weitere Infos zusenden würde. Es ist nicht Damons Nummer gewesen, das habe ich sofort gecheckt. Doch das macht es nicht besser. Ich frage mich trotzdem, was er jetzt wohl tut, wie es ihm geht, was er mir so dringend sagen wollte. Hätte ich ihn einfach anhören sollen?

Obwohl es selbstzerstörerische Züge annimmt, vergrabe ich mich am Abend in meinem Zimmer und durchforste mein Handy. Damon hat die Bilder in den Sozialen Medien nicht gelöscht, dort grinsen wir nach wie vor vermeintlich verliebt in die Kamera. Ich bringe es nicht übers Herz, ihn zu sperren, immerhin ist er noch mein Anwalt und ich darf nichts Wichtiges verpassen. Es wurmt mich ein wenig, dass er nicht mehr versucht, mich anzurufen und auch keine Nachrichten schickt. Hat er aufgegeben? Gibt es überhaupt etwas zum Aufgeben?

Als ich durch meine Dateien scrolle, bleibe ich an den Tonaufnahmen hängen. Es gibt nur eine Sprachaufnahme und das Datum lässt mich zusammenfahren. Bilder von unserem ersten gemeinsamen Essen tauchen vor meinem inneren Auge auf, und sofort sammeln sich Tränen.

„Ich, Damon Tanner, bestätige hiermit, dass ich dich, Jenna Mitchell, zu diesem Abendessen einlade. Du musst mir weder heute noch zu einem späteren Zeitpunkt in deinem Leben das Geld für diese zugegebenermaßen teuren Speisen erstatten.“

Scheiße, warum habe ich das nicht schon längst gelöscht? Und vor allem, warum habe ich mir das jetzt ernsthaft noch mal angehört, obwohl ich doch gewusst habe, dass ich seine Stimme hören würde?

Heftig, aber leise heulend, damit mich Jason nicht hört, werfe ich mein Handy an das Fußende meines Bettes. Mit Mühe schleppe ich mich ins Bad und mache mich bettfertig, bevor ich schluchzend unter meine Decke krieche.

Nie wieder Fake-Beziehungen!

***

Der nächste Morgen sollte für mich eigentlich eine Art Neustart sein, da ich nun weiß, dass Black Coffee seine Filiale mir gegenüber nicht eröffnen wird. Doch ich kann mich nicht so richtig freuen, sondern muss erneut mit den Tränen kämpfen. Shit, das ist so was von nicht meine Art, diese Gefühlsduselei. Und alles nur wegen eines Kerls, der mich mit seiner pseudocharmanten Methode eingelullt hat. Ich hätte es wirklich besser wissen müssen.

Im Laden selbst steigt meine Laune etwas, denn gegenüber beginnen doch tatsächlich Männer mit einem Hubwagen, das große Leuchtschild der Kette abzumontieren. Auch meine Kunden tauschen sich darüber aus.

„Gott sei Dank, dass Sie nun doch nicht von diesen kapitalsüchtigen Menschen verdrängt werden“, raunt mir Mrs. Henderson als Erste zu.

„Also kein Café-Hopping nötig“, witzelt ein junger Mann und kauft gleich einen Doughnut mehr als sonst.

„Herzlichen Glückwunsch zu dem Sieg.“ Diese Stimme kenne ich irgendwoher. Erstaunt hebe ich den Blick.

„Wendy?“

Vor mir steht Damons Assistentin und lächelt mich an. Ich werde vermutlich kalkweiß, denn ihr Ausdruck ändert sich, bis sie regelrecht besorgt aussieht. Wir haben uns seit der Silvesterfeier nur kurz bei der Verhandlung gesehen, aber da ist sie vollkommen in ihrer geschäftlichen Rolle gewesen. Sofort wandern meine Gedanken wieder zu Damon, dabei ist sie vermutlich nur hier, um für die Kanzlei ein paar Snacks zu holen.

„Tut mir leid“, bekomme ich schließlich raus. „Was kann ich für dich tun?“

Unschlüssig mustert Wendy die Waren. „Um ehrlich zu sein, hätte ich gern ein paar Minuten deiner Zeit. Ist deine Mitarbeiterin schon da?“

Wie auf Kommando eilt Nancy aus dem Hinterzimmer herbei und bindet sich die Schürze um. „Morgen, Chefin, bin jetzt da. Sorry, die Bahn war heute eine Katastrophe.“

Nun habe ich keine Ausrede mehr, um mit Wendy zu sprechen. Außerdem interessiert mich brennend, was sie mir zu sagen hat.

„Nancy? Kannst du hier kurz übernehmen?“ Ich deute auf die erfreulicherweise lange Schlange und sie nickt.

„Klar, dafür bin ich ja hier." Und sofort ist sie in ihrem Element. Manchmal habe ich das Gefühl, dass sie bei Verkaufsstress erst so richtig aufblüht.

Mit hängenden Schultern schlurfe ich zu dem Zweiertisch, der am weitesten von der Theke entfernt steht. Wendy setzt sich mir gegenüber und zieht ihren Mantel aus.

„Danke. Ich war mir nicht sicher, ob du mit mir reden würdest."

„Hat Damon dich geschickt?", will ich als Erstes wissen. „Ich meine Mr. Tanner?"

„Wie man es nimmt. Er hat in der Tat nach dir gefragt, was sehr untypisch für ihn ist. Normalerweise reden wir nie über Privates, es ist eine Art unausgesprochenes Gesetz. Aber dieses Mal ist es anders, es ist ihm wichtig. Und er steht wirklich total neben sich."

„Wirklich? Gestern bei der Verhandlung hat er so souverän gewirkt."

„Das ist mir auch aufgefallen und es hat mich gewundert. Bis mir aufgefallen ist, was die Besonderheit an diesem Tag war."

„Und welche?", frage ich begriffsstutzig.

„Du warst da." Sie sieht mich eindringlich an, und ich realisiere, wie fertig ich aussehen muss. Normalerweise gebe ich mir immer Mühe, hübsch im Café auszusehen, aber heute habe ich fleckige Leggings und ein altes T-Shirt an, das mir bis über die Hüfte geht. Noch dazu bin ich kaum geschminkt und mir brennen schon wieder Tränen in den Augen.

„Es geht ihm furchtbar, ich erkenne ihn kaum wieder. Aber als du da gewesen bist, ist er wie früher gewesen. Er hat sich so richtig ins Zeug gelegt, ist ganz der Alte gewesen. Noch dazu hat er fast alles selbst recherchiert. So gut habe ich ihn selten erlebt."

„Vielleicht hatte das ja auch einen anderen Grund", gebe ich zu bedenken und habe sofort wieder das Bild von ihm und dieser Rothaarigen im Kopf. „Hat er dir denn erzählt, was zwischen uns passiert ist?"

„Auf der Silvesterfeier?" Wendy schüttelt den Kopf. „Nein, kein Wort. Auch auf dem Flurfunk hat man nichts gehört."

„Dann werde ich dich mal auf den neusten Stand bringen." Zögernd sehe ich mich um. Doch, ich muss es jetzt einfach loswerden. Niemanden habe ich eingeweiht, aber Wendy ist die Person, die ihn von allen Beteiligten am besten kennt. Vielleicht kann sie sogar einschätzen, ob zwischen uns doch nicht alles verloren ist.

Mit verschwörerischer Miene lehne ich mich näher zu ihr. „Das zwischen Damon und mir ist alles nicht echt gewesen. Wir sind nie zusammen gewesen, haben alles nur gespielt."

„Wie bitte?" Verwirrt blinzelt Wendy mich an. „Aber wieso?" Und so prasselt die ganze Geschichte wie ein Wasserfall aus mir heraus. Von unserer Kindheit früher in Flourish Bay, von dem Wiedersehen im Club und der ganzen verrückten Idee, unserem Umfeld etwas vorzuspielen. Auch den Bruch auf der Feier im Empire State Building lasse ich nicht aus.

Es ist an manchen Stellen schwer, das alles noch einmal zu durchleben, vor allem die Beschreibungen der schönen Momente schnüren mir die Kehle zu. Vielleicht ist es ein Fehler, Wendy davon zu erzählen, aber es muss einfach raus.

Nachdem ich geendet habe, sieht mich Wendy einfach nur an. Dann beugt sie sich noch näher an mich heran und greift nach meiner Hand. „Ich kenne zwar den Ruf meines Chefs, aber glaub mir, da läuft nichts. Dazu passt, dass er mir gesagt hat, dass es zwischen euch ein riesengroßes Missverständnis gegeben hat, das er persönlich aufklären will. Er hat so richtig hilflos gewirkt, wollte sich etwas Besonderes ausdenken, aber war einfach zu einfallslos, weil er so verzweifelt war."

Ihre Worte erreichen mich zwar, aber ich kann die Puzzleteile in meinem Kopf nicht zusammensetzen. „Aber wieso denn verzweifelt? Für ihn ist doch alles nicht echt gewesen. Er hat es keine einzige Sekunde ernst gemeint."

„Wer sagt das?" Jetzt wirkt Wendy fast schon beleidigt. „Ganz ehrlich, diese Fake-Beziehungs-Sache kann ich gar nicht wirklich glauben. Vor allem, wenn du ihn für einen Arsch gehalten hast. Also entweder seid ihr beide oscarreife Schauspieler oder es gibt da eine gewisse Chemie zwischen euch, die einfach nicht zu übersehen gewesen ist. Ich habe keinen Einzigen gehört, der an eurer Beziehung gezweifelt hat. Eher im Gegenteil, manche männliche Kollegen haben Mr. Tanner für seine gute Wahl beneidet."

Ausdruckslos starre ich sie an. Also haben auch Außenstehende es gespürt? Ich habe mir das nicht nur eingebildet?

„Außerdem wäre ich nicht hier, wenn es ihm egal wäre. Ich habe ihm gesagt, dass ich nicht versprechen werde, etwas zu bewirken, und ich muss ihm auch nicht von diesem Treffen berichten. Aber ganz offensichtlich geht es euch beiden total dreckig, und ich sehe keinen Grund, warum ihr euch nicht einfach aussprecht und dieses Missverständnis aus der Welt räumt."

Ganz langsam fangen die Rädchen in meinem Gehirn wieder an, sich zu drehen. Kann es wahr sein? Habe ich wirklich etwas falsch interpretiert? Wie schon bei der Sache mit seiner Granny bin ich vielleicht auch dieses Mal zu negativ eingestellt gewesen. Nach Weihnachten ist alles so perfekt gewesen. Vielleicht habe ich einfach nicht wahrhaben wollen, dass es zwischen uns tatsächlich klappen könnte.

„Also, hör zu, ich habe da eine Idee. Er weiß von nichts, also fühle dich ganz frei, zu entscheiden, ob du dich darauf einlässt oder nicht."

Sie beginnt ihren Vorschlag verbal vor mir auszubreiten und bei dem Gedanken daran wird mir ganz heiß. Es gehört eine gehörige Portion Mut dazu, ist gleichzeitig aber diskret genug, falls ich kurz vorher alles abbrechen will.

„Lass es für einen Moment sacken, von mir aus sag mir erst in ein paar Tagen Bescheid, ein wenig Puffer haben wir noch." Ohne Vorwarnung steht Wendy auf und tritt neben den Tisch. „So, und jetzt muss ich dich bitten, deine kompletten Waren in der Auslage einzupacken, damit ich sie mit ins Büro nehmen kann."

„Wie bitte? Alles?"

„Ja", bestätigt Wendy. „Das ist die einzige Sache, mit der Mr. Tanner mich tatsächlich beauftragt hat. Ich soll den ganzen Laden leerkaufen und alles mitbringen."

Dankenswerterweise gewährt sie mir, erst noch alle Kunden zu bedienen, die gerade anstehen. Dann machen sich Nancy und ich daran, die Waren in Transportboxen zu packen. In der Zwischenzeit ruft Wendy ein Taxi, und als es da ist, tragen wir gemeinsam alles nach draußen. Selbst als sie eingestiegen ist und wegfährt, kann ich es noch nicht ganz glauben.

„Was sollen wir jetzt machen?", fragt mich Nancy, die ebenfalls so baff ist wie ich. „Backen wir Sachen nach? Oder schließen wir einfach ab und machen dann einen Großputz?"

„Weißt du was? Ich glaube, wir machen für heute einfach mal früher Feierabend."

24

Damon

Heute ist der Tag der Partnerverkündung und Kennedys Assistentin hat mir gegenüber dezent angedeutet, dass ich mich unbedingt bei der Veranstaltung blicken lassen solle. Eigentlich ist das ein Anlass zur Freude, aber seit ich Jenna verloren habe, fühlt sich alles trist an. Egal, ob ich in die Wohnung komme, eine Verhandlung führe oder auch nur in die Kaffeeküche gehe, alles erinnert mich an sie. Noch dazu grübele ich ständig darüber nach, ob Wendy etwas aus ihr herauskitzeln konnte, aber wie wir es vereinbart haben, dränge ich sie nicht, mir etwas zu verraten.

Stattdessen bemühe ich mich um einen klaren Kopf. Offenbar darf ich davon ausgehen, dass ich die Beförderung bekomme, also muss ich entsprechend fröhlich reagieren und irgendwie eine Rede zustande bekommen. Vermutlich muss ich danach auch ein wenig feiern, zumindest aber vor Ort bleiben, denn diese Verkündungen sind immer eine abendfüllende Veranstaltung. Das wird hart, weil ich nur so weit gekommen bin, weil Jenna an meiner Seite gewesen ist.

Ich gehe zu Fuß ins Büro, vielleicht pustet mir die kalte Januarluft den Kopf frei. Auf dem Weg tragen mich meine Füße einen kleinen Umweg an dem Café Mitchell vorbei, und ich bleibe wie in Trance vor dem Schaufenster stehen. Es sind nur noch wenige Minuten bis zum Ladenschluss. Vielleicht sollte ich hineingehen und Jenna persönlich sagen, dass sie nun nichts mehr vor Black Coffee zu befürchten hat, anstatt sie das nur über Jason wissen zu lassen. Oder dass unsere Scharade funktioniert hat und ich wirklich zum Juniorpartner befördert werde. Ihr danken, dass sie das mit mir durchgestanden hat, dass sie einen anderen Menschen aus mir gemacht hat.

Doch ich sehe sie nicht am Tresen. Ihre Mitarbeiterin Nancy bedient die letzten Kunden des Tages, und ich weiß wirklich nicht, wie lange ich stalkermäßig an der Scheibe klebe und hineinschaue, aber Jenna kommt und kommt nicht zum Vorschein. Irgendwann zwinge ich mich zum Weitergehen, immerhin habe ich heute einen wichtigen Termin einzuhalten. Vielleicht springe ich morgen einfach über meinen Schatten, komme hierher und lade sie zum Essen ein. Als Dankeschön, dazu kann sie doch eigentlich nicht Nein sagen.

Auch das Gemurmel im größten Konferenzsaal der Kanzlei nehme ich nur wie durch Watte wahr. Wie auch im letzten Jahr ist eine kleine Bühne aufgebaut worden, hinter der es sogar einen richtigen Backstagebereich für die Techniker gibt. Veranstaltungen wie diese demonstrieren mal wieder, wie viele Kollegen wir haben, denn kaum jemand lässt sich diese Neuigkeiten entgehen.

Die Plätze sind vorgegeben und ich wandere an den Tischen vorbei, auf der Suche nach dem Tischkärtchen mit meinem Namen. Als ich ihn gefunden habe und nachschaue, wer neben mir sitzen soll, zieht es mir den Boden unter den Füßen weg. *Jenna Mitchell.* Na klar, ich habe außer Wendy niemandem gegenüber erwähnt, dass Jenna und ich kein Paar mehr sind. Waren. Was auch immer. Trotzdem – hätte Wendy sich nicht darum kümmern können, dass sie aus Rücksicht auf mich das Tischkärtchen entfernen? Ich sehe mich schon die ganze Veranstaltung über auf das Schildchen mit ihrem Namen gaffen. Aber vielleicht geschieht mir das einfach recht. Das mit der Fake-Beziehung ist meine Idee gewesen, wieso sollte ich mit dieser Betrügerei durchkommen.

Als der Saal fast voll ist, treten Crawford und Kennedy nach vorne an das Mikrofon.

„Herzlich willkommen, werte Kollegen“, donnert Kennedy in seiner gewohnt euphorischen Stimmlage. „Es freut mich, dass sich so viele heute Abend die Zeit nehmen, um zu erleben, wie sich unsere Kanzlei weiterentwickelt. Wie immer haben Timothy und ich bis zuletzt beraten, wen wir in die Riege der Partner aufnehmen wollen, und es ist eine hitzige Diskussion gewesen.“

Ein kalter Schauer läuft mir über den Rücken. Habe ich die Beförderung vielleicht doch nicht bekommen? Es muss nur jemand mitbekommen haben, was an Silvester passiert ist, vielleicht hat sogar Tina Thompson selbst etwas gesagt, und schon kann es vorbei sein.

Als ich merke, wie ich zusammensacke, rüttele ich mich innerlich auf. Ich muss souverän auftreten, die paar Stunden heute schaffe ich, und gleich habe ich Gewissheit, ob es mit der Beförderung geklappt hat. Also straffe ich die Schultern, hebe das Kinn und setze eine professionelle Miene auf. Selbst wenn sie mich nicht zum Juniorpartner machen, muss ich die Fassade aufrechterhalten, schließlich will ich so oder so in der Kanzlei bleiben, hier habe ich mir alles aufgebaut.

Es folgt eine allgemeine Rede über die Erfolge des letzten Jahres. Dann wird der erste Juniorpartner ernannt, nach dessen Dankesrede der zweite. Ich verliere bereits die Hoffnung, weil es die letzten Jahre nie mehr als zwei Beförderungen gegeben hat, als Mr. Crawford ans Mikrofon tritt.

„Aufgrund hervorragender Leistungen, und auch der persönlichen Entwicklung, haben wir noch einen dritten Kandidaten zum Juniorpartner ernannt. Damon Tanner, herzlichen Glückwunsch!“

Applaus ertönt und ich erhebe mich wie in Trance. Keine Ahnung, wie ich den Weg bis zur Bühne schaffe, ich fühle mich, als würde mein Körper nicht mehr zu meinem Geist gehören. Schließlich stehe ich an dem Rednerpult und blicke in etliche gebannte Gesichter, die alle darauf warten, dass ich etwas sage.

Natürlich habe ich mir eine Rede überlegt, aber innerlich einen totalen Blackout. Trotzdem räuspere ich mich und das, was aus meinem Mund kommt, ist nun fast ungefiltert.

„Vielen Dank zuallererst, Mr. Crawford, Mr. Kennedy. Ich habe hart dafür gearbeitet, aber bis zuletzt haben Sie mich im Dunkeln über Ihre Entscheidung gelassen.

Das Vertrauen werde ich definitiv nicht enttäuschen." Mein Blick schweift über die anderen Anwesenden und meine Stimme sprudelt weiter. „Auch allen Kolleginnen und Kollegen möchte ich danken. Obwohl wir im Prozess doch allein dastehen, so steckt doch viel Arbeit in Abstimmungen, Recherchen und Reviews. Ohne diese Unterstützung wäre ich nicht dort, wo ich jetzt bin. Das bringt mich zu einer meiner wichtigsten Unterstützerinnen." Suchend sehe ich mich nach Wendy um, bis ich sie schließlich neben mir auf der Bühne entdecke, nur ein paar Schritte hinter mir. Wann ist sie denn bitte hier raufgekommen?

„Wendy, für Ihre Arbeit möchte ich mich noch einmal ausdrücklich bedanken. Sie sind nicht nur meine Terminplanerin, Sie organisieren mein halbes Leben, sortieren meine E-Mails, selektieren Informationen vor und haben doch immer ein freundliches Lächeln auf dem Gesicht. Vielen Dank, ohne Sie wäre ich wirklich aufgeschmissen."

Sie nickt wissend und grinst ganz seltsam. Warum bitte grinst sie so? Egal, ich muss weitermachen. Und eine Person fehlt noch.

„Vermutlich tue ich ganz vielen Menschen Unrecht, aber um ehrlich zu sein, verdanke ich diese Beförderung vor allem einer ganz besonderen Person. Jenna Mitchell." In meiner Kehle bildet sich ein Kloß, und ich muss kurz durchatmen, um das durchziehen zu können. Auch wenn Jenna es nicht hört, gebührt ihr diese Ehre.

„Die Frau, die Sie als meine Freundin kennen, hat mich in einer kurzen und doch intensiven Zeit begleitet und unterstützt. Dabei ist ihr vermutlich selbst nicht bewusst gewesen, was sie für mich getan hat. Auch wenn ich es erst selbst nicht erkannt habe, so ist es doch fast ausschließlich ihr zu verdanken, dass ich besagte persönliche Entwicklung durchlaufen habe. Jenna hat mich zu einem anderen Menschen gemacht, zu einem besseren Menschen. Und dafür möchte ich mich bei ihr trotz ihrer Abwesenheit herzlich bedanken." Meine Stimme bricht, und ich muss mich sammeln, während es um mich herum komplett still ist. „Man sagt, dass man manche Dinge erst zu schätzen weiß, wenn sie weg sind, und so ist es manchmal in allen Bereichen des Lebens. In den letzten Wochen ist viel passiert und ich habe viel über mich selbst gelernt. Jenna hat mir auf diesem Weg besonders geholfen, doch ist dabei selbst auf der Strecke geblieben. Deswegen habe ich nicht nur neue Fälle als Juniorpartner in dieser Kanzlei zu bewältigen, sondern zusätzlich meinen eigenen, privaten Fall, den ich auf keinen Fall verlieren darf. Denn für die Menschen, die man liebt, lohnt es sich, zu kämpfen. Vielen Dank."

So, das muss reichen. Ich trete von dem Rednerpult zurück und sehe mich orientierungslos um, in welche Richtung ich die Bühne verlassen will. Dabei fällt mir auf, dass es keinen höflichen Applaus wie bei meinen Vorrednern gibt. Stattdessen höre ich aufgeregtes Gemurmel, vereinzelt zeigen Kollegen auf die Bühne und tuscheln. Als ich ihren Blicken folge, bleibt mir fast das Herz stehen.

In der Ecke, in der eben noch Wendy gestanden hat, steht jetzt jemand anderes und sieht mich mit tränenüberströmtem Gesicht an.

Meine Jenna.

Jenna

Es ist unwirklich, Damon all diese Sachen sagen zu hören. Ohne Wendys Vorschlag, mich hier heimlich einzuschleusen, ihn noch einmal zu treffen und mich davon zu überzeugen, dass ich ihm wichtig bin, hätte ich diese Worte niemals gehört. Natürlich hat Wendy nicht wissen können, was für eine emotionale Rede Damon halten wird, aber auf diese Weise habe ich das Gefühl, dass er wirklich die Wahrheit gesagt hat. Viel eher, als wenn er es mir unter vier Augen gesagt hätte. Aus seiner Sicht bin ich auf der Strecke geblieben und habe ihm gezeigt, wer er wirklich ist. Er hat das erkannt und will für uns kämpfen.

Im ersten Moment scheint Damon nicht zu realisieren, dass ich wirklich hier bin. Doch dann beginnt sich seine Brust heftig zu heben und zu senken und er kommt auf mich zu, mit ausgebreiteten Armen. Schluchzend eile ich ihm entgegen und lasse mich von ihm umarmen. Seine Nähe zu spüren, gibt mir Halt, beruhigt meine Nerven, die seit Wochen am Ende sind.

Um uns herum ertönt Beifall, und irgendwie schaffen wir es, Arm in Arm die Bühne zu verlassen. Wir bleiben sogar noch eine Weile auf der offiziellen Feier, ohne ein Wort unter vier Augen zu wechseln, doch es stört mich nicht. Es ist so viel passiert und es gibt mit Sicherheit eine Menge zu sagen, aber im Moment halten wir uns einfach nur fest. Für keinen Augenblick lässt Damon seinen Arm von meiner Schulter sinken und ich genieße es, wieder bei ihm zu sein.

„Sollen wir uns langsam verabschieden", flüstert er, und das Kitzeln seines Atems verschafft mir eine Gänsehaut.

„Okay", sage ich nur.

Damons Arm rutscht von meiner Schulter, stattdessen greift er nach meiner Hand und zieht mich zu seinen Chefs. Ich bekomme den Wortwechsel kaum mit, aber schließlich sind wir raus aus dem Konferenzsaal. Anstatt zu den Aufzügen zieht Damon mich zum Treppenhaus.

„Äh, ich weiß nicht, ob ich mit meinen Schuhen all die Stockwerke runterlaufen kann."

„Das musst du auch nicht, ich will nur ganz kurz ..." Er unterbricht sich und drückt die schwere Feuerschutztür auf, bevor er mich an sich vorbeizieht und die Tür hinter uns ins Schloss fallen lässt. „... nur ganz kurz das hier tun." Zärtlich zieht er mich in eine Umarmung und küsst mich. Mir entweicht ein Seufzen, als ich mich fallen lasse und genieße, was ich so vermisst habe.

Ich weiß nicht, wie lange wir diesen Moment auskosten, doch als wir uns voneinander lösen, bin ich ganz wackelig auf den Beinen.

„Das mit Silvester ...", setzt er an, und ich stoppe ihn.

„Nicht jetzt, bitte." Ich will diesen schönen Moment zwischen uns nicht zerstören, indem wir direkt über den großen Knall sprechen.

Doch er schüttelt den Kopf und nimmt meine Hände in seine. „Es war ein großes Missverständnis, wirklich. So etwas hätte ich dir niemals angetan."

„Es war nur ... Es sah so eindeutig aus, ich war so schockiert, so unendlich verletzt. Und diese Frau kannte ich sogar. Das war doch die, die bei dem Brunch aus dem Busch gekommen ist, oder?“

Energisch nickend bestätigt mich Damon. „Genau. Sie hat ihren ganz speziellen Lebensstil, um es mal so zu sagen. Aber sie ist eine einflussreiche Seniorpartnerin der Kanzlei, ich wollte sie nicht einfach wegstoßen.“ Er stockt. „Aber ich hätte es tun sollen, dann wäre uns das ganze Gefühlschaos erspart geblieben.“

Mit den Fingern fahre ich den Saum seines Sakkos nach. „Danke für die Erklärung. Aber es wird noch eine Weile dauern, bis ich diesen Schockmoment komplett verarbeitet habe.“

„Verstehe ich absolut.“ Er drückt mich an sich und gibt mir das Gefühl, dass er mir all die Zeit geben wird, die ich brauche. Dass er mich nie wieder loslassen möchte, unser Glück nicht mehr aufs Spiel setzen wird. „Sollen wir nach Hause? Oder irgendwo essen gehen?“

Zwar ist auf der Feier Essen serviert worden, aber nach Damons Rede haben weder er noch ich richtig Appetit gehabt. Erst will ich die Wohnung vorschlagen, doch dann kommt mir eine Idee.

„Wie hieß noch das Restaurant, in dem wir nach dem Hot-Dog-Vorfall essen gewesen sind? Das, in dem wir Mr. Kennedy getroffen haben.“

Damons Augen leuchten auf, als er versteht. „Ah, gute Idee. Dort, wo alles begonnen hat.“

So sind wir nicht einmal eine halbe Stunde später in dem Lokal. Das letzte Mal habe ich mich noch gezwungen gefühlt, mit ihm an einem Tisch zu sitzen. Und jetzt, kaum zwei Monate später, ist alles so anders.

„Das, was du bei deiner Rede gesagt hast", setze ich an, nachdem wir bestellt haben, „ist es wirklich das, was du fühlst?"

„Dass ich dich liebe? Zu hundert Prozent. Ich habe es mir selbst eingestanden, als wir uns in dem Club bei der After-Work-Party geküsst haben."

„Als wir wild rumgeknutscht haben, meinst du." Ich greife über den Tisch und nehme seine Hand. Ein wohliges Gefühl überkommt mich bei der Erinnerung an diesen Abend. „Das ist eigentlich nicht geplant gewesen, aber dann konnte ich nicht mehr aufhören."

„Vielleicht habe ich mich schon direkt in dich verliebt, als ich dich mit deiner Schwester in der Disco gesehen habe. Zumindest bist du mir seitdem nicht mehr aus dem Kopf gegangen."

So lange schon? Und ich habe ihm so viele fiese Dinge an den Kopf geworfen. Kopfschüttelnd sehe ich ihn an. „Warum hast du nichts gesagt? Ich hatte keine Ahnung."

„An Weihnachten bin ich kurz davor gewesen, an dem See, als ich dummerweise ausgerutscht bin."

Bei der Vorstellung muss ich auflachen. „O Gott, ja. Da hätte ich wahrscheinlich nichts mehr realisiert, so besorgt bin ich um dich gewesen." Allerdings erklärt es, warum er so neben der Spur gewesen ist.

„Die nächste Situation, die ich als passend empfand, war die Silvesterfeier." Gedankenverloren fährt Damon mit dem Daumen meine Fingerknöchel nach, seine Miene ist ganz ernst. „Alles war perfekt, ich fing schon an zu reden, als dich unbedingt jemand zum Buffet holen musste. Und dann war Tina auf einmal da, und ich hatte keine Ahnung, warum sie mich sprechen wollte. Bevor ich realisiert hatte, was geschieht, standest du schon in der Tür. Dabei hätte ich nie –“ Er bricht ab und drückt meine Hand. „Es tut mir alles so leid. Dieses Chaos hast du nicht verdient. Und ich verspreche dir, ich werde dir so etwas nie wieder antun.“

„Ach, und du glaubst, dass du noch die Chance dazu bekommen wirst, mir das zu beweisen?“ Ich will ihm meine Finger entziehen, um die Arme herausfordernd zu verschränken, aber er hält mich fest.

„Du hast es doch vorhin gehört, ich werde mich in diesen Fall reinhängen und akzeptiere keine Niederlage.“

Unsere Vorspeisen werden gebracht, und wir müssen uns nun doch voneinander lösen.

„Dir ist schon klar, dass du dich öfter in Flourish Bay sehen lassen musst, wenn wir richtig zusammen sind, oder? Meine Mum ist sehr fordernd bei so etwas.“

Damon winkt ab. „Wenn es nur das ist. Ich habe auch noch einen Gutschein für ein Footballspiel von Jason, also werden wir mindestens ein Mal deine Eltern hier in der Stadt begrüßen dürfen. Aber um deine Eltern mache ich mir ehrlich gesagt keine Gedanken. Lana wird vermutlich damit zu kämpfen haben, dass ich für den Rest ihres Lebens ihre kleine Schwester begleite.“

„Ganz zu schweigen von den kleinen Damons, die irgendwann durch ihr Elternhaus rennen werden. Aber keine Sorge, Lana ist diejenige, der als erste Außenstehende aufgefallen ist, dass wir wirklich verliebt sind. Sie hat durchschaut, was wir selbst nicht kapiert haben.“

Damon schiebt sich eine Gabel mit Salat in den Mund und kaut. „Um Konflikten mit ihr aus dem Weg zu gehen, sollten wir ihr einfach eine Aufgabe geben. Aber ohne dass sie es merkt."

„Eine Aufgabe?" Zweifelnd ziehe ich die Augenbrauen zusammen. „Woran hast du da gedacht? Sie hat mit dem Vegalana genug zu tun."

Grinsend legt Damon sein Besteck beiseite. „Mir ist nur aufgefallen, dass zwar die beiden Mitchell-Schwestern vergeben sind, aber der große Bruder noch frei ist. Dabei sollte ein begehrter Spieler der New York Heroes doch keine Probleme damit haben, eine Freundin zu finden, meinst du nicht?"

Aufregung steigt in mir auf. „Du hast vollkommen recht, Jason braucht eine Freundin. Ich glaube, er hat seit Jahren keine feste Freundin mehr gehabt. Ehrlich gesagt kann ich mich nur an ein Mädchen an der Highschool erinnern, mit der er es richtig ernst gemeint hat. So etwas braucht er wieder."

„Na also." Zufrieden grinsend stochert Damon in seiner Vorspeise. „Dann haben wir ja was vor. Alle gemeinsam."

Ende